U0140668

颜氏文献丛书 徐复岭主编

颜肇维 颜小来诗校注

（清）颜肇维 （清）颜小来 著

颜 健 孙毓晗 校注

线装書局

图书在版编目（CIP）数据

颜肇维 颜小来诗校注／（清）颜肇维，（清）颜小
来著；颜健，孙毓晗校注. —北京：线装书局，
2021.8
（颜氏文献丛书／徐复岭主编）
ISBN 978-7-5120-4572-9

Ⅰ. ①颜… Ⅱ. ①颜… ②颜… ③颜… ④孙… Ⅲ.
①古典诗歌—诗集—中国—清代 Ⅳ. ①I222.749

中国版本图书馆 CIP 数据核字（2021）第 157709 号

颜肇维 颜小来诗校注

作　　者：（清）颜肇维　　（清）颜小来
校　　注：颜　健　孙毓晗
责任编辑：林　菲
出版发行：线裝書局
　　　　　地　址：北京市丰台区方庄日月天地大厦 B 座 17 层（100078）
　　　　　电　话：010-58077126（发行部）　010-58076938（总编室）
　　　　　网　址：www.zgxzsj.com
经　　销：新华书店
印　　制：三河市龙大印装有限公司
开　　本：710mm×1000mm　1/16
印　　张：18.75
字　　数：332 千字
版　　次：2022 年 7 月第 1 版第 1 次印刷
印　　数：0001—2000 册

定　　价：68.00 元

线装书局官方微信

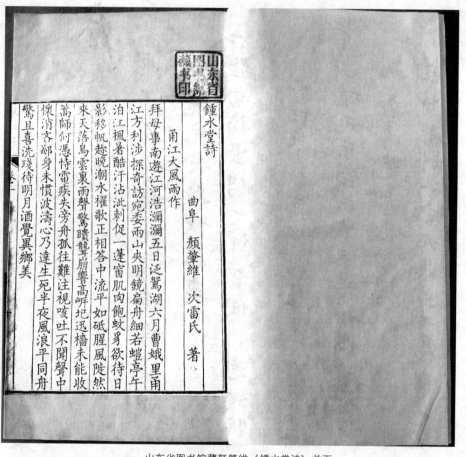

鍾水堂詩

　　　　曲阜　顏肇維　次雷氏　著

甬江大風雨作

拜母事南遊江河浩瀰瀰五日泛鴛湖六月曹娥里甬
江方利涉探奇訪宛委兩山夾明鏡扁舟細若蟻亭午
泊江楓暑酷汗沾泚刺促一蓬窗肌肉飽蚊虻欲待日
影移帆趁晚潮水櫂歌正相答中流平如砥腥風欲然
來天落烏雲裏雨聲驚瞶龍耳朋響高嶭屺迅檣未能收
篙師何憑恃電疾失旁舟孤往難注視咳吐不聞聲中
懷消吝鄙身未慣波濤心乃達生死半夜風浪平同舟
驚駕且喜洗殘待明月酒覺異鄉美

老親家榮膺

主春典守名邦福星霖雨宗黨興

有罷光矣新秋薦菊

台旌南指里門一伸賀惘予志潤悵

也忭煥～京宅向屢奉瀆今手

權石京詢心友又近縞姻此時易

為清楚气

主持解紛一言九鼎或不嚴瑣～也

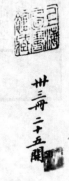

卅三冊 二十五開

二（1）、顏肇維書函手迹，原件收藏于上海市圖書館

新倒省提舍第入都但為貧而仕不

能不仰助于世好蜀之灌縣會理

州家先塋所拔欵懇

藩司力為懇慤務期有濟拜懇

明德芙家郵中乞為轉懇俯蒙

慨允尚湏专人走謝不宣

姻弟　名正具

二（2）、颜肇维书函手迹，收藏于上海市图书馆

哭母前十首

哭母反亡淚痛于喪夫時夫亡我依娘〻亡復何依至
親半凋落餘生多艱危為兒嫠婦女寸心悲
父兮宦京師母兮攜我遠三年兩裁閒我身亦已長念
母猶力作縣車遠歌紡典欽買秋羅為我裁鶴氅將女
逼孔門中遺詎惘〻明月攬其輝破鏡掩虛幌
鳳已皇亦孤哀鳴何淒楚慰藉高堂歸來痛阿女中
夜伴母眠欲訴哽無語

恸緯齋

父槐還家後母居並井里念我門戶單為求嬪嶺子焦
桐雌有孤樹萱反先蹴人生感今昔天乎竟至此
小妹三四人俱謝剩一二娣弟興欲偕遇致函惘事八
衰命非天痛如年載舜不葉涕泗斜日迴翔吷
我命胡不辰一女我所出羊家無外甥念之如疾疹拎
今兮弄笔硏阿母不我嘱庭闈中秀髮齒落髮如眼花
少年何作人役猶憶母在時夜寒燈照簾
飛微卻〻詩成颗自焚畏路香如許叫躃母不聞
生不出閨門教我理刀尺辛苦作人家亲劳計晝盥
鳴咽婦鹭眼花為人役猶憶母在時夜寒燈照簾

43-748

三、颜小来《恸纬斋诗》稿抄本书影，山东省博物馆海岱人文书稿

晚香堂詩　　　　　　　　　　閨媛顏恒緯著

病中苦寒

塞雁行行過窗鷄軋軋鳴銀燈時復減樵焚斷還青破

牖朔風吼蠹軀懷冽生擁衾　　假寐更自歎伶仃

促織

空階當靜夜應候報新烁露冷聲偏側風微韻轉悠時

時驚客夢切切動閨憂無限凄涼意教人易惹愁

兀坐

"颜氏文献丛书"
编辑出版说明

  以颜光敏为代表的清朝曲阜颜氏家族，家学渊源深厚，向有重儒笃学、诗礼传家的优良传统。自顺、康至雍、乾百余年间，曲阜颜氏仕宦不绝，文脉绵延，传世著作甚多，但大都为稿本或抄本，虽也有少数几种刻印本，只是收藏于个别大图书馆或博物馆内，流传面极窄，一般读者难得一见。文献内容十分丰富，包括诗歌创作、经学阐释以及笔记杂著、家乘尺牍等。其中有些文献如颜光敏、颜伯珣、颜懋侨等人的诗歌创作，具有重要的文学研究价值和社会认识价值，而《颜氏家诫》《颜氏家藏尺牍》等文献的重要历史资料价值和研究价值，也早已引起了学术界的重视。

  清朝曲阜颜氏家族文献是我国优秀传统文化的一部分，是留给我们的宝贵文化遗产。济宁学院地处颜氏故乡，理应对包括颜氏家族文献在内的曲阜地域文化和乡贤文化研究做出自己应有的努力和贡献。整理和研究清朝颜氏家族的珍贵历史文献，编辑出版"颜氏文献丛书"，正是我们开展中华优秀传统文化研究工作的一个重要方面。这套"颜氏文献丛书"的编辑出版，不仅对于丰富和拓展地域文化、家族文化乃至清朝前期社会历史与文学发展史的研究领域与内容有重要意义，而且对于继承和弘扬儒家优秀传统文化、促进社会主义核心价值观形成和精神文明建设都具有重要的意义。

  为编辑这套"颜氏文献丛书"，我们从校内外（以校内为主）选聘了有关专家学者，组成了编辑委员会和专门的编辑班子。我们要求"文献丛书"以整理本的形式出版，对每本书都要进行认真的校勘、注释。"颜氏文献丛书"计划编辑出版八种，分批出齐。具体书目和整理人分工如下：

《颜伯珣　颜伯璟诗校注》，樊英民、徐复岭整理；

《颜光敏诗文校注》，赵雷、王永超整理；

《颜光猷　颜光斅诗校注》，吴宪贞整理；

《颜肇维　颜小来诗校注》，颜健、孙毓晗整理；

《颜懋伦　颜懋价诗校注》，颜伟、段春杨整理；

《颜懋侨诗校注》，赵雷整理；

《颜崇榘诗文校注》，王祥整理；

《〈颜氏家藏尺牍〉校注》，王永超、徐复岭整理。

丛书编写与出版过程中，济宁学院领导给予了大力支持。曲阜颜子研究会也给予了支持和帮助。首都图书馆、北京大学图书馆、山东省图书馆、青岛市图书馆、曲阜师大图书馆以及我校图书馆等，为我们查阅与复制资料提供了诸多方便。曲阜师范大学赵传仁教授和民间收藏家、青岛海右博物馆赵敦玲馆长等，无私地将珍贵私藏提供给我们使用。为弘扬我国优秀传统文化，大家尽其所能，做出了自己的最大努力。在此，我们向有关方面和热心的朋友表示由衷的感谢！

由于水平所限，整理工作中难免存有缺陷甚至错误，欢迎专家和广大读者提出批评和建议。

济宁学院"颜氏文献丛书"编辑委员会

"颜氏文献丛书" 序

　　历史上经济文化相对发达地区的著姓望族，大都非常重视家族文化建设，而创作、辑存、整理、出版家族文献，又是家族文化建设最为重要的内容之一。山左望族是有清一代文献活动最为频繁的家族，山东地区也因此成为全国文献资源最雄厚、文献活动最活跃的地区之一。新城王氏、安丘曹氏、聊城杨氏、鱼台马氏、即墨黄氏，以及曲阜孔氏、颜氏，等等，作为地方上具有举足轻重作用的社会力量，这些望族的家族文化成就在相当程度上反映甚至决定着当地地方文化的成就。

　　这些文献发达型的名门右族，在发展壮大的过程中，济美多才，作者迭兴，风流不坠，文采焕发，堪称"文献之家"。他们留下的文献资料卷帙浩繁，"上以备国家搜访，近以供邑乘钩遗"，极大地丰富充实了地方文献的内容，成为地方文献中最重要的组成部分，具有重要的历史价值；同时，也为社会开辟了一扇了解该家族的历史，特别是该家族智慧成果的窗口。由于家族文献大多没有正式出版，流布分散，又少有现成的目录索引可资检索，网罗散佚相当困难，因此，文献家族还特别重视本族文献的收集与保存，凡属本族文献零落仅存者，乃至于零缣残墨、吉光片羽，亦在掇拾之列；继而或编纂总目，或汇辑总集，或刊刻丛书，使后人藉以一窥该家族的学术史、文化史。总体而言，清代山东地区望族的文献活动，无论在数量上还是质量上，都达到了相当高的水平，相应地大大提升了整个山东地区的文化质量。

　　颜氏是鲁国望族。自复圣颜子之后，世居鲁都曲阜或徙居外乡的颜氏后人，赓续先祖圣训，重儒笃学，文人踵兴，累世有集，一门称盛。清顺治至乾隆朝一百余年间，以颜光敏为代表的数代曲阜颜氏家族成员，无论为官还是为民，风雅祖述，诗礼相承，前薪后火，息息相继，逮于闺秀，亦娴吟咏，构成一条壮观的家族文化之链，留下丰厚的家族文献遗产，显示出家族源远流长的文化传承以及家族文化活动旺盛的生命力。这批遗著举凡诗文创作、经典阐释、家乘方志、诗话笔记、博物考古、形胜记撰等，含括宏富，数量巨大，都具有很高的价值，其中尤以诗歌为长，在历代家族文化和家族文献中颇具代表性和典型性。十多年前，颜氏家族成员的这批著作，还大都没有正式刻印出版过，只是以稿本或抄本的形式保存流传，有的在图书馆或博物馆束之高阁，有的在民间散落尘封，赖一线而孤传，这既不能发挥历史文献应有的社会价值，也面临着湮灭或失传的危险。2006 年，为抢救保存具有一定学术价值的罕传文献，我们启动了《山东文献集成》的编纂工作。在调查收集、考订编纂山东文献的过程中，我们深深体会到乡邦文献抢救保存和流通的紧迫性。《山东文献集成》第一辑中收录的山东省博物馆藏《海岱人文》稿本，其中收有曲阜颜氏诗文集三十三种之多，大部分传世稀少。"颜氏文献丛书"的整理编纂，学者们大都注意到或使用了《山东文献集成》的相关本子，稀见善本不羽而飞，嘉惠士林，这正是我们编纂《山东文献集成》的初衷所在。

　　一项好的古籍整理成果，选题确当与做法地道当然是极为重要的，但更重要的还是整理者的学术专长和业务水平。本丛书的主编徐复岭教授早年就以研究《醒世姻缘传》等相关学术问题和汉语史为世所知。如今徐教授已届耄龄，但老骥伏枥、壮心犹存，近年仍活跃在语言学、辞书编纂学等领域，耕耘不辍，相继推出《近现代汉语论稿》《〈金瓶梅词话〉〈醒世姻缘传〉〈聊斋俚曲集〉语言词典》等著作。对于"颜氏文献丛书"的校注整理，徐教授亲自选定工作版本、规定整理体例、拟定工作方法，带领一批学有专长的博士、教授和地方文史专家，经过数年艰苦努力，第一批书稿就要出版了，这是值得祝贺的事情。

　　就"颜氏文献丛书"首批四种著作来看，校注体例合乎古籍整理的传统做法，注释详略也适合一般学习者的阅读与利用，这些做法都是非常地道、也是值得称道的。特别需要指出的是，校注者多方搜求现有存世版本，尽量把原作者的作品收齐、收全，校注时选用最佳版本作为工作底本。这里不妨结合我的某些工作经历举几个例子。我曾参与主持编辑的《山东文献集成》，收录颜伯珣的诗作仅限于《秪芳园集》《旧雨草堂集》和《颜氏三家诗集》等三个钞本，而"颜氏文献丛书"另外收集到嘉庆二十五年（岁次庚辰，1820）锄月轩刻印本《秪芳园遗诗》，该印本四卷、别集二卷，补遗一卷，现藏山东省图书馆，先师王绍曾先生《山东文献书目》著录。三个钞本共收颜诗二百七十七首，而刻本《秪芳园遗诗》则收诗四百四十二首，较三种钞本多出一百四十五首。整理者将颜伯珣所有版本的诗作合并并去其重出者，得诗计五百五十六首，颜伯珣存世诗作首次得成完璧。再如颜懋伦诗集《什一编》，《山东文献集成》中《海岱人文》钞本仅收诗三十三首，"颜氏文献丛书"整理者千方百计从民间访得该集稿本，仅"丙辰至丙寅"部分就收诗一百一十二首。研究颜懋伦诗歌，"颜氏文献丛书"本无疑优于《海岱人文》本。又如颜肇维《锺水堂诗》，我在拙著《四库存目标注》中，曾加标注，但所恨闻见不广，没有提及国家图书馆还藏有此书。"颜氏文献丛书"整理者经过寻访，发现该书除北大本、南图本、鲁图本和青图本之外，国图本实属该书另一重要版本。另外，齐鲁书社1997 年出版《四库全书存目丛书》影印《锺水堂诗》时，所依据的是虫蚀严重、序跋残缺且正文仅存三卷的南图本。而"颜氏文献丛书"整理者在对该书各种版本进行细致比勘考辨后，认定青图本是成书最晚、收诗最全的本子，且精校精刻、保存完好，遂作为整理工作的底本——这种考镜源流的工作对学术研究的影响是不言而喻的。

"家之粹，即国之粹"。对清朝曲阜颜氏家族文化和文献进行系统整理研究，无疑是极有意义的工作。这不仅对于拓展丰富地域家族文化和清朝社会史与文学发展史的研究领域与内容具有重要价值，而且对于继承和弘扬儒家优秀传统文化、促进社会主义核心价值观形成和精神文明建设都具有重要现实意义。颜氏家族文献固然以诗歌创作为大宗，其他类型的文献似也不容忽略。仅拿颜光敏举例，氏著《训蒙日纂》是一部帮助童子读经典的启蒙性读物，在今天仍有启发意义：其《文释》卷对常用文言虚词逐一作了通俗解读；《音正》卷则讲解古音、纠正方音。作为一部"小学"类著作，本书具有工具书或辅助教材的性质，著名学者毛先舒称《音正》卷"细如毛发，昭哉发蒙"，《文释》卷也早于刘淇《助字辨略》，在我国古代语法史研究中理应占有一席之地。他的《德园日历》、《南行日历》（附《历下纪游》）、《京师日历》三部日记，保存了大量清初珍贵史料，足以发明史实、补苴史阙，是极为重要的历史文献，颇具参考价值。其他诸如诗话、笔记、文物考古等方面的文献，其价值也尚待深入开发利用。我们期待具有更高学术水平的"颜氏文献丛书"的第二批、第三批成果也早日问世。

2021 年 7 月 10 日　杜泽逊于槐影楼

目　录

"颜氏文献丛书"编辑出版说明 ·· 1

"颜氏文献丛书"序（杜泽逊）··· 1

前　言 ·· 1

颜肇维诗校注

锺水堂诗 ·· 9

　侯嘉翻序 ··· 9

卷一 ·· 12

　甬江大风雨作 ·· 12

　吴山得倪文正公诗翰（曾祖出鸿宝先生门）···················· 13

　湖州绝句（六首）·· 14

　虎阜 ·· 16

　平山堂怀岸堂先辈 ·· 16

　闲意 ·· 17

　喜雨 ·· 18

　洛阳 ·· 18

　安邑盐池 ··· 19

　清华镇 ·· 20

　壬午早春，朱子素存招游龙洞，同游者李子向南、赵子季颁、

　　黄子仲通、李子子凝·· 20

饯春…………………………………………………… 21

怀巢司寇寄斋…………………………………………… 22

燕寺东庄（三首）……………………………………… 23

寄王廷尉巨峰…………………………………………… 23

井陉…………………………………………………… 24

祁县…………………………………………………… 24

寿阳怀古……………………………………………… 25

太行山绝句（三首）…………………………………… 25

铜雀台………………………………………………… 26

辉县…………………………………………………… 27

邯郸怀古……………………………………………… 27

重过历下亭…………………………………………… 29

癸巳出都，别徐大司成………………………………… 30

上杨石湖通政…………………………………………… 30

寄石荔园……………………………………………… 31

忆德安司马王桐木……………………………………… 31

送秋史………………………………………………… 32

寄黄固山人（二首）…………………………………… 33

赠铜台孔司马…………………………………………… 34

秋夜杂诗……………………………………………… 35

上陈沧洲先生…………………………………………… 35

题朱邳州小照…………………………………………… 36

舟次淮安访蒋湘帆，别后却寄………………………… 37

答子凝李太史（时赐老臣宴）………………………… 38

雪后…………………………………………………… 39

授书儿辈……………………………………………… 39

送孔榆村之汴…………………………………………… 40

别中牟令章梅湖………………………………………… 40

刘村访朴庵李观察，时傤装矣………………………… 41

归田园作……………………………………………… 41

龙湾即事……………………………………………… 42

太守吴夏崖题先君子遗像感怀………………………… 42

宣武坊旧宅（邺园李文襄题额）……………………… 44

寓接待寺 ……………………………………………… 44

李太史子凝买酒话别 …………………………………… 45

出都后却寄王侍御琴麓 ………………………………… 45

寄歙州宋介山 …………………………………………… 46

寄桐城姚引渊 …………………………………………… 46

归来 ……………………………………………………… 47

哭家弟承绪中翰 ………………………………………… 48

挽济南朱子素存（六首） ……………………………… 48

为陈大题雪里樵歌画扇 ………………………………… 50

送孔北沙宰宝山 ………………………………………… 51

过任城黄氏感怀 ………………………………………… 52

登莱徐观察枉顾山堂 …………………………………… 52

春日柬陈培南（二首） ………………………………… 53

柬双南 …………………………………………………… 53

寄高堰别驾孔德彰 ……………………………………… 54

吴太守升辰沅观察（四首） …………………………… 55

饯岁（丁未）（二首） ………………………………… 57

卷二 ……………………………………………………… 59

得家书二首 ……………………………………………… 59

寄姊 ……………………………………………………… 59

燕邸杂忆（三首） ……………………………………… 60

寄子敬孔三 ……………………………………………… 61

送程扶九归平阴 ………………………………………… 61

移居旧宅 ………………………………………………… 62

秋月（四首） …………………………………………… 62

封大理馈罗酒 …………………………………………… 63

戊申元日 ………………………………………………… 64

赠周祠部紫昂先生 ……………………………………… 64

蕴阁 ……………………………………………………… 65

题索句图 ………………………………………………… 65

对镜（二首） …………………………………………… 66

赠洛阳李先生 …………………………………………… 67

将之浙水言怀志别（四首）…………………………………………… 68

踵韵留别世尹季玉 …………………………………………………… 70

登韬光阁与松岳僧话旧（二首）…………………………………… 70

九日曹娥江舟中遣兴 ………………………………………………… 71

挽江宁令孔北沙（二首）…………………………………………… 71

戊申秋，侨儿偕余南渡，除夕，龄儿来，围炉作 ……………… 72

新昌道中 ……………………………………………………………… 73

斑竹 …………………………………………………………………… 74

署中葺屋四首 ………………………………………………………… 74

种花二首 ……………………………………………………………… 76

寄九叔 ………………………………………………………………… 77

暑中寄姊 ……………………………………………………………… 79

示伦侄并价 …………………………………………………………… 79

寄怀柏村 ……………………………………………………………… 80

山行（三首）………………………………………………………… 81

晚归 …………………………………………………………………… 82

天台十景 ……………………………………………………………… 82

　　华顶归云 ………………………………………………………… 82

　　石梁瀑布 ………………………………………………………… 82

　　桃源春晓 ………………………………………………………… 82

　　双涧回澜 ………………………………………………………… 82

　　赤城栖霞 ………………………………………………………… 83

　　螺溪钓艇 ………………………………………………………… 83

　　寒岩夕照 ………………………………………………………… 83

　　琼台夜月 ………………………………………………………… 83

　　清溪落雁 ………………………………………………………… 83

　　断桥积雪 ………………………………………………………… 83

杂兴（三首）………………………………………………………… 85

谒朱子祠 ……………………………………………………………… 86

遣怀 …………………………………………………………………… 86

黄渡 …………………………………………………………………… 87

劝农 …………………………………………………………………… 87

和巨涛和尚韵（二首）……………………………………………… 87

海门雨中望海 ……………………………………… 88

寄张士可 …………………………………………… 90

剡溪阻雨宿山家 …………………………………… 91

沙段 ………………………………………………… 91

除夕自仙居归署，题老莲索句图（二首）………… 92

新历 ………………………………………………… 93

大汾阅河 …………………………………………… 93

三石元夕 …………………………………………… 94

东湖桃花 …………………………………………… 94

半江楼 ……………………………………………… 95

听雨 ………………………………………………… 95

宝藏寺 ……………………………………………… 96

课农（二首）……………………………………… 96

放船至涌泉 ………………………………………… 97

题恽格桃花（二首）……………………………… 98

象坎 ………………………………………………… 98

显恩寺 ……………………………………………… 99

江涨后谒张睢阳庙，同郡守、僚佐过半江楼 …… 99

送人之江右 ………………………………………… 100

题陈葆林小照（三首）…………………………… 100

除夕题汪玉依风木图 ……………………………… 101

题戴明悦画竹 ……………………………………… 103

金清港 ……………………………………………… 103

卷三 ………………………………………………… 105

百步 ………………………………………………… 105

梅林驿 ……………………………………………… 105

送朱富阳入觐，并示令弟滁州（二首）………… 105

和伯姊恤纬老人 …………………………………… 106

题叔祖季相公祇芳园诗画册 ……………………… 107

半江楼秋兴四首 …………………………………… 109

辛亥重阳经桐岩岭有作 …………………………… 110

和张太守半江楼赏雪诗（二首）………………… 111

宿真如寺 ……………………………………………… 112

东湖行春绝句（四首）………………………………… 112

镇海楼望城内梅花 …………………………………… 114

果山李氏止宿 ………………………………………… 114

恶溪 …………………………………………………… 114

百步溪上有仙人张平叔足印，观察朱公绘图入告，得请建祠 …… 115

和张太守过天台看牡丹 ……………………………… 115

法轮寺 ………………………………………………… 116

桃渚 …………………………………………………… 117

侨儿北归示意 ………………………………………… 117

峙山寺访僧不遇 ……………………………………… 118

狐裘寄甲午孙 ………………………………………… 118

寄陶橘村 ……………………………………………… 119

秋日重过真如寺 ……………………………………… 119

上妙寺 ………………………………………………… 120

后泾见雁（二首）……………………………………… 120

答侯生元经 …………………………………………… 121

答恤纬姊来韵 ………………………………………… 121

柬太平徐令尹括庵 …………………………………… 122

台州海云相传不过关山岭，因雨有感 ……………… 122

题尹云台小像 ………………………………………… 123

题石嵩隐小像 ………………………………………… 123

上桐城张相公兼呈宗伯 ……………………………… 124

紫阳观告成，呈留少宗伯十二韵 …………………… 129

甲寅六月，署中构小楼，颜曰太乙，留题壁间 …… 130

太乙楼落成，友人写余小照悬之壁间，并貌幼子锺老于侧，

　酬从叔南浦氏见示四十韵 ………………………… 130

七月，再题太乙楼壁，以示来者 …………………… 133

题康敬山观海图行乐 ………………………………… 133

和南浦叔留别二首 …………………………………… 134

乙卯六月朔，梦中句 ………………………………… 135

十二岭作 ……………………………………………… 135

题詹明远小照 ………………………………………… 135

送汪绎南游楚 …………………………………………………… 136

水家洋记梦 ……………………………………………………… 136

班竹同俞子仲观题逆旅壁 ……………………………………… 137

天姥岭 …………………………………………………………… 137

南明寺 …………………………………………………………… 137

清风岭 …………………………………………………………… 138

渡钱塘 …………………………………………………………… 138

六一泉谒六叔检讨公祠 ………………………………………… 139

灵隐寺怀义果 …………………………………………………… 139

南屏寺 …………………………………………………………… 140

剡溪 ……………………………………………………………… 140

贾似道故里 ……………………………………………………… 141

题李军门馥郁小照（二首） …………………………………… 141

赠国清寺一山和尚 ……………………………………………… 142

丙辰夏将去临海漫成（四首） ………………………………… 143

留别太平徐同寅括庵（二首） ………………………………… 144

丙辰四月，留题真如寺壁 ……………………………………… 146

去临海留别王香岑、蒋若岸秀才 ……………………………… 146

重过猴城 ………………………………………………………… 146

美锦曲留别朱观察涵斋公 ……………………………………… 147

为冯太守志别 …………………………………………………… 148

答玉环李司马存存，即用留别 ………………………………… 151

别仙居令何梅岩（开州人） …………………………………… 151

留别黄岩鲁令尹耘庄 …………………………………………… 151

卷四 ……………………………………………………………… 153

丙辰腊月将去杭州，留别孔分司竹庐（三首） ……………… 153

舟泊嘉兴，少司寇冯澍臣赠宣炉赋谢 ………………………… 153

平望湖 …………………………………………………………… 154

虎阜步月遇丹阳主簿孔雨村 …………………………………… 154

腊月十九日，大风行丹阳河上，夜宿京口僧房有作 ………… 155

琼花观访蒋布衣拙存 …………………………………………… 157

丁巳元日，淮扬孙副使陶仲赠砚赋谢 ………………………… 157

自浙赴京，早春过里示家人（二首）·················· 158

四月初六日北上，饮饯枝津园示侄辈（二首）·········· 159

北上题龙湾旧雨草堂壁（二首） 159

次龙湾，和价侄赠行韵 ·························· 160

次汶上，叠前韵却寄龙湾兄弟，并呈东模从叔 ·········· 160

过保定，李彭城公留寓古莲池，临去赠云山上人（二首）···· 161

怀石门上公即步送别元韵（二首）·················· 161

题临海侯元经携儿度天姥岭图 ···················· 162

赠述斋葛员外移居（二首）······················ 164

送锡韩李主事假归济南 ·························· 165

封印 ······································ 166

戊午元日，［上］赐燕恭纪 ······················ 166

元夕履亲王府燕礼部僚属即席 ···················· 166

题留侍郎观海小照 ···························· 167

颂糈 ······································ 168

和旂原法中书悼徐姬四绝（四首）·················· 168

神乐观松下送牛阶平令秦安 ······················ 169

送孔子衡作令江南 ···························· 171

送孙敬斋作令江南 ···························· 171

寿同官朱俦鹤，即用其见赠原韵（二首）·············· 172

筠园卫员外移居比邻，赠之 ······················ 173

雪后望瀛台 ································ 173

和杭编修方镜诗韵（四首）······················ 174

己未元旦早朝 ······························ 175

恭和御制元正二日赐群臣燕诗 ···················· 176

蕴阁早春对雪 ······························ 176

翼斋节妇旌表记并序 ·························· 177

雪霁 ······································ 180

志梦 ······································ 180

二月十九日进回避卷直史馆作 ···················· 181

同刘孝廉南宫、赵孝廉幼石讨春登高作（二首）·········· 181

送王少司空归里 ···························· 182

读《珂雪词》柬曹巨源 ·························· 183

斋坛祷雨,和宛平令曹季和韵(二首) ················ 184
赠番禺庄殿撰容可 ·································· 184
赠海阳鞠进士谦牧 ·································· 185
赠轩辕谋野 ·· 186
题田白岩《脊令图》 ································ 186
颜懋侨跋 ·· 188
颜懋份跋 ·· 192

颜肇维诗补遗(十二题) ··························· 193
连展 ·· 193
题泰安赵相国《泰山全图》 ·························· 193
赠孝义梅隐雷先生 ·································· 195
马 ·· 196
赵北口(二首) ···································· 196
龙湾 ·· 197
乐圃 ·· 197
寄王员外为可 ······································ 198
九日 ·· 198
读乐圃壁间秋史、岸堂、小东、训昭、赞王诸君旧作有感,
　用秋史过曲阜留别韵 ···························· 199
意园主人饭我及乐清侄,以无肉食为嫌,因赋三断句 ······ 200
无题 ·· 201

附录 ·· 202
一、颜肇维书信(一通) ···························· 202
二、颜修来先生年谱(颜肇维撰) ···················· 203
三、颜肇维墓志铭及其他有关资料辑录 ················ 211
四、颜肇维简谱 ···································· 214

颜小来诗校注

恤纬斋诗(47首) ································· 221
恤纬斋诗序(汪芳藻撰) ···························· 221

哭母前十首 …………………………………………………… 227

哭母后二首 …………………………………………………… 231

鸡冠花 ………………………………………………………… 232

秋夜西窗独坐 ………………………………………………… 233

己卯季冬，四叔祖以王事返里，过乐圃有诗，敬和原韵 … 233

秋暮 …………………………………………………………… 234

村居 …………………………………………………………… 235

促织 …………………………………………………………… 235

春夜闻笛 ……………………………………………………… 236

病中不寐 ……………………………………………………… 236

病中 …………………………………………………………… 237

赠别藕兰主人归济南 ………………………………………… 237

观物 …………………………………………………………… 240

侍儿 …………………………………………………………… 240

秋兴 …………………………………………………………… 241

秋夜将晓枕上口占 …………………………………………… 241

清明前一日 …………………………………………………… 242

墓祭 …………………………………………………………… 242

夏夜 …………………………………………………………… 243

七夕忆亡妹 …………………………………………………… 243

和岸堂先生灵光殿怀古 ……………………………………… 244

村居步乐清侄韵 ……………………………………………… 245

春日斋中即事 ………………………………………………… 246

春尽遣怀 ……………………………………………………… 246

寄弟 …………………………………………………………… 246

惜春（二首） ………………………………………………… 247

春日乐圃 ……………………………………………………… 248

养蚕 …………………………………………………………… 248

秋夜（二首） ………………………………………………… 248

自怜 …………………………………………………………… 249

除夕 …………………………………………………………… 249

旧宅梧桐 ……………………………………………………… 249

元夕挽岸堂先生 ……………………………………………… 250

送春 ·· 250

晚香堂诗（21 首）·························· 252

病中苦寒 ····································· 252

促织 ·· 252

兀坐 ·· 253

春日 ·· 253

忆侍儿 ······································· 254

春霁 ·· 254

新秋 ·· 255

七夕忆亡妹 ·································· 255

寒食祭扫 ····································· 256

苦雨 ·· 256

闲书 ·· 256

夏日感旧 ····································· 257

惜春二首 ····································· 257

被盗后作 ····································· 257

见旧日梧桐有感（存目。诗见《恤纬斋诗·旧宅梧桐》）··· 258

挽族祖东塘三首 ···························· 258

浪淘沙 ······································· 259

点绛唇 ······································· 259

颜小来诗补遗 ····························· 261

元夕挽岸堂先生（又三首）··············· 261

哀诗（二首）································· 262

禽言 ·· 262

遣病 ·· 263

贺长姑生子 ·································· 263

和肃之弟除夕韵 ···························· 264

春尽 ·· 264

题昆山叶书城夫人《绣余听乌诗草》（二首）··· 265

浪淘沙令 ····································· 265

点绛唇（题孔蕴光女史《藕兰诗》后）··· 266

附录··· 267

一、颜小来生平资料辑录 ···································· 267

二、颜小来简谱 ·· 268

前　言

　　这是清初曲阜人颜肇维及其伯姐颜小来诗作的合注合校本。两人流传下来的诗歌作品，基本都已包括其中了。

　　颜肇维（1669—1749），原名肇雍，清初著名诗人颜光敏之子，字肃之，号次雷，晚号漫翁。肇维八岁从父就学，十八岁丧父，家道中落，但他秉承颜氏忠孝家风，积学苦读，终于淹通经史。雍正中期，由太学生考授镶红旗官学教习。期满，选任临海知县。肇维身体修伟，性格方直，内仁九亲，外笃交游，遇事刚直不阿。遇有兴作，精神勃发，挥笔成篇。《临海县志》记载：颜肇维任职期间兴利除弊，改革税制，去除苛捐杂税，民情欢悦；整治河道，勘察赵公河故有河道，三沟六浦皆疏浚通畅，以利于百姓灌溉农田；加强海防，筑炮台三个，修战舰九艘，汛房二百所，并修建增高汤信国防备倭寇城防；崇儒重教，修建学校，推行儒家教化，改良民风民俗；时有江海泛滥为灾，设粥赈济饥民，全活无数。[1] 由于颜肇维政绩卓著，深得临海百姓爱戴，三考升行人司行人，及裁减行人司，遂隶礼部为仪制司马。告老还乡后，徜徉乐圃，矍铄弥壮，年八十一岁而终。

　　颜肇维自幼深受其父影响，学识渊博，酷爱写诗，尤长于近体诗，著有《锺水堂诗》《赋莎斋稿》《漫翁编年稿》等。《锺水堂诗》是颜肇维仅存的一部诗集，《四库全书总目提要》称此集"乃其官浙东时所作，诗多学南宋诸家"[2]。其同乡后人孔宪彝在《曲阜诗钞》中认为其"诗律清圆"，并说："齐侍郎召南称其为良吏、为高人，皆以诗见。"

　　颜肇维所著《锺水堂诗》版本存世无多，但具有重要的思想价值，我们从中可以看出颜肇维的政治思想和为政理念。颜肇维在临海任上以先辈前贤为榜样，兴利革弊，治绩卓著。他在《甲寅六月，署中构小楼，颜曰：太乙，留题壁间》中写道："老夫七载无他政，颜度当年识此情。"颜度是南宋名吏，历任海门主簿、临海令，遇事慈善宽容，人不忍欺，其审理案情，智慧神明，后为监察御史、工部侍郎。宋孝宗曾赞扬颜度"每出一言，不动如山"。颜肇维是以同姓先辈颜度为榜样，希望为政临海、造福一方。又如《七月，再题太乙楼壁，以示来者》："前贤我爱叔孙婼，葺屋修垣兴未阑。"表达了颜肇维要像春秋时期鲁国政治家、外交家叔孙婼一样内睦诸卿、外御诸侯，在政治上有所作为。

颜肇维的最高政治理想是"卧治"天下。西汉时，汲黯为东海太守，"黯多病，卧闺阁内不出。岁余，东海大治"[3]后召为淮阳太守，不受。武帝曰："吾徒得君之重，卧而治之。"[4]颜肇维有意仿效汲黯，在临海任上政事清简，他在赠友人的两首诗中说，"卧治东方诗思好，招寻宁遣簿书违"（《登莱徐观察枉顾山堂》），"种树歌成四野欢，讼堂卧治乐刘宽"（《吴太守升辰沅观察》）。颜肇维期盼友人能够无为而治，成为"卧治"一方的能吏。而他自己也以之为最高理想，故其诗《署中葺屋四首》曰："卧治难臻凭午梦，缁尘那可染青袍。"《赠铜台孔司马》所云"疏河已遣鱼龙卧，为政何妨胥吏闲"，又可见他对于下级官员也颇为宽容。

《锺水堂诗》亦有相当高的文学价值。颜肇维擅长古风，如《邯郸怀古》："荒荒落日邯郸道，黄风吹沙甘棠倒。崇祯之末天纪沦，太监监军军夜奔……坚城义士今岂少，直令河间继常山，村中野老指故垒。我独何能开心颜？荒祠春尽苹蘩少，千古黄粱一梦间。"邯郸是颜肇维及其家族最值得缅怀的地方。其曾祖颜胤绍曾在此任邯郸令，后升河间知府，最终杀身成仁，阖家自焚，为明王朝殉节。颜肇维亲临此地，睹物思人，怎不思绪万千！又如《翼斋节妇旌表记》中记述：曲阜翼斋节妇在丈夫去世后侍奉姑舅、抚养弱子、四十年守持，终得儿子高中、朝廷旌表。诗作娓娓道来，凄楚动人，读来让人痛彻肺腑。

颜肇维的诗作中时常充满了仕宦与归隐的矛盾。一方面，他年近花甲被雍正委以临海县令之职，唯恐辜负皇帝的重托与信任，《将之浙水言怀志别》（其一）："老至惟愁负主知，一闻明诏便星驰。"他心怀忐忑，得到任职诏书后便星夜驰往，一门心思去处理政事，决心即使不能取得像管仲、乐毅那样的成就，也会竭尽全力、尽职尽责。另一方面，归隐之愿始终是他难以割舍的情怀。诗人日夜思念龙湾老家，《将之浙水言怀志别》（其三）："村中九日花谁把，湖上中秋月自看。只有新诗无甲子，何时归理旧渔竿。"想着众兄弟们正蒸梨剥枣迎接重阳节，而自己独自在远离家乡的湖上赏月，何时才能结束任职，归隐田园，垂钓泗河之上呢？

颜肇维无论是公务之时，还是生活之暇，时常作诗自娱。如《署中葺屋四首》（其四）："课农祷雨事无涯，饭后能来路不赊。绕径宜栽女贞子，隔篱偏种杜鹃花。"颜肇维忙于政事：催促农事，祈神降雨，官事繁忙，无休无止。他依然不忘栽花种草，充满生活情趣。在椒江巡行考察时则所见之景随即入诗，如《山行》（其一）："榴花白映栗花滩，五月椒江尚戒寒。绝似龙湾村舍里，门前老树挂渔竿。"春花烂漫之中，椒江水却依然寒气袭人，让诗人想起了门前挂渔竿的泗河龙湾老家。临海泉水众多、河道纵横，田里有新插的稻苗。隔岸的渔舟，远远望去好像停泊在天际，晚风吹拂，潮水涌起。青山绵延不断，江水东流入海，雨过天晴之后，更是云雾缭绕，峰峦叠翠。

《锺水堂诗》语言简洁凝练、生动形象，常在朴实无华中透露着机趣。如《天姥岭》"风堕松间雪，烟远谷口炊"，将自然界的风与人间的炊烟相对，"堕""远"两字，动静结合，远近对照，可谓佳句。《宝藏寺》"积雨鸟呼泥滑滑，白云僧汲水潺潺"，用朴实无华的语言描绘了宝藏寺之清幽自然。《颂稽》"无多宦况宦犹拙，典尽春衣春又寒"，则用凝练戏谑的笔触描绘了诗人客宦京师的贫困与无奈。

前贤时哲多有著作论及《锺水堂诗》，如李灵年、杨忠《清人别集总目》、柯愈春《清人诗文集总目提要》、周洪才《孔子故里著述考》、杜泽逊《四库存目标注》等。[5]颜肇维《锺水堂诗》国内现存五种刻本：国家图书馆藏本、北京大学图书馆藏本、南京市图书馆藏本、山东省图书馆藏本和青岛市图书馆藏本（简称国图本、北大本、南图本、鲁图本和青图本）。其中青图本为乾隆年间刻本，成书最晚，收诗最全，校勘最精，保存最为完好；北大本、鲁图本为雍正年间刻本，刻印时间最早，但缺少卷四诗，卷三收诗亦不全；国图本和南图本则属于以上两种版本的过程型刻本。

我们这次校注以青图本为底本，参校国图本、北大本、南图本、鲁图本以及孔宪彝辑《曲阜诗钞》[6]所选"锺水堂诗"。颜肇维诗文资料的收集，得到了国家图书馆以及北大、南京、山东、青岛等图书馆以及有关方面的支持和帮助，在此深致谢意。

颜肇维除有《锺水堂诗》外，还有文献中说他尚有《太乙楼集》一卷、《赋莎斋稿》《漫翁编年稿》，均未见。《锺水堂诗》卷三中收有有关太乙楼的诗作数首，以此推测所谓的《太乙楼集》一卷已编入《锺水堂诗》中。《赋莎斋稿》《漫翁编年稿》是否有传以及与《锺水堂诗》的关系，尚待进一步研究和探讨。

在清朝曲阜颜氏家族中，颜肇维及其伯姐颜小来的文学造诣比较突出，他们上承其父辈——康熙时著名诗人颜光猷、颜光敏、颜光斅，下启颜懋伦、颜懋侨、颜崇规等，在颜氏家族诗礼传家、弘扬颜氏之儒的家学门风方面具有重要的作用。颜肇维有子五人：懋龄、懋侨、懋價、懋企、懋全，他们也都有诗作传世。

颜小来，颜光敏长女，颜肇维伯姐。生于清顺治十四年（1657），自幼聪慧，从父授书，旁及琴弈，深受父祖宠爱。康熙十三年（1674）嫁同里监生孔兴焯，康熙二十一年（1682）夫亡，矢节甘贫逾六十载。据《晚晴簃诗汇》，"夫亡，（小来）绝粒五日，所亲谕以大义，乃强食。孝事翁姑，教嗣子及孙皆为诸生"。《阙里孔氏诗抄》载小来"既侍夫及舅姑疾，博涉方书，常自制丸散，以济乡里之茕独者"。

小来自幼跟从父祖学诗，孀居后以写诗自娱。晚年自号恤纬老人，名其居室曰"恤纬斋"，其诗集曰《恤纬斋诗》（一卷），另有《晚香堂诗》（一卷）。《恤纬斋诗》有山东省博物馆藏清抄《海岱人文》本，收诗 45 首，前有康熙庚子（1720）休宁汪芳藻序。该诗集另有山东省图书馆藏王氏双行精舍抄本、民国二十年秦玉璋抄本等。《晚香堂诗》有誊稿本，现归收藏家赵敦玲先生。此本凡半页九行、行二十一字，内署闺媛颜恤纬著，收诗 18 首，词 2 首，无序跋。与孔丽贞《籀兰阁草》诗集合订一册，所收诗与《恤纬斋诗》有同，或为颜小来早年诗作底稿。另据《国朝闺秀正始集》《小檀栾室闺秀词钞》记载，颜小来著有《晚香堂词》，惜未见。

作为闺媛，其诗以抒写个人性情遭际、表现对山水风月的审美观照为主，诗作表现内容囿于庭院生活，所写多为一己之悲欢与生活之琐事、眼前之小景。在春花秋月之景中，弹琴调鹤、课子牧豚，寄托闲适平淡的心境。如《秋兴》《春日斋中即事》《春尽遣怀》《秋夜将晓枕上口占》《惜春》《春日乐圃》《春霁》等诗。

小来夫婿少孤，颇为市井所陶染，不修职业。嫁无佳偶的"天壤王郎"之叹和矢节甘贫的人生遭际，奠定了小来诗作寂然伤怀的情感基调。《自怜》《旧宅梧桐》《夏夜》《促织》《春夜闻笛》《病中不寐》《秋暮》《病中》等诗，如实反映了她"破镜诗残尘梦远，素琴弦折世缘空"的孀居生活和凄苦清冷的寂寥心境。

小来晚号恤纬，说明她不只忧其纺织之事，而且忧虑国事，以家国为怀。《和岸堂先生灵光殿怀古》有云："前朝往事还如此，忆过金陵已断肠。"寄托了诗人的沧海之感，故国之思。说明她跟其父祖一样，故国情怀深植于其内心之中。可惜的是，这样的诗作在小来现存诗作中少而又少。

小来诗语言清新自然，很少用典，以情感人。其《哭母》诗至性至情，全从肺腑中自然流出，不事雕琢，诗句明白如话，如泣如诉。

小来诗风深受家父颜光敏影响，故其诗颇得"温柔敦厚"之旨。小来一生遭际坎坷，然描情摹态，触景伤怀，皆含蓄蕴藉，不复凄苦之调。如《闲书》"布衣蔬食自甘心，课子闲余便弄琴"，《秋夜将晓枕上口占》"贫来但觉心情改，老去常教鬓发知"，平和中透着对生命的达观。

小来诗词留存至今的数目只有寥寥数十首，虽多写"闺情"，然其质朴的语言，蕴藉的风格，更像是诗人人格的抒写。所谓"铅华尽洗，不惹一尘"，真实不虚。

"少年弄笔研，阿母不我嗔"，小来少从父授诗，长成后却不以诗笔为事。婚后孀居，孤苦无依，更是迫于生计而废笔劳作。"自怜咏絮描兰手，底事荒却学种田"，便是这种生活状况的写照，也传达了女性对诗文创作的渴望。

小来的一生，可以说是明清女性诗人群体的一个缩影，生在圣地，长于世家，少小受书，夫亡早寡，矢节甘贫，劬劳一生。诗画创作成为小来寂寥凄清的孀居生活的慰藉，也是明清女性生存状态的真实写照。

本次整理以《山东文献集成》收录的颜小来《海岱人文·恤纬斋诗》和赵敦玲收藏的《晚香堂诗》为底本，参照《国朝山左诗钞》《阙里孔氏诗钞》《阙里孔氏词钞》《晚晴簃诗汇》《续修曲阜县志》等书，共辑录颜小来诗68首，词2首。其中《晚香堂诗》各大图书馆未见收藏，幸得青岛收藏家赵敦玲先生倾力相助，热情提供了诗集中21首诗（词）的全部照片，在此致以诚挚的谢意。

《颜肇维诗校注》由颜健撰稿，《颜小来诗校注》由孙毓晗撰稿，两部书稿并经徐复岭教授审阅修改。限于水平，书中难免存有缺点甚至错误，欢迎专家和广大读者教正。

【注释】

[1] 张寅等修、何奏簧纂：《临海县志》，成文出版社有限公司 1975 年版，第 692—693、745 页。

[2] 魏小虎：《四库全书总目汇订》（卷一八四集部三十七别集类存目十一），上海古籍出版社 2012 年版，第 6247 页。

[3] ［汉］司马迁：《史记·汲郑列传》，李炳海校评，吉林文史出版社 2013 年版，第 715 页。

[4] 同上，第 717 页。

[5] 李灵年、杨忠：《清人别集总目》，安徽教育出版社 2000 年版，第

2401 页。柯愈春：《清人诗文集总目提要》，北京古籍出版社 2001 年版，第 429 页。周洪才：《孔子故里著述考》，齐鲁书社 2004 年版，第 472—474 页。杜泽逊：《四库存目标注》（集部下），上海古籍出版社 2007 年版，第 3327 页。

[6]［清］孔宪彝辑《曲阜诗钞》八卷，曲阜孔氏刻本，山东师范大学图书馆藏。

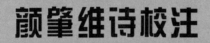

颜肇维诗校注

锤水堂诗

侯嘉翻序[1]

临海，古章安地[2]，土田壤白，处万山中，大海环之，居民重迁[3]，地力无不尽。吾师漫翁先生，自曲阜出宰海上，庶事修举，暇时讽咏，每一篇出，邑人士争诵之。嘉翻以部民而就子弟之列，知爱尤深。盖知先生之诗，大者抗浮云，纤者入无间[4]，掉鞅[5]名场，不胫而走，则固其前此者矣。客年[6]刻《锤水堂诗》于武林[7]。嘉翻将入晋[8]，已拜别先生官署，方恨不得挟册以示西人，乃复淹留[9]湖上，读上下两卷，而此第三卷，则归来省[10]母时先生所手授也。夫氾月[11]于水而恨月之多，扼珠于骊[12]而恨珠之少。兹所以爱惜郑重而存之者，真味膏流，玉瓮斯满[13]，岂以著述等身而讶其芟夷[14]之太尽哉。盖文章政绩直追古人而上，海内学者将于此观风雅[15]焉。先生当需次燕邸，公宴应制诸作，稿多散佚。[16]先生亦雅不欲存。浙水东西大半皆旧游地，自杭州以及嘉、湖、宁、绍[17]，旧皆有诗。今集中第一卷尚可按而得之，独留此冥冥海山[18]作宦游几案间物。又得宽以岁月，于今六年。周览乎长和云水[19]、沙埕渔沪[20]，尽入风诗。嗟乎，天之所以位置诗人者，宁无意欤？先生曰："予间有所作，懒不收拾，又讼牒[21]之暇，非如先拂酒罍，次开诗箧[22]者之从容自得也。"乃嘉翻受而卒读，涌漾绵邈、澹演渟蓄，谢宣城、陆浚仪[23]其人，风土吏治，密咏而得诸语言之外，抑何其移我情耶？昔顾长康[24]令山阴邑三万户而昼日垂帘[25]，见古人为治正与民安，于学校畎亩[26]为能优游清晏[27]，致足乐也。而临海为台州首邑，部领殷繁[28]。先生之于政事也，搏象搏兔，一赴以不欺之力[29]，所见笔翰如流牒[30]无留滞，乃多余暇，发为诗歌。纵使先生一旦迁去，扬历台端[31]而回顾台南，所以刻画烟霞、镂镂岩壑，山灵有知，亦感谢知己多矣。若夫先生上禀光禄考功[32]之传，而膝下令器[33]人人有集，又承家训而笺释之[34]，相戒毋沿俗官称[35]，兹固不具论云。

雍正癸丑谷雨后三日海上从游侯嘉翻拜序于东湖之浣月亭。[36]

【注释】

[1] 侯嘉翻（约1697—1746）：一作侯嘉璠，字符经，号夷门，浙江临海人。清雍正十三年（1735）拔贡，官至江宁丞。侯嘉翻曾师事颜肇维，其诗文迅疾，瞬息万变，时人誉为"浙中人才第一"。

此序据北大本、国图本，青图本有缺字，鲁图本、南图本无此序。

[2] 临海：今为浙江省台州市代管县级市，地处浙江东部沿海，是台州地区经济、文化中心，国家历史文化名城，自唐至清均治临海。章安：西汉始元二年（前85）置回浦县，属会稽郡。东汉改回浦为章安。三国吴太平二年（257）分章安永宁置临海郡。

[3] 重迁：安土重迁，安于本乡本土，不愿轻易迁移。

[4] "浮云"句：此处是说颜肇维的诗作宏大者声振行云，纤细者润物无声。无间：即物我无间，融为一体。

[5] 掉鞅：本谓驾战车入敌营挑战时，下车整理驭具，以示驭术高超，比喻从容展示才华。掉：翻转、摆弄。鞅（yāng）：套在马脖子上的皮带。

[6] 客年：去年。

[7] 武林：杭州的别称，以武林山得名。

[8] 入晋：入仕。

[9] 淹留：长期逗留，羁留。

[10] 省（xǐng）：省视、探望。

[11] 汜（sì）月：多作"巳月"，农历四月。

[12] "扼珠"句：形容颜肇维之诗作字字珠玑。骊：传说中黑色的龙。骊珠：宝珠，传说出自骊龙颔下，故名。

[13] "真味"句：形容风雅纯正，字字珠玑。

[14] 芟夷（shān yí）：除草，刈除，这里指删除订正文字。

[15] 风雅：此处指文风。《诗经》分《国风》《大雅》《小雅》，古人采诗以观民风。

[16] 青图本"盖文章"以下24字缺，此据北大本、国图本补全。

[17] 嘉、湖、宁、绍：指嘉兴、湖州、宁波、绍兴。

[18] 冥冥：昏暗貌，这里指潜意识里，不知不觉中。海山：指临海。

[19] 长和云水：云和水，泛指自然界的景物。

[20] 埕（chéng）：闽浙沿海一带称近水宽平之地及培育介属之田为埕。渔沪（hù）：捕鱼用的竹栅。

[21] 讼牒（dié）：诉状。这里指公务、政务。

[22] 罍（léi）：古代一种盛酒或水的容器，小口，广肩，深腹，圈足，有盖，与壶相似，多用青铜或陶制成。诗箧（qiè）：存放诗稿的小箱子。

[23] 谢宣城：南朝作家谢朓（464—499），曾任宣城太守，世称"谢宣城"，字玄晖，陈郡阳夏（今河南省太康县）人。南朝齐杰出的山水诗人。其诗多描写山水景色，风格清逸秀丽。陆浚仪：陆云（262—303），字士龙，吴

郡吴县（今江苏省苏州市）人，因曾出补浚仪令，故称。西晋文学家，其诗文洗练自然，语言清新，感情真挚。

[24] 顾长康：顾恺之（348—409），字长康，小字虎头，晋陵无锡人（今江苏省无锡市）。博学多才，擅诗赋、书法，尤善绘画。

[25] 昼日垂帘：白天放下帘子，谓闲居无事。《南史·顾觊之传》："觊之御繁以约，县用无事。昼日垂帘，门阶闲寂。"

[26] 畎（quǎn）亩：田地、田野。转指民间。

[27] 优游：生活闲适、悠闲。清晏：清平安宁。

[28] 部领：部族。殷繁：殷实、众多。此指台州人口众多。

[29] "博象"句：形容事情无论大小都认真对待，决不掉以轻心。

[30] 牍（dú）：古代写字用的木片，这里指公文。

[31] 台端：敬辞，称对方，犹言尊处、尊驾或阁下。

[32] 光禄考功：分别代称颜肇维的祖父颜胤绍和父亲颜光敏。颜胤绍在明朝崇祯时曾获封"光禄寺卿"，颜光敏在康熙朝曾任吏部考功清吏司郎中，故称。

[33] 令器：优秀的人才。

[34] "承家训而笺释之"句：《颜氏家训》作者颜之推，是颜肇维三十五世祖，南北朝时期著名的文学家、教育家。《颜氏家训》是中华民族历史上第一部内容丰富、体系宏大的家训，也是一部学术著作。笺释，即笺注。

[35] 官称：官衔。

[36] 雍正癸丑：清雍正十一年（1733）。东湖：位于临海市城东，原为城北白云、山宫数溪汇合处。宋熙宁四年（1071），郡守钱暄开凿为湖，建为临海一大景观，浣月亭即位于浣月洲上。

卷　一

甬江大风雨作[1]

拜母事南游，江河浩弥弥[2]。

五日泛鸳湖[3]，六月曹娥[4]里。

甬江方利涉，探奇访宛委[5]。

两山夹明镜，扁舟细若蚁。

亭午泊江枫，暑酷汗沾泚[6]。

刺促[7]一篷窗，肌肉饱蚊豸[8]。

欲待日影移，帆趁晚潮水。

棹歌正相答，中流平如砥[9]。

腥风[10]陡然来，天落乌云里。

雨声惊聩[11]聋，崩响高岸圮[12]。

迅樯[13]未能收，篙师何凭恃。

电疾失旁舟，孤往难注视。

咳吐不闻声，中怀消否鄙。

身未惯波涛，心乃达生死。

半夜风浪平，同舟惊且喜。

洗盏[14]待明月，酒觉异乡美。

【注释】

[1] 此诗叙写颜肇维南游甬江亲临奇景的慨叹。全诗景变情移，跌宕起伏，情景交融，扣人心弦，蕴含了诗人欲有所作为、取得政绩的美好愿望。

甬江：浙江省主要水系之一，在省境东部，因流经古甬地而得名，由奉化江和余姚江两江汇合而成，两江在宁波汇合后始称甬江。

[2] 浩弥弥：形容水势浩浩荡荡。弥弥：满溢的样子。

[3] 鸳湖：又名鸳鸯湖、双湖，在嘉兴市区南。

[4] 曹娥：曹娥江，在浙江省东北部。相传东汉时会稽上虞有个名叫曹娥的少女，为寻找被水淹死的父亲投江而死，此江因此得名。

[5] 利涉：《周易需卦》：“象曰：利涉大川，往有功也。”宛委：一名玉笥山，在今浙江省绍兴市东南，《吴越春秋》卷六：“大禹登宛委山，发金简之书。”即此。

[6] 亭午：正午、中午。泚（cǐ）：出汗貌。

[7] 刺（cì）促：此处义同"局促"。形容狭窄，不宽敞。

[8] 蚊豸（zhì）：蚊子之类。

[9] 砥（dǐ）：质地较细的磨刀石，这里比喻江水平静，没有波澜。

[10] 腥风：恶风、暴风。

[11] 聩（kuì）：耳聋。青图本作"瞆"，径改。

[12] 圯（yí）：桥。

[13] 樯（qiáng）：桅杆。

[14] 盏：小杯子。

吴山得倪文正公诗翰[1]（曾祖出鸿宝先生门）

吴山两过碧桃村，一幅吴绫[2]手泽存。

木槿[3]作书禅院静，西华[4]挥泪墨池浑。

心忧前代军容使，学鄙趋时盐铁论[5]。

莫向编年怀往事，几回作诔[6]忆师门。

【注释】

[1] 颜肇维的曾祖父颜胤绍是明崇祯四年举进士，出自倪元璐之门。倪元璐、颜胤绍都是为明朝殉节而死，作者得到倪元璐的吴绫手迹而缅怀往事，作诗纪念。

吴山：又名胥山、伍公山、城隍山，位于今浙江省杭州市西湖东南，山势绵亘起伏，深入市区，左临钱塘，右瞰西湖。据载春秋时曾一度为吴国南界，故名。倪文正公：指倪元璐（1593—1644），字汝玉，一作玉汝，号鸿宝，浙江上虞（今浙江省绍兴市上虞区）人。明天启二年（1622）进士，历官至户部尚书、礼部尚书。崇祯十七年（1644），李自成陷京师，元璐自缢殉节，卒年五十二。弘光时追赠少保，谥文正，清廷赐谥文贞。著有《倪文贞集》。诗翰：诗文手迹。

[2] 吴绫：吴江所产的丝织品。乾隆《吴江县志》卷五："吴绫见称往昔，要唐充贡。今郡属惟吴江有之，邑西南境多业此，名品不一，往往以其所产地为称。"

[3] 木槿：落叶灌木或小乔木，高3—4米，小枝密被黄色星状绒毛。

[4] 西华：西华门，紫禁城西门，相传明末李自成农民军攻入北京城后，明朝被俘官员被全体驱往西华门外四牌楼街，不少被杀死。

[5]"心忧"句：意为心里担忧明朝出征将帅的命运，但还是要趋于流俗、参与时政。军容使：官名，观军容使的简称，唐代后期为监视出征将帅的太监。倪元璐曾对魏忠贤阉党猛烈抨击。《盐铁论》：西汉桓宽根据汉武帝时期著名的"盐铁会议"整理撰写的重要著作，记述了当时关于政治、经济、军事、外交、文化的一场大辩论。颜肇维在思想上鄙视与民争利的盐铁论。

[6]诔（lěi）：古代列述死者德行，表示哀悼的文章。

湖州绝句[1]（六首）

其一

罨画溪[2]头风味秋，采菱溪女木兰舟[3]。
远山一带青如洗，几处湘帘[4]卷画楼。

其二

南中士女竞衣冠，箫鼓楼船取次[5]看。
遥指竹篱斜断处，鹅儿鸭脚水浮阑。

其三

江乡清味茗溪[6]水，蟹眼煎来岕顶茶[7]。
茗战[8]酣时闲试墨，余杭新管[9]画姜芽。

其四

风老白苹[10]渔子船，曾闻湖啸[11]记当年。
洪涛黑夜争收网，携向城中不值钱。

其五

余不溪[12]边雁影稀，洼尊亭上蟹匡[13]肥。
风烟[14]偏是重阳好，应使游人不肯归。

其六

茱萸[15]花遍水云乡，明日登高插鬓傍[16]。
莫怪离家今六月，几回醉向少年场。

【注释】

[1] 此组诗是诗人游览湖州时所作，描绘了诗人的所见所闻：如画的秋景、采菱的溪女、如黛的远山、杳然的画楼，以及苕溪水泡的茗茶、挥毫泼墨的文士墨客。作为南下的游客，颜肇维离家六月，重阳佳节前夕登上湖州岘山，不禁想起曲阜龙湾故乡，引发乡思无限。

湖州：今为浙江省湖州市，在省境北部。北濒太湖，与无锡、苏州隔湖相望。

[2] 罨（yǎn）画溪：在今浙江省长兴县西。《舆地纪胜》卷四："罨画溪在长兴县西八里，花时游人竞集，溪畔有罨画亭。"

[3] 木兰舟：用木兰树木材造的船。旧题南朝梁任昉《述异记·下》："木兰洲在浔阳江中，多木兰树。昔吴王阖闾植木兰于此，用构宫殿也。七里洲中，有鲁般刻木兰为舟，舟至今在洲。诗家云木兰舟，出于此。"后常用为船的美称。

[4] 湘帘：斑竹编成的帘。

[5] 取次：任意，随便。

[6] 苕溪：在浙江省北部，是太湖流域的重要支流，由于流域内沿河各地盛长芦苇，秋天芦花飘散水上如飞雪，引人注目。当地人称芦花为"苕"，故名苕溪。

[7] 蟹眼：蟹的眼睛，形容水初沸时所泛起的小气泡。宋蔡襄《茶录》"候汤"条载："候汤最难，未熟则沫浮，过熟则茶沉。前世谓之蟹眼者，过熟汤也。"芥（jiè）顶茶：芥茶，为茶中上品，产于浙江省长兴县境内的罗芥山，故名。明袁宏道《龙井》："芥茶叶粗大，真者每斤至二千余钱。"

[8] 茗战：犹斗茶，品茶。

[9] 余杭新管：余杭山，在太湖南，属湖州，以产笔著称。

[10] 白苹（píng）：蕨类植物，生在浅水中，茎横生在泥中，质柔软，有分枝，叶柄长，四片小叶生在叶柄顶端，像"田"字，也叫田字草。

[11] 湖啸：是由岩崩、地震甚至风暴所引发的湖水巨浪，类似海啸。它破坏力强，能引发惨重伤亡。这里或指某年发生的地震。

[12] 余不溪：又名东苕溪，上源由南、中、北三个支流组成，在浙江省北部，而以南苕溪为正源。

[13] 洼尊亭：洼樽亭，位于湖州南郊岘山之上。岘山因山巅有一天然大石樽而出名。据说唐太宗的曾孙李适之任湖州别驾，偕同僚登岘山，发现一凹形石樽，可贮酒五斗，乃常与客登临畅饮。后来，人们在此处建"洼樽亭"纪

念。蟹匡：螃蟹的外壳。

[14] 风烟：烟雾、云气。

[15] 茱萸：又名"越椒""艾子"，古俗农历九月九日重阳节，佩戴茱萸能驱邪避祸。唐代诗人王维《九月九日忆山东兄弟》有"遥知兄弟登高处，遍插茱萸少一人"的诗句。

[16] 傍：同"旁"。

虎阜[1]

穿云塔影夕阳中，几处笙歌接梵宫[2]。
短簿祠[3]边吟夜月，真娘墓[4]上问春风。
桃花一路人家隔，芳草千年故国空。
归向篷窗还怅望，半塘渔火小桥红。

【注释】

[1] 此诗是颜肇维游览苏州虎丘时所作。在梵音缭绕之中，诗人趁着夕阳的余晖，穿过虎丘塔影，徜徉流水小桥、亭台楼阁之间。这里有东晋大书法家王珣的祠庙，也有唐朝吴中名妓真娘的墓葬。诗人既饱览了江南的春色美景，又神游了苏州的千年历史，不禁有故国兴亡之感。

虎阜：虎丘，位于苏州城西北郊，距城区中心五公里。相传春秋时吴王夫差葬其父于此，葬后三日有白虎踞其上，故名，千年虎丘塔矗立山巅。

[2] 梵宫：梵天的宫殿，后多指佛寺。

[3] 短簿祠：纪念晋代书法家王珣的祠庙，因王珣曾做过主簿，个子矮短，故名。祠庙在江苏苏州虎丘山上。清吴伟业《顾西巘侍御同沈友圣虎丘即事》诗之三："生公石上广场开，短簿祠荒闭绿苔。"

[4] 真娘墓：在苏州虎丘西。真娘是唐时吴中名妓，唐范摅《云溪友议》卷六："真娘者，吴国之佳人也，时人比于钱塘苏小小，死葬吴宫之侧，行客慕其华丽，竞为诗题于墓树。"

平山堂怀岸堂先辈[1]

淮海诗人旧作家，扬州结客是生涯[2]。
新晴阁影千寻碧，远看江流一带斜。
二月酒旗怀杜牧[3]，三秋杨柳病侯芭[4]。

自从王粲[5]登楼后，不记东风几岁华。

【注释】

[1] 此诗为颜肇维经扬州时所作。清初大戏剧家孔尚任曾在淮扬一带治河，并以诗酒会友。颜肇维想起自己漂泊异乡，不禁有功业未成之感慨。因颜肇维的父亲颜光敏与孔尚任交好，故颜肇维称孔尚任为"先辈"。

平山堂：位于扬州市西北郊蜀冈中峰大明寺内。宋仁宗庆历八年（1048），时任扬州太守的欧阳修于此筑堂。坐此堂上，江南诸山历历在目，似与堂平，平山堂因而得名。岸堂：孔尚任的别号，他在淮扬一带治河时曾多次游览平山堂。

[2] "淮海"句：孔尚任在治河期间曾多次在扬州大会诗友，参见其《有事维扬诸开府大僚招宴观剧》《仲冬，如皋冒辟疆青若、泰州黄仙裳交三广陵听雨分韵》等诗。

[3] 杜牧（803—约852）：字牧之，号樊川居士，京兆万年（今陕西省西安市）人，唐代杰出的诗人、散文家，曾在唐文宗大和七年至九年（833—835）在淮南节度使牛僧孺幕府任推官，转掌书记，居扬州，给后人留下"十年一觉扬州梦，赢得青楼薄幸名"的名句。

[4] 侯芭：又名侯辅，西汉巨鹿人，汉代辞赋家扬雄的学生，扬雄死后，侯芭为他建造坟墓，悼念三年。后世常指代受业弟子，这里似作者自况。芭：青图本作"巴"，据文意径改。

[5] 王粲（177—217）：字仲宣，山阳郡高平（今山东省微山县）人，东汉末年文学家，"建安七子"之一。作有《登楼赋》，抒写作者因生逢乱世、客居他乡、才能不得施展而产生的思乡怀国之情和怀才不遇之忧。

闲意[1]

野性浑如纵壑鱼[2]，明知老去尚迂疏[3]。
先畴[4]久分投闲地，政府从无干谒[5]书。
花放痴情还自笑，柳含离绪欲何如。
短篱种得秋芳晚，睡起时来一荷锄。

【注释】

[1] 此诗描绘了作者田园农家生活的适意与怡然自得。

[2] 纵壑鱼：纵游于川壑中的鱼，常用以比喻身心自得。

[3] 迂疏：迂远疏阔。

[4] 先畴：先人畎亩，先祖所遗的田地。清顾炎武《桃花溪歌赠陈处士梅》："嘉蔬名木本先畴，海志山经成外史。"

[5] 干谒（gān yè）：为某种目的而求见，这里指授以职位。

喜雨[1]

茅屋春深静不喧，雨声一夜打柴门。
好风送处林花湿，嫩日晴初野水浑。
引蔓葡萄青满巷，分芽甘菊绿侵盆。
喜听布谷[2]朝来唤，拟课耕[3]耘出近村。

【注释】

[1] 此诗写于芒种前后，诗人眼中所见，耳中所闻，尽是万物复苏、生机勃勃的景象，充满了对丰收的憧憬，也反映了诗人的田园之情。

[2] 布谷：鸟名，初夏时常昼夜不停地叫，也叫杜宇、杜鹃或子规。

[3] 课耕：督促耕作。

洛阳[1]

瘦马荒林酒欲醒，洛阳耆旧[2]已凋零。
梅花绿野春何处？榆叶沙城曲乍听。
落日汉隋唐故墓[3]，东风二十五长亭[4]。
行人雨后崤函[5]路，百里关河一半青。

【注释】

[1] 此诗描绘了河南洛阳早春的荒凉景象，表达了诗人的落寞心情与客旅情怀。

[2] 耆（qí）旧：年高望重者。古称六十岁为耆。

[3] 汉隋唐故墓：洛阳在东汉、隋、唐为都城。

[4] 长亭：古时在城外路旁每隔十里设立的亭子，供行人休息或饯别亲友。

[5] 崤（xiáo）函：崤山和函谷关的合称，位于河南洛阳以西至潼关一带，是中国古代军事战略重地，以地势险峻、关隘坚固、易守难攻著称。

安邑盐池[1]

一水发中条[2]，方圆汇如镜。

远割天为色，近融夏日映。

产盐似白沙，畎汊互凌横[3]。

不谓勺水多，能操造物[4]柄。

汉时重盐法，用制匈奴命[5]。

后儒言利国，亦不废醝政[6]。

立法不知通，有利即有病。

深沉者时贤，勿具曰予圣。

试上南薰楼[7]，俯瞰[8]波痕净。

悱然[9]动远怀，南风吹月令[10]。

【注释】

[1] 此诗描绘了诗人在安邑的所见所闻，表达了颜肇维法古知变的政治思想。

安邑（yì）：清朝属平阳府解州，今属山西省运城市。盐池：又名盐湖、银湖，即古河东盐池。在平阳府解州东三里（今山西省运城市南1公里），中条山下，涑水河畔。

[2] 中条：中条山，位于山西省南部，黄河、涑水河之间，横跨临汾、运城、晋城三市，因山势狭长如条，故名。

[3] 汊（chà）：河流的分汊，分支的小河。凌横：交错貌。

[4] 造物：创造万物的神。

[5] "汉时"句：汉元狩三年（前120），汉武帝擢用桑弘羊为财政大臣，实行盐铁官营等经济政策，虽增加了政府财政收入，但弊端百出，激起民怨。汉昭帝始元六年（前81），经谏大夫杜延年提议，霍光以昭帝名义，令丞相田千秋、御史桑弘羊，召集贤良文学60余人，就武帝时期的各项政策，特别是盐铁专卖政策，进行全面的总结和辩论。对于盐铁官营问题，大夫派主张盐铁官营，认为盐铁官营利国利民，有益而无害；贤良文学主张罢盐铁官营，认为官营与民争利，养肥了大批官僚贵戚。论战详细情况记录在桓宽《盐铁论》中。

[6] 醝（cuó）政：盐务。醝：盐。

[7] 南薰楼：应为当时安邑一处登高赏景的楼阁。

[8] 俯瞰（kàn）：俯视，从高处往下看。

［9］悱（fěi）然：内心悲苦的情状。

［10］月令：排列一年十二个月时令、节气的历书。这里指节气变迁。

清华镇[1]

竹里流泉三十里，春风分水到柴门。

行人走马淇园[2]路，数尽苍筤[3]几万根。

【注释】

［1］诗中描绘了淇水之滨清华镇的优美景色。

［2］淇园：古代卫国园林名，盛产竹。在今河南省淇县西北，淇水之滨。裴骃《史记》集解引晋灼曰："淇园，卫之苑也，多竹筱。"

［3］苍筤（láng）：青色的竹丛。

壬午早春，朱子素存招游龙洞，同游者李子向南、赵子季颁、黄子仲通、李子子凝[1]

残云济水南，出城雪已霁[2]。

投林有故人，遂与此山契[3]。

远冈尚平衍，近峰即奇锐。

杳然[4]何处村，下马寻田畷[5]。

木阴冰未释，暗窦泉初溃[6]。

钟乳互响答，顽穴多碎细。

一洞不可测，谓有蛟龙憩。

斜日春犹寒，河沙如冬际。

且尽朱家酒，一醉忘迢递[7]。

作书与裴迪，别业非人世[8]。

【注释】

［1］此诗为颜肇维与友人同游济南龙洞山时所作，描绘了山峰的险峻与泉水的神奇，让人不禁心生世外桃源之感。

壬午：清康熙四十一年（1702）。龙洞：指济南东南 15 公里处的龙洞山，又称禹登山。相传唐尧时有蠚龙于此兴风作浪，造成水患。大禹治水，前来捉拿，蠚龙钻山逃遁，至今留下深洞。朱素存（1670—1724），名怀朴，字素存，号山民，廪生。喜诗酒文会，与山东巡抚李树德结"桐社"，日课一诗，有事不废，号称"田文死后无宾客，独管齐山四十秋"。诗风清丽，《四库全书总目·别集类存目》录之，并云："其诗格近宋人而时有风致。"著有《山民集》《复斋漫稿》《桐社稿》《禹登山房诗》《竹间草》《种莎书屋诗》《鹅浦集》等。李向南、赵季颂、黄仲通皆为颜肇维友人，生平待考。李子凝（1659—1727），名克敬，字子凝，号小东，清代峄城人。殿试二甲第九名，官至翰林院编修。曾参加过《大清一统志》和《峄县志》的编修工作。据《峄县志》录《翰林院编修李克敬墓碑》载："岁丁亥（康熙四十六年，1707），圣祖仁皇帝（康熙）南巡，进诗台庄水次，时献诗赋者六七百人，进呈二十一卷，钦拔（李克敬）第一。"

《曲阜诗钞》本"朱"等姓氏后均无"子"字。

[2] 霁（jì）：雨雪停止，天放晴。

[3] 契（qì）：相合，相投。

[4] 杳（yǎo）然：渺远，形容看不到，无影无踪。

[5] 畷（zhuì）：田间小道。

[6] 窦：孔、洞。滭（bì）：水声，常形容涓涓泉水声。

[7] 迢递：遥远貌。

[8] 裴迪：唐陕西关中人，官蜀州刺史及尚书省郎，盛唐著名的山水田园诗人之一。裴迪与王维晚年均曾居辋川，过从甚密，诗多有唱和应酬之作。别业：与"旧业"或"宅第"相对而言，业主往往原有一处住宅，而后另营别墅，称为别业。

饯春[1]

廿八已迎夏，饯春在廿九。

匆匆三月中，谁实为之趣[2]。

递嬗[3]运元化，而焉有枢纽[4]。

春事已告终，功成不自有。

炎德方娠兆[5]，万物为刍狗[6]。

昼夜倕[7]如斯，至理孰能剖。

【注释】

[1] 此为一首哲理诗，表现了诗人的变通思想和功成不居的仕宦情怀。饯（jiàn）春：饮酒送别春光。

[2] 趣：同"促"，催促、急促。

［3］递嬗（shàn）：依次更替，逐步演变。

［4］枢纽：指重要的部分，事物相互联系的中心环节，也指重要的地点或事物关键之处。

［5］娠兆：征兆。

［6］刍狗：古代祭祀时用草扎成的狗，在祭祀之前是很受人们重视的祭品，但用过以后即被丢弃。《庄子·天运》："夫刍狗之未陈也，盛以箧衍，巾以文绣，尸祝斋戒以将之；及其已陈也，行者践其首脊，苏者取而爨之而已。"

［7］俨（yǎn）：恭敬、庄重。

怀巢司寇寄斋[1]

> 京华一别十年余，空谷[2]谁传长者车。
> 昔友情深存陋巷[3]，他时梦远记南徐[4]。
> 莫将雅望闲山屐[5]，好趁春晴试笋舆[6]。
> 休沐[7]日多忘宦业，辽东原是幼安居[8]。

【注释】

［1］此诗为怀人之作，既表达了对友情的珍惜与怀念，也蕴含了对友人的忠告与劝勉。巢寄斋：即巢可托，姓阿颜觉罗氏，字素侯，一字寄斋，满洲正蓝旗人。由荫贡生授主事，累官刑部侍郎、刑部尚书，清康熙四十八年革职，有《花雨松涛阁诗文集》。司寇：职官名，西周时始置，后沿用，主管刑狱、纠察。后世俗称刑部尚书为大司寇，侍郎为少司寇。

［2］空谷：空旷幽深的山谷，多指贤者隐居的地方。

［3］陋巷：在今曲阜城内，是颜肇维之祖颜回居住的地方。《论语·雍也》："贤哉，回也！一箪食，一瓢饮，居陋巷，人不堪其忧，回也不改其乐。"

［4］南徐：古代州名，东晋侨置徐州于京口城，南朝宋改称南徐，即今江苏省镇江市。

［5］屐（jī）：木头鞋，泛指鞋。

［6］笋舆（sǔn yú）：就是竹舆，竹制的简陋轿子，也叫山轿。

［7］休沐：休息洗沐，休假。

北大本、鲁图本、南图本、国图本、青图本均作"休沐"，疑应为"休沐"。

［8］"辽东"句：巢可托曾祖翰，居建州灵椿里。投归努尔哈赤后，定居于瓦瑚木。祖父硕色，父亲科尔昆，出生在赫图阿拉（今辽宁省抚顺市新宾满族自治县），故称辽东原是巢可托幼年成长的地方。

燕寺东庄[1]（三首）

其一

一鞭斜指荒堤路，绿荫柴关树底开。
明月自闲秋草静，喜无车马破苍苔。

其二

南望黄河北负堤，柳枝一带与楼齐。
荒田却忆陶元亮[2]，种秫[3]全留村舍西。

其三

离离豆荚半登场，雨足新晴种麦忙。
地僻野人犹近古，壶浆[4]自在话斜阳。

【注释】

[1] 此诗当作于黄河北岸，表达了诗人寄情田园的恬适之情。

[2] 陶元亮：陶渊明（约365—427），字元亮，号五柳先生，入刘宋后改名潜，东晋浔阳柴桑（今江西省九江市）人，谥号靖节先生。东晋末年著名诗人，曾做过几年小官，后辞官归隐。田园生活是陶渊明诗的主要题材。

荒田：南图本、国图本与青图本同，俱作"荒田"；北大本、鲁图本作"平田"。

[3] 秫（shú）：黏高粱或黏粟米，可以做烧酒。北大本、鲁图本作"黍"。

[4] 壶浆：茶水、酒浆以壶盛之，故称。

寄王廷尉巨峰[1]

平生怀抱清如此，朝鹭江鸥总狎盟[2]。
覆酒[3]窗边寻旧约，着棋人过喜秋晴。
抗疏[4]岂有功名念，回日方知斧钺[5]行。
敢向尘中夸赏识，品题空累茂先[6]名。

【注释】

[1] 这是颜肇维写给友人的诗，诗中赞扬友人王巨峰与世无争、耿介直行

的性格。

王巨峰：颜肇维友人。廷尉：职官名，九卿之一，掌管司法刑狱，后世称大理寺卿。

[2]"朝鹭"句：《列子·黄帝》："海上之人有好沤（鸥）鸟者，每旦之海上，从沤鸟游，沤鸟之至者百住而不止。其父曰：'吾闻沤鸟皆从汝游，汝取来，吾玩之。'明日之海上，沤鸟舞而不下也。"后用"鸥鹭忘机"指人无巧诈之心，异类可以亲近。这里化用此典，比喻淡泊隐居，不以世事为怀。

[3]覆酒：射覆，民间的喝酒猜物游戏。在瓯、盂等器具上覆盖某一物件，让人猜测里面是什么东西。

[4]抗疏：谓向皇帝上书直言。

[5]斧钺（fǔ yuè）：兵器名，这里指刑罚。

[6]茂先：张华（232—300），字茂先，范阳方城（今河北省固安县）人，西晋时期政治家、文学家、藏书家，以聪敏多才、器量宽宏、见义勇为、周济危难、学识渊博著称于世，著《博物志》。

井陉[1]

一径真天险，崎岖是井陉。
白沙余虎迹，黄叶杂钟声。
东国[2]虽无岁，西陲[3]近罢兵。
中宵风起处，月照古时营。

【注释】

[1] 诗中描绘了井陉的崎岖险峻与荒僻苍凉。

井陉（xíng）：县名，位于河北省西部，太行山东麓，西部和南部同山西接壤。素有"太行八陉之第五陉"之称，东连晋陕、西接冀鲁的战略要地。

[2]东国：东方之国，指今山东省一带。

[3]西陲：西部边疆。

祈县[1]

祈奚[2]墓边春草生，麓台山[3]上腊雪晴。
东归又入新年路，贾令驿[4]前客自行。

【注释】

[1] 时值岁暮，颜肇维远离家乡，想着前贤祈奚的忠义之举，诗人客旅异乡，不禁发出时不我待、功业无成之感慨。

祈县：位于山西省中部，太岳山北麓，太原盆地南部，汾河东岸。祈，同"祁"。

[2] 祈奚（前620—前545）：姬姓，祁氏，名奚，字黄羊，春秋时晋国人，历任中军尉、公族大夫，事晋景公、厉公、悼公、平公四世，在任六十年。他忠公体国，急公好义，誉满朝野。盂县、祁县均设有祁大夫庙。

[3] 麓台山：位于祁县东南三十公里处。

[4] 贾令驿：驿站名，今祁县城北八公里有贾令镇。

寿阳怀古[1]

寒山古店寿阳路，往事空传李药师[2]。
谁料越公[3]垂老后，不能留得一家姬。

【注释】

[1] 此诗描写李靖受恩于隋朝越国公杨素，却效力于唐朝，为李唐建国立下赫赫战功，表达了诗人的历史意识：清朝代替明朝正如唐朝取代隋朝，天下大势不可逆转。

[2] 李药师：李靖（571—649），字药师，雍州三原（今陕西省三原县）人，隋末唐初将领，曾跟随李渊在山西北部一带与突厥作战，为大唐王朝立下赫赫战功，封卫国公。李世民称赞他："靖以骑三千，喋血房庭，遂取定襄，古未有辈，足澡吾渭水之耻矣！"

[3] 越公：指隋朝越国公杨素，据唐传奇《虬髯客传》，隋末李靖在长安谒见司空杨素，为杨素家妓红拂所倾慕，红拂随之出奔。杨素爱惜李靖之才，成就了这段千古奇缘。

太行山绝句[1] （三首）

其一

山势纡回[2]远渐奇，土坡斜断石棱危。
太行三日行不尽，瘦马空村酒一卮[3]。

其二

老松风折半千画，（龚贤，字半千，金陵人）[4]，
黄叶霜含秋史诗。（王苹，字秋史，济南人）[5]
山过孟门成二妙，不禁勒马看多时。

其三

涧雪阴阴枯木枝，一峰一岭上朝曦[6]。
村中畏虎开门晚，莫怪行人起太迟。

【注释】

[1] 诗人饱览太行山之雄伟壮观、绵延不尽，想起故友——南京的画家龚贤、济南的诗人王苹，只有他们才能用生花妙笔描绘出太行山的迂回曲折、突兀险绝，表达了颜肇维对故人的思念之情。

[2] 纡回：曲折回旋。纡，曲折。

[3] 卮（zhī）：古代盛酒的器皿。

[4] 龚贤（1618—1689）：又名岂贤，字半千、半亩，号野遗，又号柴丈人、钟山野老，明末清初著名画家，金陵八大家之一。早年曾参加复社活动，后流寓金陵，入清隐居不出。工诗文，善行草，著有《香草堂集》。

[5] 王苹（1661—1720）：字秋史，号蓼谷山人，自称七十二泉主人，祖籍浙江临山卫，后迁居历城。性情狂放，酷爱诗歌，"人以狂士目之"。清康熙四十五年（1706）中进士。因他写有诗句"黄叶下时牛背晚，青山缺处有人行"，时人称之为"王黄叶"。

[6] 曦（xī）：早晨的阳光。

铜雀台[1]

铜雀春回暮雨新，西陵[2]无复旧时人。
荒村尚有袁绍墓[3]，一树梨花漳水滨。

【注释】

[1] 这是一首怀古诗。

铜雀台：三国时曹操在邺城（今河北省临漳县）境内建造的一座楼台，楼顶立有大铜雀，台上住姬妾歌伎。

[2] 西陵：魏武帝西陵。《元和郡县图志》记载，魏武帝西陵在邺县西三

十里。王安石写有"吹尽西陵歌舞尘，当时屋瓦始称珍"的诗句。

[3] 袁绍墓：《元和郡县图志》记载，袁绍墓在临漳县西南十六里。

辉县[1]

晚投康叔国[2]，城郭雨声重。
行李延津渡[3]，思乡玉柱峰[4]。
来禽[5]初结子，郁李[6]发犹浓。
莫问太行险，前途多虎踪。

【注释】

[1] 河南辉县曾是康叔的封地，诗人只身在异乡，不仅路途艰险，而且常有野兽出没，时时有性命之忧。摆渡过河时，暮雨忽至，激起诗人无限乡愁。

辉县今属河南省新乡市，地处豫晋接壤地区，北依太行，南眺黄河。

[2] 康叔国：西周康叔是武王的同母弟，成王的叔父。康叔参与平定三监叛乱，因功改封于殷商故都朝歌（今河南省淇县、辉县一带），建立卫国，成为卫国第一任国君。

[3] 延津渡：为延津县境内的黄河渡口。《读史方舆纪要》载："黄河横亘万里，其间可渡处，约以数十计，而西有陕津，中有河阳，东有延津。"

[4] 玉柱峰：太行山山峰，陡峭险峻，直插天空。

[5] 来禽：果名，即沙果，也称林檎、文林果；或谓此果味甘，果林能招众禽，故名。

[6] 郁李：木名。落叶小灌木，春季开花，花淡红色。果实小球形，暗红色。古代又称唐棣。

邯郸怀古[1]

荒荒落日邯郸道，黄风吹沙甘棠[2]倒。
崇祯之末天纪沦，太监监军军夜奔[3]。
闻有真人在长白，偏师暗出铜鞮[4]陌。
杀人载妇女，夜骑啾啾寒天碧[5]。
我祖平原之子孙，烽火刺城画守策[6]。
赵人习射皆冠军，张校战尤识主客。
三日解重围，论功上幕府。

天子坐明堂，行军问主簿。

卢植有才常侍迕[7]，周处虽勇嬖幸[8]怒。

乱兵屠城甚于虎，生擒乱兵膏血衅[9]鼓。

飞章反诬真可叹，丧师谓由颜邯郸[10]。

何人百口保廉颇，槛车早当赦书还[11]。

坚城义士今岂少，直令河间继常山[12]。

村中野老指故垒，我独何能开心颜?

荒祠春尽苹蘩[13]少，千古黄粱一梦[14]间。

【注释】

[1] 邯郸是颜肇维及其家族值得缅怀的地方。其曾祖颜胤绍曾于明崇祯年间任邯郸令，率众抵御乱军，维持一方平安，但却遭到太监监军高起潜的构陷，虽有功反而被贬。颜肇维亲临此地，睹物思人，能不思绪万千。其父颜光敏写有《邯郸行》，可参看。

邯郸：河北省省辖市，位于河北省南部，晋冀鲁豫四省交界处。

[2] 甘棠：即棠梨，《诗·召南·甘棠》：“蔽芾甘棠，勿翦勿伐，召伯所茇。”

[3] “崇祯”句：指崇祯末年，天下大乱，义军蜂起，清兵压境，朱明王朝风雨飘摇。崇祯帝派太监高起潜为畿南总监军，其部杀掠百姓，被时任邯郸令的颜胤绍（颜肇维之曾祖）严加缉查。高起潜弹劾颜，崇祯下令逮治。抚军上奏冤情，降为真定司马，后调河间知府，城破，自焚而死。

[4] 铜鞮（dī）：用兽皮制的鞋。

[5] “杀人”句：指高起潜放任部下杀掠百姓，生灵涂炭。

[6] “我祖”句：谓颜胤绍被贬为真定司马（刺史）后，在战火中规划守城之计。平原：指颜真卿，唐代大臣，曾任平原太守，故称颜平原，世称颜鲁公，后为奸臣与叛军所害。

[7] 卢植（139—192）：字子干，涿郡（今河北省涿州市）人，东汉末年经学家、将领。迕（wǔ）：违背，相抵触。

[8] 周处（236—297）：字子隐，义兴阳羡（今江苏省宜兴市）人，鄱阳太守周鲂之子。周处年少时纵情肆欲，为祸乡里，为了改过自新去找陆机、陆云，后来浪子回头，改过自新，功业更胜乃父，留下“周处除三害”的传说。嬖（bì）幸：指被宠爱的太监或侍臣，这里指畿南总监军太监高起潜。嬖，宠幸。

[9] 衅（xìn）：血祭，杀牲以血涂鼓曰衅。《史记·高祖本纪》：“祭蚩尤

于沛庭而衅鼓。""生擒乱兵膏血衅鼓"疑衍"膏"字。

[10] "飞章"句：指监军高起潜向朝廷写奏章，诬陷颜胤绍"通匪"遭致败绩。飞章：报告急变或急事的奏章。颜邯郸：指颜胤绍，时任邯郸令。

[11] "何人"句：众人力保颜胤绍无罪，朝廷不得不赦免颜胤绍。廉颇：战国时赵国名将，此处代指颜胤绍。

[12] "坚城"句：谓曾祖颜胤绍由真定府同知擢升河间府知府，坚守城池，死于忠义。常山：真定（今河北省正定县）的古称。三国时蜀国大将赵云（子龙）为常山真定人，先后参加过博望坡之战、长坂坡之战，为蜀国立下赫赫战功。

[13] 苹蘩：苹和蘩，两种可供食用的水草，古代常用于祭祀。

[14] 黄粱一梦：典出唐沈既济《枕中记》，卢生在邯郸旅店住宿，入睡后做了一场享尽荣华富贵的好梦，醒来的时候小米饭还没有煮熟，因而大彻大悟。

重过历下亭[1]

日暗轻舠[2]入杳冥，隔城如见崞[3]华星。

老思授业人何处，年少题诗记此亭。

秋社[4]湖头余柳浪，东藩海右[5]剩山青。

重来水际沽残酒，风雨萧骚[6]醉不醒。

【注释】

[1] 诗人重游济南，记起旧事。昔年主持秋柳诗社的盟主王渔洋已经名满天下。作者年少时曾在历下亭题诗明志，如今却老大无成，不免伤心悲叹。

历下亭：旧址位于济南五龙潭西，清康熙年间，李兴祖重建时移至今济南市大明湖中。南临历山（千佛山），亦称古历亭。

[2] 舠（dāo）：小船。

[3] 崞：也作"鹊"，济南黄河北岸有鹊山，据说因扁鹊而得名。元赵孟頫画有《鹊华星图》。

[4] 秋社：秋柳诗社。清顺治十五年（1658），王士禛游历济南，邀请济南的文坛名士，集会于大明湖历下亭，即景赋秋柳诗四章，诗中句句写柳，通篇不见一个柳字，风格独特、境界高远、令人称绝。此诗传开，大江南北一时和者甚多，时称"秋柳诗社"。

[5] 东藩海右：东方之邦，大海西边，均指山东。

[6] 萧骚：形容风吹树木的声音。

癸巳出都，别徐大司成[1]

曾慕当年下泽车[2]，卢沟桥[3]畔客骑驴。
暂时绛帐[4]违晨夕，欲向萱堂[5]问起居。
芳草落花沾雨湿，新蝉曳树带风疏。
但教国子留韩愈，未忍还家久荷锄。

【注释】

[1] 此诗记述了在颜肇维离京回乡探望母亲时与老师徐元文依依惜别的情景。

癸巳：清康熙五十一年（1712）。大司成：国子监祭酒的别称。徐大司成，指徐元文，字公肃，号立斋，江苏昆山人，顺治十一年（1654）进士，官至尚书、文华殿大学士。

[2] 下泽车：一种适宜在沼泽地上行驶的短毂轻便车。

[3] 卢沟桥：在北京西南8公里处，跨永定河（金时称卢沟河）上，始建于金大定二十九年（1189），成于明昌三年（1192），清初重建，为北京最古老的石砌连拱桥。

[4] 绛（jiàng）帐：师门、讲席的敬称。

[5] 萱堂：本指母亲的居室，后借指母亲。

上杨石湖通政[1]

东风吹动进贤冠，珍重今朝得识韩[2]。
杨柳一城春令布，梅花满路使臣看。
更邀驷马来颜巷[3]，独捧丹书拜杏坛[4]。
且喜朝廷重儒术，不将盐铁相桓宽[6]。

【注释】

[1] 诗中回忆与杨石湖的友情，表达了对杨石湖才华的赞美之情，并邀请友人来曲阜观颜氏陋巷、拜至圣先师。

杨石湖：杨汝谷（1665—1740），字令贻，号石湖，安徽怀宁人。康熙三十九年（1700）进士，授浙江浦江知县，擢升礼部主事，迁郎中，又授监察御史。雍正即位后，升为通政使和左都副御史。杨为官清正廉洁、公私分明，遇事直言、无所荫庇。

［2］识韩：犹识荆，敬辞，指久闻其名而初次见面结识。

［3］颜巷：本指颜回所居的陋巷，后用以指简陋的居处。

［4］杏坛：孔子聚徒授业讲学之处，在曲阜孔庙大成殿前。

［5］桓宽：字次公，汝南郡（今河南省上蔡县）人，治《公羊春秋》。汉宣帝时举为郎，后官至庐江太守丞。他根据著名的"盐铁会议"记录整理撰写了《盐铁论》，书中记述了汉武帝时期有关政治、经济、军事、外交、文化的一场大辩论。

寄石荔园[1]

春残日日掩双扉[2]，开尽庭花鹿韭肥。
老友空山归去久，故人白发看来稀。
愁随泗水晴云结，梦逐琴台柳絮飞。
锄柄暂停能忆否，满溪鸟语夕阳微。

【注释】

［1］诗中回忆了与老友石荔园的友情，表达了对归乡已久的友人的思念。
石荔园：颜肇维友人。

［2］扉（fēi）：门扇、门。

忆德安司马王桐木[1]

东尽琅琊[2]九点烟，三齐[3]人物只君贤。
赠刀应兆益州梦[4]，束带初开槎[5]水船。
明盛肯教滕甫[6]谪，风流已并左思[7]传。
繁霜丛菊更相忆，犹记别时飞柳绵。

【注释】

［1］诗中回忆了友人王桐木的过人才华，认为其才华超过宋代两中探花的滕元发，其文学成就可与左思同传于后世，预示了其远大的前程。
德安：县名，今属江西省九江市。司马：职官名，唐以后指州同（知州的助手）。王桐木：颜肇维友人。

［2］琅琊（láng yá）：古作琅邪（古音 láng yé），亦作琅琊，是山东省东南沿海地区的古老地名，历史上曾有琅邪邑、琅琊国，涵盖今山东省临沂市以及青岛市、诸城市、日照市一带。

[3] 三齐：古地名，泛指今天山东省中东部地区。据《史记·项羽本纪》记载，在秦子婴元年（前206）十月，刘邦灭秦。项羽分封诸王，以齐国故地立故齐王族人田都为齐王，都城设在临淄，田市为胶东王，都城在即墨，田安为济北王，都城在博阳，因称为"三齐"。

[4] 赠刀：赞许别人堪负重任，前程远大。典出《晋书·卷三十三·王祥列传》："初，吕虔有佩刀，工相之，以为必登三公，可服此刀。虔谓祥曰：'苟非其人，刀或为害。卿有公辅之量，故以相与。'祥固辞，强之乃受。祥临薨，以刀授览（王祥弟），曰：'汝后必兴，足称此刀。'览后奕世多贤才，兴于江左矣。"益州：古地名，汉武帝十三州（十三刺史部）之一，其最大范围（三国时期）包含今四川（川西部分地区）、重庆、云南、贵州、汉中大部分地区及缅甸北部，湖北河南小部分，治所在蜀郡的成都。

[5] 槎（chá）：木筏。

[6] 滕甫：滕元发（1020—1090），原名甫，字达道，浙江东阳人。范仲淹外孙，性格慷慨豪爽，不拘小节，9岁能赋诗，范仲淹见后连连称奇，将滕元发接到家中，与其子范纯仁一道师从胡瑗。后与范纯仁一同举进士，主试官宋祁奇其文，擢置第三。可是宋仁宗认为滕元发考卷中的一诗不合程序，将滕元发罢黜。但他没有悲观失望，反而加倍用功研读，终于在8年后再次高中第三名。两中探花，在中国科举史上绝无仅有。历任同修起居注、知制诰、翰林学士、御史中丞等职，三次担任开封府尹。镇守边关，威行西北，号称名帅。

[7] 左思（约250—305）：字太冲，齐国临淄（今山东省淄博市）人。西晋著名文学家，其《三都赋》颇被当时称颂，有"洛阳纸贵"之誉。

送秋史[1]

三日山程几百[2]旋，算君到日正除年[3]。
白头负米[4]诗无敌，寒气侵人酒失权[5]。
名世才应殷李[6]上，卜居宅近崅崡[7]边。
还思秋浪江东棹，三十年来各惘然。[8]

【注释】

[1] 这是一首送别诗，赞赏友人王苹"白头负米"的大孝和"无敌"的诗才，对其漂泊异乡、怀才不遇的坎坷遭遇深表同情。

秋史：王苹（1661—1720），字秋史，号蓼谷山人，自称二十四泉主人。本籍浙江临山卫，少年时随父举家北迁，落籍山东，康熙四十五年（1706）中进士，获知县，因不愿远离母亲，改任成山卫（今山东省荣成市）教授。赴任后不久，即以不能孝养老母为由，辞官归隐于济南，苦吟自娱。王莘性狂放，工于诗，因诗中善用"黄叶"意象，时人称之为"王黄叶"。有《二十四泉草堂集》。

《曲阜诗钞》本"送秋史"作"送王秋史"。

[2] 几百：《曲阜诗钞》作"匹马"。

[3] 除年：《曲阜诗钞》作"残年"。

[4] 白头：犹白发，形容年老。负米：《孔子家语·致思》谓子路为奉养二亲，常"负米百里之外"，后以此语表示外出求取俸禄钱财以奉养父母。

[5] 权：称酒的秤；酒失权：指饮酒失度，实即饮酒过量。

[6] 殷李：当为殷姓、李姓两位才情较高的文士，名字事迹不详。

[7] 嵺嵥：《曲阜诗钞》作"嵺华"。今多写作"鹊华"。鹊山、华山（又名华不注山），在济南市城北，两山之间原为鹊山湖，湖光山色，景物迷人，"鹊华烟雨"为济南八景之一。

[8] "还思"句：谓回想三十年来漂泊异乡、仕宦坎坷的经历，让人倍觉伤感。秋浪：秋柳诗社湖头的柳浪（参见卷一《重过历下亭》诗句"秋社湖头余柳浪，东藩海右剩山青"及注。）代指王莘侨居济南。江东：古称长江下游的南岸地区，代指王莘原居地浙江临山卫。棹：音 zhào，船桨，借指船。惘然：伤感失意的样子。

寄黄固山人[1]（二首）

其一

廿载读书处，韩苍泉上村。
白头更相见，落日到衡门[2]。
问字人来少[3]，论诗子尚存。
漫将松雪砚，留赠与元孙[4]。

其二

匆匆[5]岁云晚，悠悠别思生。
寒风吹落叶，窗外似人行。
长白山[6]中路，桐圭[7]汉代城。
徘徊从此别，冰雪暮烟清。

【注释】

[1] 此诗为怀人之作，诗中回忆了才华过人的友人黄固山人，流露出对朋友的深切思念。

黄固山人：颜肇维友人。

[2] 衡门：常指隐士的居处。晋陶潜《癸卯岁十二月中作》诗："寝迹衡门下，邈与世相绝。"

[3] 少：《曲阜诗钞》本作"否"。

[4] 元孙：本指长孙，泛指孙辈。

[5] "匆匆"：疑为"匆匆"之误。

[6] 长白山：长山，位于山东邹平南部，因常白云缭绕而得名。山势雄伟，有"小泰山"之称。

[7] 桐圭：亦作"桐珪"，《史记·晋世家》记载：叔虞为周成王的胞弟，叔虞与成王玩耍，成王把一桐叶剪成一个似圭的玩具，对叔虞说：我以此封你，史称"桐叶封弟"。后以"桐珪"指帝王封拜的符信。

赠铜台孔司马[1]

翩翩风雅绝尘寰[2]，年少题舆[3]未可攀。
人爱韩陵一片石[4]，马穿伊阙[5]五朝山。
疏河已遣鱼龙卧，为政何妨胥吏[6]闲。
闻道临漳铜雀古，西园[7]客散几时还。

【注释】

[1] 此诗为一首赠诗，诗中描绘了友人孔司马的翩翩风度和过人才华，预示了其远大前程。

铜台：铜雀台的简称。详见《铜雀台》诗注。司马：职官名，州同。

[2] 尘寰：人世间。

[3] 题舆：谓景仰贤达，望其出仕。《太平御览》卷二六三引谢承《后汉书》："周景为豫州，辟陈蕃为别驾，不就。景题别驾舆曰：'陈仲举座也。'不复更辟。蕃惶惧，起视职。"

[4] 韩陵：位于今河南省安阳市东北。韩陵一片石：据唐张鷟《朝野佥载》卷六：庾信初仕梁，奉梁元帝之命出使西魏，梁亡，被迫留在北方。北方的温子升博览百家，文章清婉，当时写了一篇韩陵山寺碑文，庾信不但读了而且抄录下来。南朝有人问庾信："北方文士如何？"庾信说："只有韩陵一片石

（即韩陵山寺碑文）值得一读，薛道衡、卢思道稍懂作文，其余都像驴鸣狗吠般杂乱刺耳。"后以"韩陵片石"喻指好文章。

［5］伊阙：今河南省洛阳市南约 2 公里处的龙门。两山对峙，伊水中流，如天然门阙，故曰伊阙。

［6］胥吏：官府中的小吏。

［7］西园：东汉末年曹植建西园，建安诸诗友宴游于此，故址在今河北省临漳县。

秋夜杂诗[1]

络角[2]星河露气横，长吟亦自慰生平。

灯移木榻初开卷，老去诗篇不近名。

流火[3]已催残暑退，惊蝉偏趁月光鸣。

比来那计时贤笑，自制荷衣觉独清。

支离病体似怀安[4]，身世原输静里看。

休怪笑啼多不敢，迩来[5]歌啸总无端。

山妻悼女秋闺冷，小婢糊衣楮纸[6]寒。

可奈课儿[7]儿已睡，更深老眼对灯残。

【注释】

［1］此诗作于秋夜，描绘了自己的境况，年岁已大，功业无望，诗作颇多，扬名无望，身世浮沉，支离病体。又因女儿亡过，担心妻子伤心，当面不敢啼哭，也只能发而为诗歌，以抒发自己的愤懑不平之气。

［2］络角：二十八宿中的角宿。

［3］流火：火，大火星，即心宿。大火星向西流动，下沉。《诗经·豳风·七月》："七月流火，九月授衣。"指农历七月暑渐退而秋将至。

［4］支离：形容残缺不全，四分五裂。怀安：谓留恋妻室，贪图安逸。

［5］迩来：近来。

［6］楮（chǔ）纸：用楮树皮制作的纸张。

［7］课儿：教育督促儿子读书。

上陈沧洲先生[1]

江湖莫遣有风波，暇日无妨更放歌。

楚俗应知骚些少[2]，诗才还似拾遗[3]多。

淮堤久筑袁公浦[4]，黄水新吞瓠子河[5]。

最喜元冥来兖豫[6]，登龙[7]今日幸如何？

【注释】

[1] 诗中赞扬陈沧洲的诗才和治河的功绩。

陈沧洲：陈鹏年（1663—1723），字北溟，号沧洲，湖南湘潭人。康熙三十年（1691）进士，授浙江西安知县，历官山阳知县，海州知州、江宁、苏州知府，署布政使，官至河道总督。以勤劳致疾卒于任，谥恪勤。著有《沧洲诗集》等。

[2] 楚俗：楚地的风俗。骚些（suò）：也作"楚些"，《楚辞》（尤其是《招魂》）中多以"些"为句尾助词，后便以"骚（楚）些"代指楚辞或楚地乐调。

[3] 拾遗：这里似指陈子昂（陈拾遗）、杜甫（杜拾遗）、元稹（元拾遗）某位诗人，具体不能确指。

[4] 袁公浦：地名，又叫袁浦、清江浦、公路浦，在江苏省淮阴城西。东汉末年，袁术（字公路）割据寿春，曾在今淮阴故城以西屯兵，经此渡淮，与刘备鏖战数月。

[5] 瓠子河：据《水经注·瓠子河注》中记载：瓠河又左经雷泽西北，其泽蔽在大成阳县（今山东省菏泽市牡丹区）故城西北以及鄄城一带。瓠子河在我国历史上是很有名的一条河流，据传对华胥氏的生存繁衍和当时的原始农业发挥了重要作用。

[6] 元冥：水神名，即玄冥。《山海经·海外北经》："北方禺强。"晋郭璞注："字符冥，水神也。"兖豫：兖州、豫州。4000年前夏禹划分天下为九州，兖州、豫州皆为其一。兖州在今山东省西南部，豫州在今河南省，湖北省襄阳市、郧阳市等地。

[7] 登龙：比喻成名发迹，飞黄腾达。清孔尚任《桃花扇·媚座》："这恩荣锡衮封圭，不比那登龙御李。"

题朱邳州小照[1]

人爱淮阴葛绎山[2]，桂丛深处拥烟鬟。

云根趺坐[3]浑无事，隐隐隔林唤小蛮。

【注释】

[1] 这是一首题照小诗，描绘了友人身处世外的隐士情怀和怡然自乐的心情。

朱邳州：颜肇维友人，清初邳州朱姓某人。

[2] 葛绎山：在今江苏省邳州市。

[3] 趺（fū）坐：双足交叠，盘腿端坐。

舟次淮安访蒋湘帆，别后却寄[1]

宁为无根萍，不为长流水。

萍踪有时合，流水去不已。

忆昔相逢在鸳湖[2]，郎君白皙[3]初有须。

脱剑评文接皋比[4]，淋漓襟袖墨沈[5]枯。

自我返鲁羽翮[6]倦，临水登山不相见。

重光之岁忽来过，酒龙花下邀茗战。

络纬声凄促离筵，别君时有雁鱼[7]还。

辛巳添丁今已冠（时予举侨儿)[8]，韶光[9]转眼二十年。

今岁访君淮水上，夏莺啼老林于长。

乍见恍疑是梦中，音语虽识烦想象。

几年不听钱塘潮，白头白尽影萧萧。

欲着子虚无狗监，文章声价轻羽毛。

客愁脉脉不得志，为我擘窠[10]书大字。

鱼肥饭细晚留宾，重出帐底书示。

酒醒轻舟去若飞，忘把奇书共载归。

作客未久归何急，只恐萱亲忆庭闱[11]。

回头淮水声呜咽，暮树朝云伤离别。

秋风又吹袁浦[12]行，期君同醉中秋月。

【注释】

[1] 颜肇维曾与友人蒋湘帆在鸳湖发起诗友聚会。20年之后，颜肇维又有一次南方之行，得与旧友相见。诗中回忆了鸳湖之会时友人的风采才华，别后只有雁鱼传书，互诉思念。这次淮水相会，头发斑白，几乎难以认出，恍如梦中。友人的殷勤相陪和盛情款待，让颜肇维感动不已。

淮安：位于江苏省中北部。蒋湘帆：蒋衡（1672—1742），字拙存，号湘帆，清初金坛人。善书，小楷冠绝一时。

[2] 鸳湖：嘉兴南湖。见前《甬江大风雨作》注释[3]。

[3] 白皙：肤色白净。

[4] 皋比：虎皮，引申为武将的座席。明刘基《卖柑者言》："佩虎符，坐皋比者，洸洸乎干城之具。"

[5] 墨沈（shěn）：墨汁。

[6] 羽翮（hé）：指翅膀。

[7] 雁鱼：雁素鱼笺的简称，指书信。

[8] "辛巳"句：此句谓辛巳年（1701）我儿子懋侨出生，至今已经二十岁了。冠（guàn）：古代男子成年举行加冠礼，叫冠。一般在二十岁。举：生育。

[9] 韶光：美好的时光。

[10] 擘窠（bò kē）：指在印章或石碑上用直线画出来的方格子，以使刻写的字整齐。

[11] 萱亲：母亲。庭闱：内舍，多指父母居住处。

[12] 袁浦：见前《上陈沧洲先生》注释[4]。

答子凝李太史 (时赐老臣宴)[1]

归来袁浦[2]闭关时，满纸传来供奉诗。

离绪已经三度雪，孤怀拼得一生痴。

露明铜掌谁先赐，宴侍乾清[3]鬓欲丝。

闻道新方钞辟谷[4]，金门常有岁星饥[5]。

【注释】

[1] 此诗为一首赠答诗。作者写此诗时恰逢皇帝赐老臣宴，诗人回忆自己侍宴的旧事，表达了对岁月流逝、时光不再的怀念之情。

太史：职官名，负责起草文书，记载史事、编写史书，兼管国家典籍、天文历法、祭祀等。清代修史归翰林院，故翰林也有"太史"之称。李子凝：见前《壬午早春，朱子素存招游龙洞，同游者李子向南、赵子季颀、黄子仲通、李子子凝》诗注。老臣宴：清朝皇帝于乾清宫赐宴是宫中常例，一则是对勋臣贵戚，二则是对长寿老人。

[2] 袁浦：见前《上陈沧洲先生》注释[4]。

[3] 乾清：乾清宫是内廷正殿，即民间所谓"后三宫（乾清宫、交泰殿、

坤宁宫）中的第一座宫殿。清代的顺治、康熙两个皇帝，都以乾清宫为寝宫。他们在这里居住，平时也在此处理日常政务。

［4］辟谷：又称却谷、去谷等，谓不食五谷，道教的一种修炼术，源自道家养生中的"不食五谷"。

［5］金门：饰以黄金的门，这里指天子之门。岁星：木星。木星在黄道带里每年经过一宫，约12年运行一周天，所以我国古代叫它"岁星"，并用以纪年。

雪后[1]

雪色侵帘老眼明，春幡[2]又复动心情。
烘窗嫩日冲寒上，破晓饥鸟绕树鸣。
才见草痕随处长，闲寻梅萼[3]下阶行。
泥融暖气人深坐，已具犁锄欲试耕。

【注释】

［1］此诗描绘了早春的景象：虽然冬雪尚未消融，但春天的希望依然在潜滋暗长。冉冉的旭日照亮的不只是窗棂，还有作者对春天和生活的希冀。

［2］幡：用竹竿等挑起来直挂着的长条形旗子。

［3］萼（è）：花萼，花瓣下部的一圈叶状绿色小片。

授书儿辈[1]

终将衔索笑枯鱼[2]，长夜教儿读破书。
博井酒旗星故在，饮场赌具汝何如。
五男不慧空陶令[3]，老子知非懒卫蘧[4]。
昔日髫龄[5]今抱子，春风转眼岁华除。

【注释】

［1］此诗写诗人自己年岁老大，时光不多，殷切期望儿孙读书成才，不希望他们成为市井之徒。

［2］终将衔索笑枯鱼：谓我就像穿在绳子上的干鱼，所剩日子已经不多。衔，含。索，绳子。枯鱼，干鱼。

［3］五男：颜肇维生有五个儿子。陶令：指晋陶潜，陶曾任彭泽令，故称。这里是作者自况。

［4］卫蘧（qú）：指春秋卫国大夫蘧伯玉。相传他"年五十而知四十九年

非"，是一个求进甚急并善于改过的贤大夫。

[5] 髫（tiáo）龄：指童年，幼年。髫，儿童下垂之发。

送孔榆村之汴[1]

行李萧萧问大梁[2]，麦舟[3]何日远相将。
夷门[4]月冷侯生老，官渡[5]烟销霸业荒。
花雨不愁泥路滑，柳丝更向短亭长。
遥知怀古吹台[6]侣，争识重来小岸堂[7]。

【注释】

[1] 诗人送友人任职汴梁，与孔榆村依依惜别。

孔榆村：孔尚任之子孔衍谱，字榆村，别字小岸，附贡生，官丹阳主簿。性情通率，曾隐居湖上，放任诗酒。与曲阜陶湘、颜懋侨、颜懋伦、颜懋龄，同族衍钦、毓璘及其弟衍志，号称"湖山八子"。有《湖山吟集》《小岸诗》。

汴：又称汴京、汴梁，北宋都城，位于今河南省开封市。

[2] 大梁：战国时魏国都城，即汴京。

[3] 麦舟：宋朝范纯仁把装有麦子的船馈赠给石曼卿，帮助他办丧事。后被用为感谢人馈赠的词语。

[4] 夷门：战国魏都城大梁的东门，侯嬴曾在此看守城门。后泛指城门，亦为大梁或开封的别称。

[5] 官渡：位于许都（今河南省许昌市）之北，黄河之南，是从河北进军河南的军事要冲。三国时曹操战胜袁绍的官渡之战即发生于此。

[6] 吹台：相传为春秋时师旷吹乐之台，在今河南省开封市东南。

[7] 小岸堂：孔榆村别字小岸，其父孔尚任别号岸堂。

别中牟令章梅湖[1]

耳热纵谈君共我，乍怜不解是疏狂[2]。
马蹄歇处风尘老，羊胛[3]烹时岁月忙。
填海[4]无端劳计画，漂洋何乃问津梁[5]。
太行东畔回车路，望断闲云客梦长。

【注释】

[1] 此诗为赠别诗，诗人回想昔日与友人亲密无间，而今就要天各一方。

马蹄驻足挡不住时光匆匆流逝，希望友人能够不畏艰难，以精卫填海之志不畏艰难、建功立业。

中牟：今属河南省郑州市。北大本"中牟"作"武陟"。章梅湖：颜肇维友人。

[2] 疏狂：指豪放，不受拘束。

[3] 羊胛（jiǎ）：羊脊背上部跟两前肢连接的部分。

[4] 填海：精卫鸟衔来木石，决心填平大海，旧时比喻仇恨极深，立志报复。后比喻意志坚决，不畏艰难。

[5] 津梁：渡口和桥梁，比喻能起引导、过渡作用的人或事物。

刘村访朴庵李观察，时俶装矣[1]

僻路言寻冠盖[2]翁，到来门掩日方中。
豆花半落缘离上，山枣新收满箔红。
河内[3]地偏留废垒，水衡钱[4]急问秋风，
啼蛩莫促临岐客[5]，树影斜移马首东。

【注释】

[1] 此诗为一首赠别诗，表达与友人的依依惜别之情。

观察：职官名，清代对道的尊称。唐朝对不设节度使的各道设观察使，为州以上的长官。后人因分守、分巡道员也管辖府州，就借以称一般道员。俶（chù）装：整理行装。

[2] 冠盖：指官员的冠服和车乘。冠，礼帽；盖，车盖。

[3] 河内：黄河以北的地区，也专指河南省黄河以北的地区。

[4] 水衡钱：本指皇室私藏的钱。因由水衡都尉、水衡丞掌管铸造，故称。后泛指国家公款。

[5] 啼蛩（qióng）：吟唱的蟋蟀，泛指秋虫。临岐：同"临歧"，本为面临岐路，后常用为赠别、分别。

归田园作[1]

曰归恰到茱萸节[2]，拄杖无劳更倚门。
人以倦游甘学圃，书从乍理[3]懒窥园。
蟹匡市贱添新志，菊本秋荒少酒痕。

亦有闲情时觅句，呼儿伸纸许评论。

【注释】

[1] 诗人回到家乡恰逢重阳节，宦游已倦，甘愿归隐田园。书籍还没有收拾整理好，懒得去打理园子。时有闲情，作诗觅句，允许儿辈随意评论。诗中表现了作者宦游已倦之后初归龙湾的怡然自得。

[2] 日归：说回家。《诗经·采薇》："采薇采薇，薇亦作止。日归日归，岁亦莫止。"茱萸节：重阳节。重阳节有插佩茱萸（一种香草）的习俗。

[3] 从：从而，因而。与上文"以"相对仗。乍理：刚刚整理。

龙湾即事[1]

断岸抱龙湾，草树接平楚。
耕事问新畬[2]，春禽狎沙渚[3]。
策马向孤村，茅屋笼烟雨。

【注释】

[1] 此诗为颜肇维描写故乡龙湾的即景之作。

龙湾：村名，在山东曲阜西北泗河北岸。颜肇维的老家在此，也是颜氏龙湾户的发源地。

[2] 新畬（shē）：粗放耕作的田地。《诗·周颂·臣工》："嗟嗟保介，维莫之春。亦又何求，如何新畬。"毛传："田二岁曰新，三岁曰畬。"

[3] 沙渚（zhǔ）：小沙洲。

太守吴夒崖题先君子遗像感怀[1]

我生未二十，失怙[2]无所倚。
奉母返故山，葺庐供菽水[3]。
遗我数卷书，尘渍字半毁。
负郭二顷田，年荒废耘耔[4]。
怒[5]焉念先业，析薪[6]空自耻。
天涯赖故人，幸不弃葑菲[7]。
羡公承骏烈，踸踔云衢里[8]。
倾盖乍相逢，解纷记燕市。
浦水与山云，几年于兹矣。

今者公为郡，吟诗庶务理。

春雨浥游氛，轻风吹兰芷^[9]。

清昼薄书稀，淳风挽颓靡。

访旧过柴门，眷眷情何已。

忆昔银台公^[10]，皇华向阙里^[11]。

先君遗像存，披图数注视。

感激为题诗，江河流不止。

公用慕前修，郑重复书此。

辍简意激昂，大雅世莫比。

既咏世德休，复诵清芬美。

鄙人惬素怀，亦以慰先子。

【注释】

[1] 此诗回忆了作者年轻时的艰难境况，幸得父亲的友人相助，并为先君遗像题诗。友人的盛情，让诗人由衷感激。

先君子：指颜肇维之父颜光敏（1640—1686），清初著名诗人，康熙六年（1667）进士，曾官吏部验封清吏司主事、吏部考功清吏司郎中等职，并充《一统志》纂修官。书法擅名一时，工诗，为金台十子之一，著有《乐圃诗集》《未信稿》《旧雨堂诗》《南行日记》《家诫》等。

太守：职官名，郡或府的行政长官，知府。吴夐崖：吴关杰，字见山，浙江石门（今属桐乡市）人，康熙四十五年进士，由翰林出任兖州知府，在任多惠政。

[2] 失怙（hù）：指丧父。《诗·小雅·蓼莪》："无父何怙？"后称父亲死去为"失怙"。按：颜光敏去世时，颜肇维十八岁。

[3] 供菽（shū）水：供养豆和水，谓生活清苦艰辛。

[4] 耘耔（yún zǐ）：泛指从事田间劳动。

[5] 愵（nì）：忧郁、伤痛。

[6] 析薪：《左传·昭公七年》："古人有言曰：其父析薪，其子弗克负荷。施（丰施）将惧不能任其先人之禄。"后因以谓继承父业。

[7] 葑（fēng）菲："葑""菲"都是菜名，葑，即芜菁；菲，即萝卜。葑与菲根茎和叶均可供食用。后用"葑菲"表示尚有一德可取的意思。

[8] 踸踔（chěn chuō）：特立独行，与众不同。衢（qú）：大路，四通八达的道路。

[9] 兰芷：兰草与白芷，皆香草。

[10] 银台：唐时有翰林院、学士院都在银台门附近，后因以银台门或银台指翰林院。银台公：这里指吴关杰的父亲吴涵，吴涵于康熙年间曾任吏部左侍郎兼管翰林院事，并随从康熙帝南巡。

[11] 皇华：赞颂奉命出使或出使者的典故。阙里：孔子居住的地方，指曲阜。

宣武坊旧宅[1]（邨园李文襄[2]题额）

相国留题三十载，重来扫地坐斜晖。

旧巢未信堂中燕，新梦斑斓身上衣。

委巷[3]自宜闲客少，比邻何事故人非。

惊心转忆童游处，浚井修垣[4]愿未违。

【注释】

[1] 诗中描绘了由李之芳题写门额的北京宣武坊颜氏旧宅。这里是颜光敏当年在北京的官宅，也是颜肇维童年成长、游玩的地方，引发诗人无限的遐思。

[2] 邨园李文襄：李之芳（1622—1694），字邨园，山东武定人，明崇祯十五年（1642）中举人，清顺治四年（1647）中进士。曾任浙江金华府推官、刑部主事、湖广道御史、吏部右侍郎、兵部右侍郎兼都察院左副都御史等职。康熙二十二年（1683）南巡，李之芳前往迎驾，随即被召回北京，官拜文华殿大学士兼吏部尚书，被尊为"阁老"，成为当时汉族中职位最高的官员。康熙二十七年（1688）离职家居，康熙三十三年（1694）病逝于家，赐"文襄"。

[3] 委巷：僻陋小巷。

[4] 浚（jùn）井修垣：挖井修墙。浚，疏通，挖深。

寓接待寺[1]

招提[2]两度月华清，次第春风动客情。

沽酒垆[3]边初禁火，卖饧[4]声里过清明。

知时膏雨[5]传千里，触绪荒鸡咽五更。

好载归装御厨宴，高堂[6]准拟笑颜生。

【注释】

[1] 清明时节，颜肇维旅次佛寺，客情萌动，不禁思念家乡的老母亲。

[2] 招提：梵语，音译为"拓斗提奢"，省作"拓提"，后误为"招提"，

其义为"四方"。后遂为寺院的别称。

[3] 垆（lú）：旧时酒店里安放酒瓮的炉形土台子，亦指酒店。

[4] 饧（xíng）：用麦芽或谷芽熬成的饴糖。

[5] 膏雨：滋润作物的霖雨。

[6] 高堂：父母，这里指颜肇维的母亲。

李太史子凝买酒话别[1]

莫笑野人归兴浓，倚门遥忆挂方筇[2]。
花时酒债分官俸，春尽棉衣仗衲[3]缝。
别绪何年愁逝水，惊心此地愧晨钟。
月明定有重来梦，知在西山第几峰。

【注释】

[1] 此为饮酒话别诗。诗人虽然官小俸微，棉衣已旧，但离别之时，酒是不可或缺的。酒后向友人诉说归家的款曲衷肠。

李太史子凝：见前《壬午早春，朱子素存招游龙洞，同游者李子向南、赵子季颂、黄子仲通、李子子凝》诗注。太史：这里指翰林。李子凝曾任翰林编修。

[2] 筇（qióng）：一种竹子，可以做手杖。

[3] 衲（nà）：缝补、补缀。

出都后却寄王侍御琴麓[1]

曰归[2]日日梦同游，戴笠乘车志已酬。
御史初衔[3]新简命，乌衣[4]仍带旧风流。
卢沟寒食曾停屐[5]，罗酒春宵漫送钩。
朝罢西窗应剪烛，也曾念到故人不？

【注释】

[1] 此诗为颜肇维离开都城后寄给友人的怀旧诗。诗中既有对友人的深情追忆，也有对友人的殷切祝福。

侍御：职官名，清代侍御史为负责内廷监督百官并保管档案文书的官员。

[2] 曰归：见《归田园作》注释[2]。

[3] 衔（xián）：领受。

[4] 乌衣：黑色衣服，古代贫贱者之服。

[5] 屐（jī）：木头鞋，泛指鞋。

寄歙州宋介山[1]

今春客京师，得识宋氏子。
不意风尘中，一语成知己。
春尽返故山，魂梦自兹始。
赠我碧琅玕[2]，时时藏袖里。
犹忆论文时，转眼隔千里。
君胡不致身[3]，浩歌老燕市。
方知志匪[4]他，出处良有以。
家无二顷田，那足供食指[5]。
不能拂衣去，垂钓新安水[6]。

【注释】

[1] 诗中回忆与友人宋介山的奇缘，虽然二人相识不久，但都有相逢恨晚之意。颜肇维感谢友人慷慨相赠，并追忆促膝论文的情景，久久不能忘却。

歙（shè）州：徽州，位于安徽省南部、新安江上游，所辖地域为今黄山市、绩溪县和江西婺源县以及今浙江省淳安县（隋朝以前）。北宋徽宗宣和三年（1121），改歙州为徽州。宋介山：名和，歙州人，清雍正、乾隆年间在世，善古文，著有《宋介山文钞》，曾为陈鹏年《道荣堂文集》作序。

[2] 琅玕（láng gān）：像珠子的美石。

[3] 致身：《论语·学而》："事君能致其身。"原指献身，后用作出仕的典故。

[4] 匪：同"非"。不，不是。

[5] 食指：指家庭或家里人口。明钱子正《溪上所见》诗："家贫食指众，谋生拙于人。"

[6] 新安水：新安江，钱塘江水系上游干流段，源于安徽省休宁县境内，东入浙江省西部，流入钱塘江。

寄桐城姚引渊[1]

其一

姚生真国士，一见即倾心。

晨夕同羁旅[2]，交游念古今。

草深萧寺绿，花发御沟深。

惆怅还分手，忍令华发[3]侵。

其二

积翠晴初日，西山入望迷。

海榴[4]还应节，江燕未安栖。

旧雨他时梦，天涯何处鸡。

遥闻较书[5]夜，只许照青藜[6]。

【注释】

[1] 诗中赞赏友人姚引渊的国士风采：博古通今、孜孜不倦，并回忆了与他羁旅同游、依依分别的情景。

姚引渊：安徽桐城人，颜肇维友人。

[2] 羁旅：长久寄居他乡。

[3] 华发：花白的头发。

[4] 海榴：山茶花，又名海石榴，因来自海外，故名。

[5] 较书：校书，校勘书籍。

[6] 青藜（lí）：《三辅黄图·阁》：刘向于成帝之末，校书天禄阁，专精覃思。夜有老人，着黄衣，执青藜杖，叩阁而进。见向暗中独坐诵书，老父乃吹杖端，烟然，因以见向，授《五行洪范》之文。后因以"青藜"指夜读照明的灯烛。

归来[1]

归来镇日[2]坐西枝，识得从前大半痴。

榨酒偏逢人病酒，补诗仍是自删诗。

鹤残短草回松径，燕掠飞花到墨池。

手把编年[3]颠倒看，林间拂面野风吹。

【注释】

[1] 诗中写作者归家之后整理诗箧、榨酒删诗，并把所作《编年》反复修改。

[2] 镇日：从早到晚，整天。

[3] 编年：疑指颜肇维所编《颜修来先生年谱》。

哭家弟承绪中翰[1]

少小晨昏同砚席，十年忆尔在京华。
囊空薄宦浑如客，俸少无钱可给家。
化鹤归时孤榇[2]冷，遗经焚处旅魂嗟[3]。
向平[4]婚嫁知何日，惟有荒林噪暮鸦。

【注释】

[1]　此诗为一首挽诗，哀惋动人。

中翰：中书舍人的别称。

[2]　榇（chèn）：棺材。

[3]　嗟（jiē）：叹息。

[4]　向平：《后汉书·逸民传·向长》载，东汉高士向长（字子平），隐居不仕，子女婚嫁既毕，遂漫游五岳名山，后不知所终。后以"向平"为子女嫁娶之典。

挽济南朱子素存[1]（六首）

其一

雪霁明湖共讨春[2]，禹登山[3]（斋额名）好纪游频。
几年芳草思公子，明月秋风哭美人。

其二

人在元龙百尺楼[4]，黄金散尽为交游。
田文[5]死后无宾客，独管齐山[6]四十秋。

其三

白雪楼头绛帐垂，感君匹马到来时。
月明送客泉声里，隔水犹闻唱竹枝。

其四

人家生子如孙仲[7]，得婿余夸王右军[8]。

白首山阳双泪落，朱陈村[9]里旧东君。

其五

诗如林逋[10]饶风致，字似吴兴[11]有逸情。
不信东山终不起[12]，却教弹铗[13]哭先生。

其六

湖干春尽暂停车，出处关心计未疏。
何意遽[14]成泉下别，青山华发冷樵渔。

【注释】

[1] 此诗为挽友人朱素存诗。颜肇维回忆了昔日与朱素存同游大明湖，登临禹登山，以及友人仗义疏财，广交宾客，在冬日里匹马来探望自己的情景，表达了对友人的深切哀悼。同时，诗中赞美友人的诗歌、书法的风致，相信他的子孙后代必将东山再起，使其家业复兴。

朱素存：见《壬午早春，朱子素存招游龙洞，同游者李子向南、赵子季颁、黄子仲通、李子子凝》诗注。

[2] 明湖：济南大明湖。讨春：寻春、探春。

[3] 禹登山：龙洞山，位于济南东南三十里。

[4] 元龙百尺楼：《三国志·魏志·陈登传》："（刘备）曰：'君（许汜）求田问舍，言无可采，是元龙（陈登字符龙）所讳也，何缘当与君语？如小人，欲卧百尺楼上，卧君于地，何但上下床之间邪？'"后借指抒发壮怀的登临处。宋陆游《秋思》诗："欲舒老眼无高处，安得元龙百尺楼。"

[5] 田文（？—前279）：战国时期齐国贵族，齐威王田因齐之孙，靖郭君田婴之子，齐宣王田辟疆之侄。因封袭其父爵于薛国（今山东省滕州市官桥镇），又称薛公，号孟尝君，门下有食客数千。

[6] 齐山：泛指齐地之山。

[7] 生子如孙仲：曹操曾说："生子当如孙仲谋。"（见《三国志·吴志·吴主传》裴注）孙仲谋，即孙权。后多用此语表示赞扬或激励。

[8] 得婿余夸王右军：指朱素存为人豁达，才能出众。化用"东床快婿"的故事。据南朝刘义庆《世说新语·雅量》记载，郗鉴在琅琊王氏家族中挑选女婿，唯独选中在东边的床上袒腹看书的青年，这个人就是后来官至右将军的大书法家王羲之。

[9] 朱陈村：古村名。唐白居易《朱陈村》诗："徐州古丰县，有村曰朱

陈……一村唯两姓，世世为婚姻。"后用为两姓联姻的代称。

[10] 林逋（967—1028）：字君复，又称和靖先生，浙江大里黄贤村（今奉化市裘村镇黄贤村）人，北宋著名诗人。

[11] 吴兴：元代书画家赵孟頫，赵为吴兴人，故称。

[12] "东山"句：东晋时谢安退职后曾隐居会稽东山（今浙江省上虞市），后来又出任要职。比喻隐退后再度任职或失势后又重新得势。

[13] 弹铗：典故源自《战国策·齐策四》：齐人冯谖家贫，托食孟尝君田文。冯自信才华出众，在孟尝君门下不甘做下客，因而弹剑把而歌，要鱼，要车，要养家，后来果然助田文营就三窟，为孟尝君手下最得力的谋士。此处谓有才华之人暂处困境，有求于人。

[14] 遽（jù）：急，仓促。

为陈大题雪里樵歌画扇[1]

秋雨初晴午风热，桐荫解夏夏虫咽。

有客过门求题扇，上写樵声在寒雪。

先生作此非无意，笔驱滕六[2]走风穴。

寒飙刁刁万木僵[3]，白气茫茫千山灭。

大泽远水势凸凹，短日匿光顽似铁。

校衧人去略彴横[4]，车辙没腰柴担折。

背城路断啼鸦多，村中犬吠炊烟绝。

何处啁啾[5]叩斧歌，馁[6]肠冰冷敲指血。

百里无人谁相和，哀音满壑自劳舌。

草头富贵何足论，明于冷处托晚节。

樵歌即子之苦吟，白雪即子之傲骨。

藏之怀袖待岁寒，魄吊残雪樵唱裂。

【注释】

[1] 此诗为一首题扇诗，绘声绘色地描绘了扇头画作：寒风凛凛，白雪茫茫，只有远处突兀的山峰和近处默默伫立的冬树。山路之上，人迹罕至，没腰的车辙延伸向远方。啼鸦哀鸣，犬吠声声，远处似乎传来樵子斧斤之声。那樵歌就是友人陈大的吟诗，那白雪就是陈大的傲骨。诗中表现了对友人陈大气节风骨的深情赞美。

[2] 滕六：古代汉族神话传说中的雪神。宋范成大《正月六日风雪大作》

诗："滕六无端巽二痴，翻天作恶破春迟。"

[3] 飙（biāo）：暴风。刁刁：形容风声。

[4] 袎衳：小套裤。《扬子·方言》："小袴谓之袎衳。"略彴（zhuó）：小木桥。宋陆游《闭门》诗："独木架成新略彴，一峰买得小嶙峋。"

[5] 啁啾（zhōu jiū）：形容伐木的声音。

[6] 馁（něi）：饥饿。

送孔北沙宰宝山[1]

任延[2]年少众惊奇，再见傒斯[3]五咏诗。
治号冲繁官特简[4]，地分图籍[5]县新披。
三秋画舫枫桥路，十月梅花短簿祠[6]。
白鹤江头[7]重作宰，应知还似永丰时。

【注释】

[1] 诗人送别友人任职宝山，诗中极力赞美友人的文学才华和政治才能。
孔北沙：颜肇维友人，曾做过江宁县令。
宝山：今上海市宝山区，雍正二年（1724）建县。

[2] 任延（？—68）：字长孙，东汉南阳（今河南省南阳市）人，年十二学于长安，显名太学，号"任圣童"。汉更始元年（23），任会稽都尉。光武帝刘秀时为九真太守，后拜武威、颍川、河内等地太守。

[3] 傒斯：揭傒斯，字曼硕，号贞文，龙兴富州江右（今江西省丰城杜市镇）人，元朝著名文学家、书法家、史学家。元延祐初年由布衣荐授翰林国史院编修官，迁应奉翰林文字，前后三入翰林，官奎章阁授经郎、集贤学士、翰林侍讲学士等。

[4] 治号：政令。冲繁：谓地当冲要，事务繁重。

[5] 图籍：地图和户籍，指疆土人民。

[6] 短簿祠：纪念晋书法家王珣的寺庙，在今苏州市虎丘山。《吴郡志》："短簿祠在虎丘云岩寺。寺本晋东亭献穆公王珣及其弟珉之宅，珣居桓温征西府时号'短主簿'，俗因以名其祠。"参见《虎阜》诗注释[3]。

[7] 白鹤江头：相传秦汉时期，吴淞江畔一片芦荡之中，有一小块绿洲，常有白鹤栖息于此，故名白鹤江。今上海市青浦北部有白鹤镇。

过任城黄氏感怀[1]

霜冷南池[2]济水苍，故家乔木卧残阳。

素琴挂壁无弦久，远笛隔邻写怨长。

识路马嘶归旧枥[3]，酸心人拜问中唐。

重来何事偏多感，只此酒垆[4]尚姓黄。

【注释】

[1] 诗人经过任城黄氏酒垆，有感而作：时值秋风渐起，霜落满地，济水潇潇，枯木残阳，世事沧桑，人世冷暖，让人倍增愁绪。

任城：今山东省济宁市任城区。

[2] 南池：也叫"王母阁池"，在今济宁市城南王母阁路西侧。唐杜甫《与任城许主簿游南池》诗："秋水通沟洫，城隅进小船。晚凉看洗马，森木乱鸣蝉。"即描写此处。

[3] 枥（lì）：马槽。

[4] 酒垆（lú）：酒店。

登莱徐观察枉顾山堂[1]

春残亭院野花飞，菜圃关门客过稀。

自分樵渔甘陋巷，谁将车骑款[2]柴扉。

不妨对酒来官长，也许论交到布衣。

卧治东方诗思[3]好，招寻宁遣簿书[4]违。

【注释】

[1] 在野花纷飞的暮春时节，旧友来访，这让颜肇维倍感亲切。颜肇维期盼友人能够无为而治，成为卧治东方的能吏。

登莱：登州、莱州，清分别设府以治，地处山东半岛一带。观察：见《刘村访朴庵李观察，时做装矣》注释[1]。山堂：山中的寺院，常用来指隐士的居所，这里指颜肇维居所。

[2] 款：敲打，叩。

[3] 卧治：西汉时，汲黯为东海太守，"多病，卧闺阁内不出，岁余，东海大治"。后召为淮阳太守，不受。武帝曰："吾徒得君之重，卧而治之。"事见《史记·汲郑列传》。后因以"卧治"谓政事清简，无为而治。诗思：作诗

的思路、情致。

[4] 簿书：官署中的文书簿册。

春日柬陈培南[1]（二首）

其一

为惜春归贪早起，鼠姑[2]花放燕将雏。

闲中风物[3]谁能会，信道[4]园林属老夫。

其二

新蕨[5]堆盘饭一盂，山禽帘外唤提壶[6]。

看花馋客能来否，传语今朝恰断屠[7]。

【注释】

[1] 此诗是写给友人陈培南的。春日里牡丹怒放，燕雏将飞，这自然界的一切，谁能领会，唯有诗人的心。春光明媚，诗人采好蕨菜，等待友人来访。柬：寄柬。

[2] 鼠姑：牡丹的别名。

[3] 风物：风景和物品，喻指大气候。

[4] 信道：知道，料知。

[5] 蕨：多年生草本植物，根茎长。嫩叶可食，根茎可制淀粉，全株入药。

[6] 提壶：鹈鹕，羽多白色，翼大，嘴长，嘴下有一个皮质的囊，可用以兜食鱼类，喜群居，栖息在沿海湖沼河川地带。

[7] 断屠：旧时岁时风俗，禁绝杀生。每逢天灾或某些特定的日子，由官府出告示禁止宰杀牲畜。

柬双南[1]

绛帐[2]谈经岁月深，诗人惊见二毛[3]侵。

闲门不是为君扫，薄酒还须对子斟。

花事将残留日照，天时无雨作春阴。

宵来定有江南梦，燕燕巢成感客心。

【注释】

[1] 此为写给友人双南的诗柬。颜肇维回忆二人曾经同门读书，谈经论道，诗人蓦然发现自己头发已经花白，才知道岁月无情。期盼友人能到来把酒言欢，互述衷肠。

[2] 绛帐：也作"绛纱帐"。《后汉书·马融传》："融才高博洽，为世通儒，教养诸生，常有千数……居宇器服，多存侈饰。常坐高堂，施绛纱帐，前授生徒，后列女乐，弟子以次相传，鲜有入其室者。"后因以为师门、讲席的敬称。

[3] 二毛：斑白的头发。

寄高堰别驾孔德彰[1]

昔岁曾同博望槎[2]，君劳王事[3]我还家。
我同猿鹤闲三径，君恋功名走传车[4]。
袁浦[5]鱼多知海近，淮阳米贱入漕赊[6]。
相逢浊酒论交旧，佐郡[7]还期共烛邪。

【注释】

[1] 此为寄给友人孔德彰的诗柬。诗中回忆了昔日与友人共事，如今友人依然奔波操劳于朝廷之事，而自己归隐田园，虽然忙闲不同，但是都热切期盼再次相逢，把酒互诉衷肠。

高堰：高家堰，位于江苏淮阴的洪泽湖大堤，是防御淮河水患、便于运河航运的人造工程，明清时归河道总督管辖。

别驾：州刺史之佐吏，宋以后为通判的别称。

[2] 博望槎：指张骞乘槎（chá，木筏）至天宫事。张骞曾封博望侯。宋胡仔《苕溪渔隐丛话前集·杜少陵六》引南朝梁宗懔《荆楚岁时记》："张华《博物志》：汉武帝令张骞穷河源，乘槎经月而去，至一处，见城郭如官府，室内有一女织，又见一丈夫牵牛饮河，骞问云：'此是何处？'答曰：'可问严君平。'织女取楮机石与骞而还。"

[3] 王事：朝廷之事，公事。

[4] 传车：古代驿站的专用车辆。

[5] 袁浦：袁公浦，在江苏淮阴城西。见前《上陈沧洲先生》注释[4]。

[6] 淮阳：当为"淮扬"之误。清康熙、雍正年间置淮扬道，驻淮安府。漕（cáo）：利用水道转运粮食。赊（shē）：买卖货物时延期付款。

[7] 佐郡：协理州郡政务，指任州郡的司马、通判等职。

吴太守升辰沅观察[1] （四首）

其一

攀辕载咏白驹歌[2]，杜甫台边祖道多[3]。
薛北滕南[4]俱治谱，槃瓠庄蹻[5]又恩波。
汶阳[6]日暖初登岁，南服[7]烟销久释戈。
岂为丹砂[8]轻去郡，欲题铜柱[9]定如何。

其二

种树歌成四野欢，讼堂卧治乐刘宽[10]。
赎儿不惜分常俸，锄恶何曾避世官[11]。
别路心情随沅芷[12]，怀人诗句到铜安。
遥知此去惊蛮徼[13]，无愧当年獬豸冠[14]。

其三

请谒何尝有故人，争知太守自清贫。
卖刀此后思龚遂[15]，遮道今方借寇恂[16]。
淳朴犹存东鲁俗，文章欲化五溪[17]民。
他年持节重来日，虚女奎娄[18]得岁新。

其四

出守四年棠荫[19]长，脱骖致赗[20]岂能忘。
诗名老去依严武[21]，花径春来访草堂。
白简青袍[22]惊继起，牙旗画角[23]永相望。
何时微禄叨陪从，重接清光到沅湘[24]。

【注释】

[1] 诗中赞美吴太守在兖州知府任内的善政，感念友人的恩赐与义举，希望能时时叨陪左右。

太守：职官名，郡或府的行政长官。吴太守即吴关杰，见前诗《太守吴霎崖题先君子遗像感怀》注释 [1]。辰沅：辰沅永靖兵备道，是湖南四大道署之一，辖辰州、沅州、永顺府及靖州等，治所在凤凰。观察：职官名，清代对道员的尊称。

[2] 攀辕：拉住车辕，不让车走。旧时常用作挽留好官的谀辞。白驹：白色骏马，比喻贤人、隐士。

[3] 杜甫台：少陵台，诗人杜甫晚年由洛阳来兖州省父并于此寓居，后人筑台纪念。祖道：古代为出行者祭祀路神和设宴送行的礼仪。

[4] 薛北滕南：薛城之北，滕州之南。俱为兖州府辖境，代指兖州。

[5] 槃瓠（pán hù）：古神话中人名。据《后汉书·南蛮传》、晋干宝《搜神记》等书记载，远古帝喾（高辛氏）时，有老妇得耳疾，挑之，得物大如茧。妇人盛于瓠中，覆之以槃，顷化为犬，其文五色，因名槃瓠。庄蹻（？—前256）：一作庄豪、庄峤，战国时期反楚起事领袖，楚庄王之苗裔。他生平中有两件大事，一是反楚起事，二是入滇。此处以晋楚一带的人、事代指湖南辰沅一带。

[6] 汶阳：古地名，春秋鲁地。因在汶水之北，故名。此处代指兖州府。

[7] 南服：古代王畿以外地区分为"五服"，称京畿以南为"南服"。

[8] 丹砂：一种矿物，炼汞的主要原料，可做颜料，也可入药。因产于辰州，故又叫辰砂。

[9] 铜柱：铜制的作为边界标志的界桩。这里是祝愿吴观察在南疆建功立业，铜柱题名。

[10] 讼堂：审理诉讼案件的场所。刘宽（120—185）：字文饶，弘农郡华阴县（今陕西省潼关）人，东汉时期名臣，为政以宽恕为主，被世人称为"长者"。

[11] "赎儿"句：具体写吴太守的政绩。据传吴在兖州任上撤陋规，裁冗吏，百姓有因岁饥鬻儿者，出己俸为之赎还。世官：由一族世代承袭的官职。

[12] 沅芷：本指生于沅湘两岸的芳草，后用以比喻高洁的人或事物。

[13] 蛮徼（jiǎo）：蛮地，指南方边塞。

[14] 獬豸冠：獬豸（zhì），中国古代神话传说中的独角兽，似羊非羊，似鹿非鹿。獬豸冠，指古代御史的帽子，也代指御史等执法官，因其形似獬豸而得名。

[15] 龚遂：西汉循吏。初为昌邑国郎中令，昌邑王刘贺，被龚遂屡次劝谏不听。汉宣帝继位后，龚遂担任渤海太守。平定盗贼叛乱、鼓励农桑，很有政绩，后升任水衡都尉，卒于任上。

[16] 遮道：犹拦路。寇恂（？—36）：字子翼，上谷昌平（北京昌平）人，东汉开国名将。协助刘秀镇守河内，治理颍川、汝南。刘秀称帝后，寇恂任执金吾，封雍奴侯。后病逝，谥号威侯。

[17] 五溪：地名，指雄溪、橫溪、无溪、酉溪、辰溪。一说指雄溪、蒲溪、酉溪、沅溪、辰溪。汉属武陵郡，为少数民族聚居地，在今湖南省西部和贵州省东部。

[18] 奎娄：亦名"降娄"，十二星次之一。配十二辰为戌时，配二十八宿为奎、娄二宿。

[19] 棠荫：棠树树荫，多喻惠政或良吏的惠行。此句言太守治究四年，惠民良多。

[20] 脱骖致赙（fù）：《礼记·檀弓上》："孔子之卫，遇旧馆人之丧，入而哭之哀，出，使子贡脱骖而赙之。"谓解下骖马，以助治丧之用。因以"脱骖致赙"为资助别人急困的典实。赙，送给丧家的钱财、布帛等，也指拿钱财等帮助别人办理丧事。

[21] 严武（726—765）：字季鹰，华州华阴人。武虽为武夫，亦善诗歌。初为拾遗，后任成都尹。两次镇蜀，以军功封郑国公。与杜甫友善，常以诗歌唱和。

[22] 白简：即"百裥"，白色的裙子。青袍：青色的袍子。白简青袍：代指普通百姓。

[23] 牙旗画角：牙旗，旗杆上饰有象牙的大旗。多为主将主帅所建，亦用作仪仗。画角，古管乐器。传自西羌，形如竹筒，以竹木或皮革等制成，因表面有彩绘，故称。发声高亢，军中多用以警昏晓，振士气。

[24] 清光：清美的风采。沅湘：沅水和湘水的并称，这里指湖南。

饯岁 (丁未)[1] (二首)

其一

春风已动绿杨枝，落柘[2]吟怀鬓欲丝。
旧德可甘家食好，老年始悔读书迟。
里中索米酬[3]亡友，灯下牵衣笑幼儿。
最喜辛槃[4]除夜里，水鱼海上到来时。

其二

漫翁[5]久不逐时妍，春到梅花柏叶边。
饭染青粝[6]分子舍，耄[7]能悔过说宾筵。

枯杨渐欲生稊[8]绿，霁日如同挟纩[9]眠。

甘让儿曹[10]夸得岁，东风吹处古斜川。

【注释】

[1] 此为诗人岁末馈岁之作。含辞归、迎接双重意义。

馈岁：设酒宴送别旧岁。丁未：雍正五年（1727）。

[2] 落柘：疑应作"落拓"。形容贫困失意，景况凄凉。

[3] 索米：求取米粮。酬：酹祭、祭奠。

[4] 辛槃：亦作"辛盘"，农历正月初一用葱、韭等五种辛辣的菜蔬置盘中供食，取迎新之意，也作"五辛盘"。

[5] 漫翁：颜肇维自号。

[6] 籸（shēn）：同"糁"，谷物磨成的碎粒。

[7] 耄（mào）：指八九十岁的年纪，泛指老年。

[8] 稊（tí）：杨柳新长出的嫩芽。

[9] 霁：雨雪停止，天放晴。纩（kuàng）：本指新丝絮，后泛指棉絮。

[10] 儿曹：犹儿辈。

卷 二

得家书二首[1]

其一

半生踪迹总由天，名落人间五十年。
白眼三春空骏骨[2]，青藜[3]一卷废高眠。
看钱囊底羞工部[4]，索句图中对老莲[5]。（时得章侯画）
近报平安乡里信，殷勤为问几时还。

其二

芍药丰台[6]事已残，仍将余闰[7]作春寒。
旅怀欲睡常中酒，老境多岐懒据鞍。
泗上麦秋传足雨，书中儿辈劝加餐。
少年自分宦情少，垂暮何须更说官。

【注释】

[1] 此诗为作者寓居北京时收到曲阜老家的来信，有感于官微俸薄而作。

[2] 骏骨：千里马的骨头，比喻贤才。

[3] 青藜（lí）：指夜读照明的灯烛，借指苦读。参见卷一《寄桐城姚引渊》诗注释 [6]。

[4] 工部：指杜甫，杜甫曾担任检校工部员外郎。

[5] 老莲：陈洪绶（1599—1652），字章侯，号老莲，晚号老迟。浙江绍兴府诸暨人，明末清初著名画家、诗人。卷二有《除夕自仙居归署，题老莲索句图》，可参看。

[6] 芍药丰台：北京市丰台区，位于城西南郊。北京芍药以丰台最盛。

[7] 余闰：指闰月。

寄姊[1]

故园风雨半对苔[2]，往事惊心忆老莱[3]。
梁燕[4]已成空垒去，江鱼喜见尺书[5]来。

燎须药铫虚西牖[6]，收茧缫[7]车荫古槐。

却忆此时新麦熟，泗河茅屋旧樽[8]开。

【注释】

[1] 此为诗人寄给姐姐颜恤纬的诗作，充满着对胞姐的思念和对故乡的深情。

[2] 苔：苔藓。

[3] 老莱：老莱子。《艺文类聚》卷二十引《列女传》："老莱子孝养二亲，行年七十，婴儿自娱，着五色彩衣。尝取浆上堂，跌仆，因卧地为小儿啼，或弄乌鸟于亲侧。"这里用老莱娱亲的典故赞美姐姐侍奉老母的孝行。

[4] 梁燕：梁上的燕，比喻小才。

[5] 尺书：指书信。

[6] 燎（liǎo）须：挨近火而烧焦胡须。药铫（diào）：煎药用的器具，多用陶或金属制成。牖（yǒu）：窗户。

[7] 缫（sāo）：把蚕茧浸在滚水里抽丝。

[8] 樽：古代盛酒的器具。

燕邸杂忆[1]（三首）

其一

故人几辈半疏慵[2]，垂老金门[3]善病中。

何事乍逢红杏雨，无端已过楝[4]花风。

其二

乍惊晓梦一声鸡，菜担花笼小市西。

多事旧闻朱竹垞[5]，不如阮咏[6]自无题。

其三

春风无那[7]又清和，日日残编入醉哦[8]。

莫怪漫翁深院闭，迩来耆旧已无多[9]。

【注释】

[1] 此诗回忆自己在燕京府宅的生活情景，感慨时光易逝，耆旧无多。

[2] 疏慵：疏懒、懒散。

[3] 垂老：年岁已老。金门：饰以黄金的门，宫门，这里指京都。

[4] 楝（liàn）：落叶乔木，种子和树皮都可入药，花期在春末夏初之时。

[5] 朱竹垞（chá）：朱彝尊（1629—1709），字锡鬯，号竹垞，浙江秀水（今浙江省嘉兴市）人。清代诗人、学者、藏书家，博通经史，诗与王士禛称南北两大宗。曾与颜光敏交好，颜光敏死后为撰写墓志。

[6] 阮咏：指三国魏诗人阮籍的《咏怀诗》。

[7] 无那：无奈，无可奈何。

[8] 哦：吟哦。

[9] 迩（ěr）：近。耆旧：年高望重者。

寄子敬孔三[1]

温泉吟客近何如，杨子空庭只著书。
飞蝶扑帘花落后，眠蚕上箔[2]午晴初。
泥深土屋人收麦，雨近黄梅野荷锄。
却笑京尘闲昼永[3]，梦魂时到水云居[4]。

【注释】

[1] 此为寄给友人孔子敬的诗。想着友人隐居于温泉之畔，日日吟诗著书的生活。这里飞蝶扑帘，眠蚕吐丝，收麦之后，黄梅雨至，荷锄劳作，让人羡慕不已。诗作表达了颜肇维对田园生活的眷念。

[2] 箔（bó）：养蚕的器具，多用竹或秫秸制成，亦称"蚕帘"。

[3] 京尘：指在北京的世俗生活。闲昼永：闲来无事，显得白天格外长。

[4] 水云居：水云乡的住所，这里指隐者孔子敬的住处。

送程扶九归平阴[1]

春去燕山暑又徂[2]，翻然[3]归计是吾徒。
行藏[4]与尔休同调，需次[5]逢人愧老夫。
莼菜[6]入秋丝滑滑，芹羹[7]欲献笑区区。
输君此去乡园里，黄叶烟村[8]画有无。

【注释】

[1] 此是为归乡友人所写的惜别诗。

平阴：今山东省济南市平阴县。

［2］暑又徂（cú）：暑气消散。徂：消逝。

［3］然：迅速改变的样子。

［4］行藏：指出处或行止。

［5］需次：指官吏授职后，按照资历依次补缺。

［6］莼（chún）菜：又名凫葵。多年生，叶片椭圆形，浮在水面上。茎上和叶的背面有黏液。花暗红色，嫩叶可做汤菜。

［7］芹羹（gēng）：用芹菜调和五味做成的带汁的食物，泛指美食。

［8］烟村：指烟雾缭绕的村落。

移居旧宅[1]

修我屋垣[2]旋治灶，侨居旧主又移家。
两三张纸从糊壁，五七文钱尽买花。
北阙[3]飞云笼小院，西山[4]落日送余霞。
秋来不觉凉生早，月上窗棱下幌[5]纱。

【注释】

［1］此诗描述了颜肇维移居京师旧宅的情状。诗用口语，平易自然。

［2］垣（yuán）：矮墙。

［3］北阙：古代宫殿北面的门楼。颜光敏在西城宣武坊置家，故北阙应指宫殿。

［4］西山：指北京西郊诸山。

［5］幌（huǎng）：帐幔、帘帷。多以丝帛或布做成。

秋月[1]（四首）

其一

秋露湛然[2]白，凉新簟[3]未收。
团圞[4]天际月，弄影暗窥楼。

其二

我来逢社燕[5]，倏见塞鸿还[6]。
屈指中秋月，于今七上弦[7]。

其三

归信几番寄，教将桂魄[8]看。

家园儿女月，转惹忆长安[9]。

其四

童子垂头睡，主人坐绿灯。

当杯如水月，一榻似孤僧。

【注释】

[1] 此为一组怀乡诗。

[2] 湛（zhàn）然：清澈貌。

[3] 簟（diàn）：竹席。

[4] 团圞：圆貌。

[5] 社燕：燕子春社（春季祭祀土神）时来，秋社（秋季祭祀土神）时去，故有"社燕"之称。

[6] 倏（shū）：极快地，忽然。塞鸿：塞外的鸿雁；塞鸿秋季南来，春季北去，故古人常以之作比，表示对远离家乡亲人的思念。

[7] 上弦：农历每月的初七或初八，月亮呈月牙形，其弧在右侧，这种月相叫上弦。

[8] 桂魄：指月。传说月中有桂，故为月的别称。

[9]"家园"句：唐杜甫《月夜》诗："今夜鄜州月，闺中只独看。遥怜小儿女，未解忆长安。"借杜诗表达对家乡亲人的思念。

封大理馈罗酒[1]

着水分明味更醇，长河人送瓮头春[2]。

帘开寒月应同色，客到僧房共入唇。

国子曲[3]生调笼久，侍郎墨露[4]得名新。

拟[5]将酒德为君颂，不道平原有鬲津[6]。

【注释】

[1] 此为一首咏物诗，赞扬罗酒味道之清醇、友人品德之美好。

大理：大理寺司卿，掌刑法的官。罗酒：产于山东德州，为"北酒之佳者"（清阮葵生《茶馀客话·品酒》）。据传为明末清初人罗钦瞻所研造，故亦名罗钦瞻酒。王士禛、高珩等均有诗赞此酒。

　　[2] 长河：山东德州在隋、唐时期的名称；清田雯《长河志籍考》即为记载考证德州人、事的著作。瓮头春：初熟酒，泛指好酒。

　　[3] 曲（qū）：把麦子、白米等蒸过，使它发酵后再晒干，称为曲，可用来酿酒。

　　[4] 侍郎：指田雯，田雯康熙年间曾任吏部与户部侍郎。墨露：田雯《长河志籍考》卷七："酒之美者……又有墨露酒，色如黛漆，味比醍醐。"

　　[5] 拟：准备，打算。

　　[6] 平原：县名，位于山东省西北部，今属德州市，唐颜真卿曾做过平原县令。鬲（gé）津：古水名，故道在西汉鬲县（今山东省平原县西北）附近，东流入海。

戊申元日[1]

历头花甲[2]看将终，老至那知一漫翁。
灯炧犹矜书字细[3]，兴来顿觉据鞍雄。
乍醒春梦忘瞋喜，常悔狂谈羡瞆[4]聋。
面茧卜官[5]羞幻想，只从晴雨问年丰。

【注释】

　　[1] 此诗为雍正六年（1728）元日所作。作者花甲之岁，犹自苦读，有壮志未酬之感。

　　[2] 历头：历书。花甲：指六十岁，中国古代以六十年为一循环，一循环称为一甲子，又因干支名号繁多且相互交错，又称花甲。

　　[3] 炧（xiè）：灯烛余烬。矜（jīn）：慎重，拘谨。

　　[4] 瞆（guì）：瞎子。

　　[5] 面茧卜官：古俗，于正月十五日夜，团米粉或面粉若茧状，书事置于其中，以占卜一年之事，谓之"茧卜"。这里指用面茧占卜做官之事。

赠周祠部紫昂先生[1]

乍看珠榜出天上，旋乞祠官奉孝陵[2]。
刀笔[3]岂遵秦相法，文章敢避鲁儒[4]能。
此来新雨惟吾子，十载邻居少旧僧。

相访每当趋省[5]后，似怜孤客意难胜。

【注释】

[1] 此为一首赠别诗。

周紫昂：周人骥（1696—1763），字紫昂，号莲峰，直隶天津人。雍正五年（1727）进士，授礼部主事。后加翰林院编修衔，提督四川学政，充福建乡试副考官。周人骥多年任监察御史，十分关心边疆苗民疾苦，在促进苗汉融合中功不可没。

祠部：也称礼部，掌管国家的典章制度、祭祀、学校、科举考试等。

[2] 祠官：掌管祭祀之官。孝陵：清世祖陵，在今河北省遵化市昌瑞山主峰南麓。

[3] 刀笔：旧时公牍称"刀笔"，竹简上刻字记事，用刀子刮去错字，因此把有关案牍的事叫作刀笔，这里指政策。

[4] 鲁儒：鲁国儒生，泛指儒家学者。

[5] 趋省（xǐng）：指逐渐省悟。趋，逐渐归向；省，知觉、觉悟。

蕴阁[1]

官城久客似安居，犹是先人旧敝庐。
解冻条风[2]双阙下，当春社燕[3]午晴初。
庭因向日冬无雪，厨喜留宾食有鱼。
旅舍孤怀殊自慰，年来消受半床书。

【注释】

[1] 此诗写诗人在京师旧宅的生活情况。

蕴阁：颜光敏在京宅邸的读书之所。《颜光敏年谱》："康熙癸亥（1683）……俸钱所入，结蕴阁于邸第之南，读书其中。"

[2] 条风：东北风，一名融风，主立春四十五日。唐太宗《正日临朝》诗："条风开献节，灰律动初阳。"

[3] 社燕：见卷二《秋月》注释[5]。

题索句图[1]

妙墨销沉庙市[2]烟，得来能费几文钱。
此中岂可容君辈，会道当时有夙缘[3]。

诗到无声休着想，老因何故便归禅。

南城月上霜钟[4]动，半醉参量[5]不肯眠。

【注释】

[1] 此诗是为一帧名曰"索句图"的画所写的题诗。

索句：指作诗时构思佳句。

[2] 妙墨：谓佳妙的书法。销沉：犹消沉，谓衰退没落。庙市：设在寺庙内或其附近的集市，在节日或规定日期举行，也称庙会。

[3] 夙缘：前生的因缘，命中注定的缘分。

[4] 霜钟：指钟或钟声。《山海经·中山经》："［丰山］有九钟焉，是知霜鸣。"郭璞注："霜降则钟鸣，故言知也。"

[5] 参量：邹鲁方言，思考、考虑。

对镜[1]（二首）

其一

镜里霜花着眼惊，岂甘不字[2]十年贞。

干人只有祢生刺[3]，看剑空余杜老情[4]。

已谢隶奴新折箠，何妨吴越作同盟。

西畴[5]雨歇黄牛健，春到龙湾[6]正试耕。

其二

无庸嘲我慕轻肥[7]，我意应嘲去住违。

故国莺花[8]吹断梦，长安风雪卧双扉[9]。

岐途[10]老马犹能识，古调[11]弹琴又恐非。

种种二毛[12]明镜里，不堪把玩对春晖[13]。

【注释】

[1] 诗人对镜自怜，感叹年事已高，事业无成。

[2] 不字：谓不嫁人，此处代指未晋职。

[3] 干：求见、拜访。祢（mí）生刺：《后汉书·文苑传下》："［祢衡］始达颍川，乃阴怀一刺，既而无所之适，至于刺字漫灭。"后因以"祢刺"或"祢生刺"谓士人耿介有节操。刺：名刺，又称"名帖"，拜访时通姓名用的名片。

[4] 看剑空余杜老情：杜甫《夜宴左氏庄》："检书烧烛短，看剑引杯长。"意思是：点烛读书，烛火越烧越短；饮酒看剑，酒越喝越酣畅。这里用以表达作者的仕宦未老之心。

[5] 西畴：西面的耕地，泛指田地。

[6] 龙湾：龙湾村，诗人曲阜老家在此。

[7] 无庸：也作"毋庸"，无须。轻肥：轻裘肥马的简称，穿着轻暖的皮袄，骑着肥壮的好马，形容生活阔绰。

[8] 故国：指老家曲阜。莺花：莺啼花开，泛指春日景色。

[9] 长安：指京城。扉（fēi）：门扇。

[10] 岐途：亦作"歧涂"，岔路。

[11] 古调：古代的乐调。

[12] 二毛：斑白的头发。

[13] 春晖：春光。

赠洛阳李先生[1]

吴音[2]重叠唱阳关，娶妇争传谢阿蛮[3]。
杨柳笛中春正好，梅花窗下月初弯。
朝时漫说添香去，社日[4]先教割肉还。
不是吟成知洛下[5]，与君犹自隔蓬山[6]。

【注释】

[1] 此诗为一首赠诗，赞美友人夫妻幸福甜美的生活。

[2] 吴音：指江浙一带的方音。

[3] 谢阿蛮：盛唐歌舞名妓，擅长凌波舞，展现在波涛起伏的水面上翩然起舞的绰约风姿。

[4] 社日：古时祭祀土神的日子，一般在立春或立秋后第五个戊日。

[5] 洛下：指洛阳。

[6] 蓬山：蓬莱山，相传为仙人所居。唐李商隐《无题》诗："蓬山此去无多路，青鸟殷勤为探看。"

将之浙水言怀志别[1] （四首）

其一

老至惟愁负主知[2]，一闻明诏[3]便星驰。

只宜自分[4]还存我，纵欲干[5]人已后时。

斜日下坡留返照，青虫满树引秋丝。

于今拼却田园乐，更问西湖剥芡期[6]。

其二

一林清树媚秋光，雨后藤萝[7]过短墙。

事业纵难如管乐[8]，刑名岂肯学申商[9]。

身随越水新官舫[10]，梦在龙湾旧草堂。

试问吾家众兄弟，蒸梨剥枣忆疏狂。

其三

夜来微雨送新寒，一系孤舟乱水滩。

地喜旧游悬墨绶[11]，人虽初宦尚儒冠[12]。

村中九日花谁把[13]，湖上中秋月自看。

只有新诗无甲子，何时归理旧渔竿。

其四

十年清梦绕南徐[14]，醉后扁舟任所如。

山寺路迷传午磬，江城雨过卖鲈鱼。

宦情少日已忘却。阿堵[15]他年宁有诸。

欲寄相知众耆旧[16]，闲中莫惜数行书。

【注释】

[1] 诗人即将任职浙江临海，作诗表达仕宦与归隐的矛盾心情。一方面，颜肇维年过花甲，唯恐辜负皇帝的重托与信任，得到任职诏书后便星夜驰往任所。即使不能取得像管仲、乐毅那样的成就，也会竭尽全力、尽职尽责。另一方面，诗人日夜思念龙湾老家，想着众兄弟们正蒸梨剥枣迎接重阳佳节，而自己独自在赴任的船上赏月，何时才能结束任职，归隐田园、垂钓泗河之上呢？

[2] 负主知：辜负皇上的信任。知：知遇、赏识。

[3] 明诏：指皇帝的诏令。

[4] 自分：自料，自以为。

[5] 干：求见、拜见。

[6] "于今"句：竟舍弃归隐田园的快乐而去浙江赴任。西湖：代指浙江一带。剥芰期：采摘芰实的时期，代指在浙江的任期。

[7] 藤萝：又名紫藤萝，一种观花藤木，缠绕茎，多攀缘于墙或其他树上。

[8] 管乐：管仲、乐毅的并称。管仲（前719—前645），名夷吾，字仲，谥敬，春秋时期颍上（今安徽省阜阳市颍上县）人，齐国名相，曾帮助齐桓公称霸诸侯。乐毅，字永霸，中山灵寿（今河北省灵寿县）人，战国后期燕国名将，辅佐燕昭王振兴燕国。

[9] 申商：指申不害、商鞅的学说。申不害（前385—前337），亦称申子，河南新郑人，战国时期韩国丞相，帮助韩昭侯推行"法"治、"术"治，使韩国君主专制得到加强，国内政局得到稳定。商鞅（约前395—前338），战国时期法家代表人物，卫国（今河南省安阳市内黄县）人，姬姓公孙氏，故又称卫鞅、公孙鞅。商鞅通过变法使秦国成为富裕强大的国家，史称"商鞅变法"。

[10] 越：指浙江。官舫：官船。

[11] 墨绶：结在印钮上的黑色丝带。

[12] 儒冠：古代把读书人叫作儒或儒生，"儒冠"就是儒生戴的帽子，以表明他们的身份。

[13] "村中"句：唐王维《九月九日忆山东兄弟》诗："独在异乡为异客，每逢佳节倍思亲。遥知兄弟登高处，遍插茱萸少一人。"颜肇维借以表达重阳节对故乡的思念。

[14] 南徐：古代州名，东晋侨置徐州于京口城，南朝宋改称南徐，即今江苏省镇江市，这里泛指江南。

[15] 阿堵：俗指银钱。

[16] 耆（qí）旧：年高望重者。

踵韵留别世尹季玉[1]

十载城西尽浪游，漫将白发寄扁舟。

题名旧客湖心寺，落日怀人江上楼。

老我风涛终世俗，与君离别正初秋。

此行便计归田事，仙令[2]吟成次第酬。

【注释】

[1] 此诗为一首赠别诗，表达了与友人依依惜别之情。

踵（zhǒng）韵：步韵，用别人的韵脚原字及先后次第来写诗唱和。踵：追随、跟随。世尹：县尹，即知县。曲阜县知县由孔氏嫡孙世代承袭，称为"世尹"。季玉：孔毓琚，字季玉，号璞斋，乾隆年间曲阜知县，有《红杏山房诗》。

[2] 仙令：对县令的美称，此处指孔季玉。

登韬光阁与松岳僧话旧[1] （二首）

其一

十里山腰石径平，竹根叶底走泉声。

水边乔木多归鸟，寺外酒家仍旧名。

屐齿因风来葛岭[2]，潮头带月过杭城。

煮茶饶有山僧在，曾记题诗万古情。

其二

杭州旧梦几年遥，六一泉[3]头尚寂寥。

秋意半生湖上水，晚船飞趁浙中潮。

竹间法雨时时响，世外尘心渐渐消。

山寺题名非旧识，天留松岳问前朝。

【注释】

[1] 此诗为与友人话旧诗。杭州宝石山葛岭之上，韬光阁巍然屹立，这里竹林茂密、泉流叮咚，石径曲折通幽。诗人见到故人松岳僧，与之煮茶话旧。

[2] 屐齿：木鞋底的齿，转指足迹、行踪。葛岭：位于杭州西湖之北宝石

山东面，相传东晋时葛洪曾于此结庐，修道炼丹，故而得名。

[3] 六一泉：在杭州孤山南麓，泉上有半壁亭。北宋苏东坡任杭州判时，经欧阳修介绍访僧人惠勤。元祐四年（1089），苏轼再守杭州时，二人皆已去世。有清泉出惠勤讲堂之后，为纪念欧阳修（号六一居士），遂命名为"六一泉"。

九日曹娥江舟中遣兴[1]

两年菊事不相同，九日澄江[2]又向东。
一雨无端惊节物[3]，微官自分任穷通。
青螺[4]几曲都含翠，乌桕[5]千林半欲红。
浊酒故园何处好，天台[6]渺渺暮云中。

【注释】

[1] 颜肇维任职临海已有两年，时值重阳佳节，面对眼前异乡风光，不免引发对故乡的怀念。

曹娥江：见《甬江大风雨作》注释[4]。遣兴：抒发情怀，解闷散心。

[2] 澄江：又名永宁江。在浙江省境东部黄岩县境内。源出括苍山，河道迂回曲折，于三江口处汇入灵江。

[3] 节物：各个季节的风物景色。这里指重阳节时的景物。

[4] 青螺：比喻青山。

[5] 乌桕：落叶乔木，俗称桕子树，叶子略呈菱形，秋天变红，花黄色。

[6] 天台：天台山，位于浙江省东北部。北接四明山，南连括苍山，东濒东海，是甬江、曹娥江与灵江的分水岭，主峰华顶山在天台县东北。

挽江宁令孔北沙[1]（二首）

其一

寒夜黄花酒似渑[2]，与君离别忆秋灯。
新分花县来吴苑[3]，近说移官到秣陵[4]。
汶水[5]环村门未改，孔林归椟[6]鹤无凭。
相期白首今何处，叫彻青天更不应。

其二

轻裘[7]不愧羊叔子，嗜酒真同阮步兵[8]。

生负奇才偏命薄，殁无长物笑官清[9]。

京华剪烛十年外，海上伤心万里程。

抄就秘书都未达，枉教张范[10]擅前名。

【注释】

[1] 这是为友人孔北沙所写的挽诗，赞美其英才，痛悼其早逝。

江宁：今南京市江宁区。孔北沙：曾任宝山令。卷一有《送孔北沙宰宝山》。

[2] 渑（miǎn）：指渑酒，渑池县（今属河南省三门峡市）所产之酒。

[3] 花县：晋潘岳为河阳令，满县遍种桃花，人称"河阳一县花"。后遂以"花县"为县治的美称。此句谓孔北沙由新设的宝山县令任上来到了江宁任县令。吴苑：吴王之苑，因借指吴地。

[4] 秣陵：南京的代称。

[5] 汶水：大汶河。发源于山东省莱芜市北，自东向西流经莱芜、泰安、宁阳、汶上、东平等县、市，汇注东平湖，出陈山口后入黄河。此处代指孔北沙故乡山东。

[6] 孔林归榇：谓葬于孔林。榇：棺材。

[7] 轻裘：缓带轻裘的省称，典出《晋书·羊祜列传》。西晋时期，巨平侯羊叔子（羊祜，泰山南城人），封都督荆州军事，被任命为征南大将军。他经常在军中穿着轻暖的皮衣，系着宽大的带子，仪态从容，没有武将的装束，很有雅士的风度。后遂以"缓带轻裘"形容从容儒雅的风度。

[8] 阮步兵：阮籍（210—263），字嗣宗，陈留尉氏（今河南省开封市）人，三国时期魏国诗人，竹林七贤之一，是建安七子之一阮瑀的儿子，曾任步兵校尉，世称"阮步兵"。阮籍嗜酒，为了避免政治迫害，常醉酒佯狂。主要作品有《咏怀诗》八十二首。

[9] 殁（mò）：死；去世。长（zhàng）物：指多余的东西。

[10] 张范：东汉时范式、张劭的并称。二人友善，有死友之称。后常以范张比喻生死不渝的挚友。《后汉书》有范式传，元曲《范张鸡黍》演绎其事。

戊申秋，侨儿偕余南渡，除夕，龄儿来，围炉作[1]

经秋病疟[2]逼残腊，五月才看乡里书。

濒[3]海人家多信鬼，半年客况叹无鱼。

西华南渡同风雪[4]，东里[5]新来问起居。

收拾辛盘司户巷[6]，几巡蛮酒岁华除。

【注释】

[1] 雍正六年（1728），颜肇维携儿子颜懋侨南渡任职，颜懋龄随后跟来，带来了家里的书信。临海地处蛮荒地区，多陋俗，食无鱼，出乘舟，宦况清苦。诗中表达了初任临海的不适与困窘。

戊申：雍正六年，1728 年。

[2] 疟 [nüè]：疟疾，一种由蚊虫传染而得的疾病，高烧，周期性发作。颜肇维初到临海就患上了疟疾。

[3] 濒（bīn）：濒临、紧靠。

[4]"西华"句：指颜懋侨偕同诗人由京城南来。因北京在临海西北方向，故曰"西华"。

[5] 东里：东鲁故里。该句指颜懋龄从家而来。

[6] 辛盘：亦作"五辛盘"，见前《馈岁》注释[4]。司户巷：疑为诗人临海官邸的所在地。司户：管理民户，兼司仓库。

新昌道中[1]

惜春何处鸣鶗鴂[2]，春尽余寒如二月。
秾荫绿遍剡溪山[3]，杜鹃[4]一路飞红血。

【注释】

[1] 此诗为一首写景记游诗，描绘了春夏之交诗人前往新昌路途中的见闻。

新昌：位于浙江省东部，曹娥江上游，今属绍兴市。

[2] 鶗鴂（tí jué）：杜鹃鸟。《文选·张衡〈思玄赋〉》："恃己知而华予兮，鶗鴂鸣而不芳。"李善注："《临海异物志》曰：'鶗鴂'一名杜鹃，至三月鸣昼夜不止，夏末乃止。"

[3] 秾（nóng）：花木繁盛。剡（shàn）溪：曹娥江上游的一段，在为嵊州境内，由南来的澄潭江（流经新昌境内）和西来的长乐江合流而成。澄潭江俗称南江，因江底坡度较大，水势湍急，也称"雄江"；长乐江又叫西江，江底较平，水流缓和，称为"雌江"。

[4] 杜鹃：传说杜鹃昼夜悲鸣，啼至血出乃止，常用以形容哀痛之甚。

斑竹[1]

高阁倚翠屏，瀫瀫流泉布[2]。
树密绿荫肥，遮断愁来路。

【注释】

[1] 这是一首写物咏怀小诗。青山之上高阁伫立，泉水汩汩流淌，湘妃竹林重叠浓密，遮挡住了诗人的乡愁。

斑竹：又名湘妃竹，一种茎上有紫褐色斑点的竹子。晋张华《博物志》卷八："尧之二女，舜之二妃，曰湘夫人，帝崩，二妃啼，以涕挥竹，竹尽斑。"

[2] 瀫（guó）瀫：水流声。泉布：泉水。

署中葺屋四首[1]

其一

樱笋[2]风光四月时，东园[3]争似故园期。
共看循吏[4]新题额，扶起先朝旧赐碑。
山少世情[5]常不改，鸟无机事[6]晚相窥。
比来[7]虽负田间乐，为报官衙葺屋诗。

其二

老屋重开结构牢，符箓户牖映林皋[8]。
松间说饼[9]花飘粉，桑上鸣鸠茧欲缫[10]。
卧治难臻凭午梦[11]，缁尘那可染青袍[12]。
谁怜辜负柴桑[13]酒，漫道无人解佩刀[14]。

其三

山头两塔[15]正当门，乳燕鸣蛙远似村。
江上鲥鱼[16]新落网，堂前旧竹又生孙。
亲朋西北空萦念[17]，岁月东南忍负恩。
一局棋声春已暮，螯牙[18]浊酒与谁论。

其四

课农祷雨事无涯[19]，饭后能来路不赊[20]。

绕径宜栽女贞子[21]，隔篱遍种杜鹃花。

弹琴帘外眠仙鹿，改火轩头摘雾茶[22]。

最是伧夫能作达[23]，头衔[24]忘却戴乌纱。

【注释】

[1] 此诗写诗人修理官衙之事及所思所想。

[2] 樱笋：樱桃与春笋。

[3] 东园：泛指园圃。

[4] 循吏：守法循理的官吏、良吏。这里是诗人自指。

[5] 世情：世间人情。

[6] 机事：指国家枢机大事。

[7] 比来：近来。

[8] 笐簜（háng táng）：亦作"笐簜"，竹编的粗糙席子。户牖（yǒu）：门窗。林皋（gāo）：指树林高阜。

[9] 说饼：指谈论吃喝。南朝梁吴均《饼说》："公曰：'今日之食，何者最先？'季曰：'仲秋御景，离蝉欲静，燮燮晓风，凄凄夜冷，臣当此景，唯能说饼。'"

[10] 鸣鸠：即"鸠鸣"（为前后对仗而改），斑鸠啼叫。缫（sāo）：把蚕茧煮过后抽出丝来。

[11] 卧治：见前《登莱徐观察枉顾山堂》注释[3]。臻（zhēn）：到，达到。

[12] 缁（zī）尘：指黑色灰尘，常喻世俗污垢。青袍：青色的袍子，学子所穿之服。这里指颜肇维本人。

[13] 柴桑酒：因陶渊明为浔阳柴桑人，寄酒为迹，作有《饮酒二十首（并序）》，故后以柴桑酒借指诗酒隐逸之事。

[14] 佩刀：腰间佩带的刀。古代男子服饰之一，佩之以示威。

[15] 两塔：临海巾山，山顶有东、西两峰，西麓有双塔，即南山殿塔和千佛塔。

[16] 鲥（shí）鱼：为溯河产卵的洄游性鱼类。每年定时初夏时入江，其他时间不出现，因而又有"时鱼"之称。

[17] 西北：颜肇维故乡在山东曲阜，相对临海，地处西北。萦（yíng）

念：牵挂。

[18] 螫（zhē）：同"蜇"。某些物质刺激皮肤或黏膜使发生微痛。螫牙：刺激牙齿使之感觉不舒服。

[19] 课农：督责务农。祷雨：祈神降雨。

[20] 赊（shē）：赊欠，这里指省除。

[21] 女贞子：女贞，木名，凌冬青翠不凋。多用作路边绿化树。

[22] 改火：改火轩，疑为苏轼在杭州时的住所。苏轼知杭州时，其友钱穆父自越州（今绍兴市）北上赴任途经杭州，苏轼为送别钱写有《临江仙》一词，词中曰"一别都门三改火，天涯踏尽红尘"。雾茶：云雾茶，产于山上云雾间的茶叶。

[23] 伧（cāng）夫：粗俗、贫贱之人，这里自指。作达：放达。

[24] 头衔：指官衔。此句谓作者不以县令自居。

种花二首[1]

其一

买得名花百种鲜，栽成已负艳阳天。

秋间有果仍堪食，月下开香不肯眠。

偶尔适情非吏隐[2]，他时相忆借诗传。

乐天坡老皆无分[3]，独我能来又雪颠[4]。

其二

晓起轩窗[5]四面开，焚香疑坐小蓬莱[6]。

奇花半自看山得，浇灌还从学圃来。

豆蔻[7]嫩时愁鸟雀，勾芒节[8]过暗楼台。

晒衣啜茗[9]都堪笑，珍重闲心手自栽。

【注释】

[1] 诗中描绘了颜肇维在秋季栽花学圃的情景。政务之余，诗人种花自娱，陶冶心情。这种顺适性情、随遇而安的仕宦心态，让他在临海任职期间多了几分悠然自在和怡然自得。

[2] 吏隐：谓不以利禄萦心，虽居官而犹如隐者。

[3] 乐天：白居易（772—846），字乐天，号香山居士，唐代著名诗人。

坡老：苏轼（1037—110），字子瞻，号东坡居士，世称苏东坡，北宋著名文学家、书法家、画家。

［4］雪颠：王武（1632—1690），字勤中，晚号忘庵、雪颠道人，吴县（今江苏省苏州市）人，擅画花鸟，尤善勾花点叶。生性和乐平易，不屑科举。

［5］轩窗：窗户。

［6］蓬莱：又称蓬壶，神话中渤海里仙人居住的三座神山之一。

［7］豆蔻：又名白豆蔻，多年生常绿草本植物，外形像芭蕉，果实扁球形，种子像石榴子，有香味。

［8］勾芒节：勾芒，又作句（gōu）芒，古代神话中的木神（春神），主管植物发芽生长，传说勾芒曾降福于民间，使人民免于饥饿。在古代每年都要举行祭祀，称勾芒节。

［9］啜（chuò）茗：喝茶、品茶。

寄九叔[1]

别当去年秋，水涨泗河[2]岸。

八月抵杭州，九月临海县。

临海异故乡，风冷疟[3]为患。

三旬偃木榻[4]，簿书纷相乱。

地僻无医药，冷热互攻战。

蹑蹑[5]出江边，舆疾迎上宪[6]。

此时望叔来，如农愁旱叹。

间关[7]不可致，思极反成怨。

渐与三竖疏，益增案牍[8]难。

积弊[9]难骤除，敲扑[10]非夙愿。

莫如革里书[11]，输粮如鱼贯[12]。

萑苻[13]谁养奸，鱼盐近海畔。

莫如严保甲[14]，什伍[15]制鼠窜。

山高多硗[16]田，雩[17]荣少浇灌。

开河二十里，居民皆称便。

诸事稍就理，离家寒暑变。

闻叔近家居，心境亦非善。

营葬力无余，临穴空号叹。

黾勉[18]行大事，传闻俱生羡。

送葬几何人，我独不亲见。

从此可南来，同室需缨[19]冠。

巾子小固间[20]，诛茆[21]方一段。

青云压绿竹，众鸟呼深涧。

莳[22]花百余本，种树十余干。

古碑出草中，去苔辩宸翰[23]。

鲋鱼兼鹿脯[24]，正当四月半。

不见故乡人，但亲儳值[25]案。

作此寄西村，何以慰远宦。

【注释】

[1] 此为颜肇维写给故乡亲人九叔的长诗。诗中叙述了从离别家乡，经杭州到达临海的过程，记述了初任临海因患疟疾躺在病床上一个月，忽冷忽热、痛苦异常的情状。这里山多碗田，贫瘠稀薄，颜肇维下令开凿河渠，以便灌溉。在处理政事的过程中，案牍堆积，积弊难除。诗中表达了对故乡亲友的问候以及自己远离家乡、仕宦浙东的惆怅之情。

九叔：指颜光教，字东模，痒生，颜肇维叔祖颜伯珣的儿子，大排行第九。

[2] 泗河：源于泗水流经曲阜的一条河流，颜肇维老家即在泗河北岸。

[3] 疟（nüè）：疟疾。疟疾主要表现为周期性规律发作，全身发冷、发热、多汗，所以后文说"冷热互攻战"。

[4] 偃（yǎn）：躺倒。榻：狭长而较矮的床，亦泛指床。

[5] 躄（bì）躄：足不能行。躄躄：走起路来歪斜跌撞的样子。

[6] 上宪：指上司。

[7] 间关：间阻、阻隔。

[8] 案牍：公事文书。

[9] 积弊：亦作"积敝"，积久的弊端。

[10] 敲扑：鞭打犯人的刑具，短曰敲，长曰扑。这里指对犯人用刑。

[11] 里书：吏胥名，清代地方负责登记土地面积、情况的书吏。

[12] 鱼贯：形容前后接连着。

[13] 萑苻（huán fú）：春秋时郑国沼泽名，据记载，那里密生芦苇，盗贼出没。后常用以指盗贼老巢或盗贼本身。

[14] 保甲：旧时的一种户籍编制，若干家编作一甲，若干甲编作一保。保设保长，甲设甲长，以便层层管理。

[15] 什伍：古代军队编制，五人为伍，十人为什，称什伍。

[16] 硗（qiāo）：地坚硬不肥沃。

[17] 雩（chū）：臭椿。

[18] 黾勉（mǐn miǎn）：勉力、努力。

[19] 缨：用线或绳等做的装饰品。

[20] 巾子：巾山，在临海县城东南；小固：位于临海灵江大桥北侧，今名小固岭。

[21] 诛茆（zhū máo）：亦作"诛茅"，芟除茅草之后结庐安居。

[22] 蒔（shì）：栽种。

[23] 辨：通"辨"。辨别、辨认。宸翰（chén hàn）：帝王的墨迹，如皇帝手诏、御札之类。

[24] 鲥鱼：见《暑中葺屋四首》注释 [16]。鹿脯：鹿肉干。

[25] 儤（bào）值：旧谓官吏连日值宿。

暑中寄姊[1]

去年送我秋中路，今岁怀人夏半书。
别后孙曾添几个，老耽[2]章句定无如。
家醅肯换灵江酒[3]，官味难忘泗水鱼。
尔我同胞俱老大，何时归卧故山庐。

【注释】

[1] 此诗抒发了对胞姊的思念，同时表达了作者归隐故园的愿望。

姊：指诗人姐姐颜小来，号恫纬老人，颜光敏长女。

[2] 耽：沉湎。

[3] 醅（pēi）：未滤去糟的酒。灵江：流经临海的一条河流，别称临海江、台州河。

示伦侄并价[1]

江上孤城日易昏，常怀侄辈共灯论。
泉多趵突[2]如齐下，酒有稀熬似鲁门。
葺屋诗成风籁冷[3]。品茶经在雾芽[4]温。
莵裘[5]他日容吾老，束带西畴[6]识主恩。

【注释】

[1] 此为写给侄子颜懋伦、颜懋价的诗作，描写了自己客宦临海的情状。

伦、价：颜懋伦、颜懋价，作者伯父颜光猷之孙。

[2] 趵（bào）突：喷涌、奔突。

[3] 葺（qì）：修葺。箨（tuò）：竹笋皮，包在新竹外面的皮叶，竹长成后逐渐脱落。俗称笋壳。风箨冷：风吹着笋壳使人产生冷意。

[4] 雾芽：雾茶、云雾茶。明代陈襄有"雾芽吸尽香龙脂"的诗句。

[5] 菟裘（tú qiú）：地名，在今山东省泗水县。据《左传》记载：鲁隐公尝有"使营菟裘，吾将老焉"之语。后遂以"菟裘"比喻告老退隐的地方。

[6] 束带：指整饰衣冠。西畴：西面的田畴，诗人老家在曲阜城西龙湾村。

寄怀柏村[1]

春笋满山谷，惟君识此理。
雾茶生童峙[2]，煮以东湖[3]水。
解带避上官，儤值[4]呼难起。
白云似巾帻，双塔落门里[5]。
雨晴夕照多，闲鸟啄竹蕊。
种花近蕉根，翠重石厂紫。
若无柏村来，谁能为图此。

【注释】

[1] 此为怀念友人的诗作。

柏村：孔尚任次子孔衍志，号柏村，曾任孔庙三品执事。

[2] 童峙（zhì）：不生草木的山丘。这里指荒山秃岭。峙：山丘。

[3] 东湖：临海有东湖。参见《侯嘉翻序》注释[36]。

[4] 儤（bào）值：官吏在官府连日值宿。

[5] "白云"句：谓巾子山犹如白云，山上双塔倒影落入门里。巾帻（zé）：巾子山，在临海东南，濒临灵江，形如巾帻，山上建有双塔。

山行[1]（三首）

其一

榴花白映栗花[2]滩，五月椒江[3]尚戒寒。
绝似龙湾村舍里，门前老树挂鱼竿。

其二

涌泉百道下山椒[4]，赤婢迟青（稻名）间药苗。
隔岸渔舟天似水，晚风又送海门[5]潮。

其三

山应台垣[6]似列星，灵江东去接苍溟[7]。
雨晴路转云仍在，扑面烟鬟[8]未了青。

【注释】

[1]　此诗描绘了暮春时节巡行椒江所见：春花烂漫之中，江水依然寒气袭人，让诗人想起了门前挂着鱼竿的泗河龙湾老家。临海泉水众多、河道纵横，田里新插了稻苗，隔岸的渔舟远远望去好像停泊在天际，晚风吹拂，潮水涌起。青山绵延不断，江水东流入海，雨过天晴之后，更是云雾缭绕，峰峦叠翠。

[2]　榴：诸本皆作"橊"，径改。榴，果木名，即石榴。栗花：板栗树开的花。

[3]　椒江：灵江下游，经台州市椒江区入台州湾。

[4]　山椒：山顶。

[5]　海门：原浙江省海门县，即今椒江区。东临东海台州湾。

[6]　垣：墙。

[7]　灵江：见前《暑中寄姊》注释[3]。苍溟（míng）：高远幽深的天空。

[8]　烟鬟：形容妇女发多而美，这里比喻峰峦青翠，云雾缭绕。宋苏轼《凌虚台诗》："落日衔翠壁，暮云点烟鬟。"

晚归[1]

江岸萤流出，山根犬吠声。
渔喧郛郭[2]近，火照稻田明。
蛮触[3]寻常事，弦歌[4]未易成。
年来惭作宰，虎患几时平。

【注释】

[1] 此诗书写了诗人任职临海县令的感慨。江岸之畔，萤光点点，山脚之下，犬吠声声。渔舟晚归，烛照田野。在这一片祥和的背景下，施礼教化成效甚微，时常有蝇头蜗角、蛮触之争，再加上灾害频繁，做一方父母官真非易事。

[2] 郛（fú）郭：外城。

[3] 蛮触：指为小事而争斗。《庄子·则阳》："有国于蜗之左角者，曰触氏；有国于蜗之右角者，曰蛮氏。时相与争地而战，伏尸数万，逐北，旬有五日而后反。"

[4] 弦歌：指礼乐教化。

天台十景[1]

华顶[2]归云

不是毛女峰，误认莲花顶。
倦云自去来，方见天台耸。

石梁瀑布[3]

跳珠争绝涧，飞练挂林樾[4]。
行过石梁间，春山一半雪。

桃源[5]春晓

深屿[6]晴烟歇，日晶红满塍。
不见种桃人，桃花自开落。

双涧回澜[7]

双涧水如环，方折定有玉。

静听反无声，清猿泣林木。

赤城栖霞[8]

昨过赤城山，块然顽石耳。
闻有古仙人，日落烟光紫。

螺溪钓艇[9]

螺溪青不断，百折乔木下。
舟来云深处，人是钓鱼者。

寒岩夕照[10]

落日乱峰影，崦嵫[11]相背黑。
人家老树疏，风叶寒满格。

琼台夜月[12]

高台接帝居，明河不可渡。
时有步虚声[13]，飞入云中去。

清溪落雁[14]

双桥卧平沙，霜降水光好。
一声寒雁下，尽是北来鸟。

断桥积雪[15]

两岸桥不通，千年自相隔。
雪深樵不来，定余狐兔迹。

【注释】

[1] 以下十首诗为诗人游天台山所作，描绘了天台山的十处胜景，热情赞美了天台山险峻奇绝、绚丽多姿的自然景观。此标题为校注者所加。天台：见《九日曹娥江舟中遣兴》注释 [5]。

[2] 华顶：华顶山，为浙江天台山主峰，在天台县城关镇东北约 14 公里，海拔 1098 米，四周群山拱秀，峰峦叠嶂，悬崖峭壁间终年云雾缭绕、变幻莫测。

[3] 石梁瀑布：又名"石梁飞瀑"，在天台县城关镇东北 18 公里处。崇山

翠谷之中有一块横空架在溪上的天然巨石，其形状宛如屋梁，故名"石梁"。金溪、大兴坑溪在此汇合，石梁而下，一瀑三折，奔涌而出，古人曾用"冰雪三千丈，风雷十二时"来形容石梁飞瀑的壮观。

[4] 樾（yuè）：路旁遮阴的树。

[5] 桃源：位于天台县城西北13公里的桃源坑中。山谷中涧水随山势曲折，两岸峭壁参差，如列绣屏。相传东汉时剡县农民刘晨、阮肇来此采药，迷路断食，摘桃充饥，在桃溪边遇见两位仙女，偕至洞府，结为伉俪。平日以对弈为乐。半年后思乡心切，二女相送出溪口，返家一看，竟已历七世。后来两人再度来此，终于修仙上天。

[6] 深屿：远离大陆的小岛。屿：小岛。

[7] 双涧回澜：位于天台山国清寺山门外。双涧，是指发源于天台北山的北涧和发源于灵芝峰黄泥山岗的西涧。北涧之水常清澈，西涧之水常浑浊。每逢夏秋大雨，一清一黄，交相激荡，蔚为壮观。两涧水汇合于丰干桥畔，水流冲激，漩涡迭现，形成回澜之势，十分壮观。

[8] 赤城栖霞：唐李白《梦游天姥吟留别》诗："天姥连天向天横，势拔五岳掩赤城"的"赤城"即指此处，每当旭日东升或夕阳西下，云雾缭绕山腰，霞光笼罩，光彩夺目，故有"赤城栖霞"之称。

[9] 螺溪钓艇：在天台县螺溪乡东北螺峰山下，溪上横嵌巨石，侧面看去，活像一艘小艇，飞瀑曲折从艇下流过。艇上有藤蔓下垂，伸进潭中，宛如有人垂钓，"螺溪钓艇"因此得名。

[10] 寒岩夕照：寒岩位于天台30公里处，因唐代诗僧寒山子在此隐居70多年而得名。寒岩洞左岩壁奇险，飞瀑洒下，夕阳西照的余晖被潭水反射到岩壁上，色彩绚丽多姿，"寒岩夕照"由此得名。

[11] 崦嵫（yān zī）：山名，在甘肃天水西境，传说以为日落的地方。这里泛指日落处。

[12] 琼台夜月：天台县城西北8公里有一峰拔地而起，迥然卓立，即为琼台峰。峰上有石形似椅，传说铁拐李每逢中秋节之夜，便来此坐椅赏明月，故名"仙人座"。琼台前一山，两峰对峙，顶部平坦，颇似皇宫前两侧的楼阁，故称"双阙"。在明月当空的夜晚，坐在石椅上望月下群山，恍入仙境梦乡，"琼台夜月"即得名于此。

[13] 步虚声：道士在醮坛上讽诵辞章采用的曲调行腔，旋律宛如众仙缥缈步行虚空，故得名"步虚声"。

[14] 清溪落雁：清溪位于丰溪和三茅溪交汇处，这里水面开阔，涨沙成

渚，芦荻丛生，每到秋时，有鸿雁、鸥鸟飞来栖宿。"清溪落雁"由此得名。

[15] 断桥积雪：天台山水珠帘下游 1.5 公里处有一瀑布，从岩背上飞流直入碧潭，山谷回鸣。每逢瑞雪降临，银装素裹，从潭边仰看，宛如断桥积雪。

杂兴[1]（三首）

其一

别时枫树正经秋，江渡曹娥[2]是旧游。
一入山城旋卧病，任他官舍小如舟。
东湖波静樵夫月，北固岚深佛子楼[3]。
寄语东山[4]诸酒伴，漫翁常有未归愁。

其二

楼高灌木啭春禽，寄客东南意不禁。
人半负盐山路险，船仍运米海波深。
葛花蔓路白云岭，溪鸟引雏乌桕[5]林。
敢把微官计难易，四箴常凛小臣心[6]。

其三

巾山一片晓苍苍，门外风吹柳数行。
每忆城南沽酒出，还思舍北看花忙。
完官井税经春足，课子书声半夜长。
一自远游音问少，插天关岭雁难翔[7]。

【注释】

[1] 此诗作者有感于南渡任职而发，表达诗人的归隐之愿和思乡之情。

[2] 曹娥：见《甬江大风雨作》注释[4]。

[3] "东湖"句：此句描写临海的景物。东湖：见《侯嘉翻序》注释[36]。北固：临海有大、小固山。其中大固在北，俗称北固山或固山，为佛院所在地；小固在南，又名巾山。岚（lán）：山间的雾气。

[4] 东山：指鲁地。《孟子·尽心上》："孔子登东山而小鲁。"赵岐注："东山，盖鲁城东之高山。"后因以代指鲁地。

[5] 乌桕：见《九日曹娥江舟中遣兴》注释[5]。

[6] 四箴：指视箴、听箴、言箴、动箴。孔子提出"非礼毋视，非礼毋听，非礼毋言，非礼毋动"。宋理学家程颐对孔子的"四毋说"做出的进一步阐发，认为只要视而能察、听之能审、言而有道、动能守诚，就能够达到与圣贤同归的境界，表现出儒家对言行、修养的重视。凛：严肃、敬畏。

[7] "一自"句：谓自从远离故乡南来临江以来，关山阻隔，家乡音讯不多。一自：自从。雁：指书信。

谒朱子祠[1]

何日荒祠庙，先儒定有灵。
海氓[2]知向学，地僻亦传经。
小固[3]朝含雨，孤城分外青。
祀孙今几叶，瞻拜恨孱龄[4]。

【注释】

[1] 此诗为诗人拜谒南宋著名理学家朱熹祠庙后所作，表达了对先儒的崇敬之情。

朱子：朱熹（1130—1200），字符晦，又字仲晦，号晦庵，晚称晦翁，谥文，世称朱文公，位列大成殿十二哲。

[2] 氓（méng）：民，百姓。

[3] 小固：小固山。见《杂兴》注释[3]。

[4] 孱（chán）龄：年纪轻。孱，弱小、幼弱。

遣怀[1]

大儿生性太恹疏[2]，仲子耽闲似有余[3]。
老夫愁绪知多少，诸幼[4]年来不读书。

【注释】

[1] 此诗分别评论了长子、次子的性格特点，表达了颜肇维对儿子们未来的担忧。

[2] 大儿：指颜懋龄。恹（yān）疏：这里指精神不振，松懈疏懒。

[3] 仲子：二儿，指颜懋侨。耽闲：过于闲散。耽：沉湎、沉迷。

[4] 诸幼：各个儿子。颜肇维共有五个儿子，分别是：长子懋龄、次子懋侨、三子懋儥、四子懋企、五子懋全。

黄渡[1]

乌岩岙口枕江流，黄渡斜分白鹭洲。

岙屿[2]儿童多采药，扈渔妇女亦桡舟[3]。

吴蚕上簇[4]晴方好，小麦初登雨未收。

踏尽乱山东到海，古来蛮触[5]几曾休。

【注释】

[1] 此诗描绘了一幅优美的江南风情画卷。

[2] 岙（ào）屿：海中小岛。

[3] 扈（hù）：捕鱼的竹栅。此处指用竹栅捕鱼。桡（ráo）：通"桡"，船桨。桡舟：指用桨划船。唐韩愈《送区册序》："有区生者，誓言相好，自南海桡舟而来。"

[4] 上簇：蚕长成后爬上蚕蔟吐丝结茧，俗谓"上山"。

[5] 蛮触：见《晚归》注释[3]。

劝农[1]

昨日肩舆[2]今又出，村人指点是官来。

尔看胥吏[3]休相避，我亦农夫莫浪猜。

载酒劳耕分小户，编书种树护良材。

江头灯火归常晚，新月初明山上台。

【注释】

[1] 古代官员在春夏农忙季节，巡访乡间，劝课农桑，称为劝农。此诗表现了诗人勤政爱民、平易近人的品格。

[2] 肩舆（yú）：轿子、山轿。

[3] 胥（xū）吏：旧时官府中办理文书的小官吏。

和巨涛和尚韵[1]（二首）

其一

壁上看诗不问名，斜阳竹外共僧行。

几人寂历社如白[2]，一片浮沉洲是瀛[3]。
脚下风泉连寺冷，山头高阁半湖明。
客堂留榻寻遗笔，钟打残宵秋点清。

其二

蔬笋年来兴正孤，新诗寄我与僧殊。
再寻灵隐[4]人归越，未过钱塘地尚吴。
颠衲[5]一春尝酒否，冷泉[6]六月倚栏无。
天花落处楞伽路[7]，莫作安禅[8]一样迂。

【注释】

[1] 诗人夜宿佛寺，观壁上诗并由此想起杭州灵隐的友人。

巨涛和尚：乾隆时曾任杭州灵隐寺住持。

[2] 寂历：凋零疏落。社：指诗社。社如白：诗社已不复存在。

[3] 瀛（yíng）：瀛洲，亦作瀛州，古代神话中的仙人居住在海上仙山。

[4] 灵隐：灵隐寺，位于杭州西湖以西，背靠北高峰，面朝飞来峰，林木笋秀，云烟万状。康熙帝南巡时曾赐名"云林禅寺"。

[5] 颠衲：疯癫和尚。衲：僧人。

[6] 冷泉：在杭州西湖灵隐寺飞来峰下，通西湖，建有冷泉亭。

[7] 天花：相传南朝梁武帝请法师讲法听得入神，犹如花朵落下般美好。后用来比喻有声有色、非常动听的言辞。楞伽：亦作"楞迦"，山名，梵文音译，在今斯里兰卡境内，相传佛祖曾在此山说经。

[8] 安禅：佛教语，指静坐入定，俗称打坐。

海门雨中望海[1]

海势如涌碧，天地旋不流。
冒雨登海门，但见白气浮。
远望天如坏[2]，苍苍别一州。
疑堕烟雾中，卑云[3]脚下稠。
昨日郡城[4]出，鸣榔[5]半夜至。
谁识百川长，三江[6]汇于是。
设险备倭[7]人，百里门庭地。
在昔嘉靖[8]时，番舶[9]事初乖。

波臣[10]蓄逆谋，沧溟[11]变尘埃。

元戎出山左[12]，时推张韩[13]才。

一战浙水殷，风吹画角[14]哀。

地是蜄[15]蛤居，宰今颜氏子[16]。

栅浦与桃渚[17]，生男多在水。

走利最轻捷，性命蹄涔[18]里。

麦秀苗蕲蕲[19]，养生惟鱼盐。

南通闽与粤，粳米[20]转云帆。

犬牙旧相制，分隶[21]事诚难。

有兵可以守，有田可以屯[22]。

其顽亦易化，诗书渐相驯[23]。

其居亦易定，官吏如至亲。

腹里不容枭[24]，环海尽王臣。

后来官兹土，尚三复兹言。

君不见临海之山高崒嵂[25]，扶桑之国鲛人[26]室。

长风万里来，炎天上赤日。

噫嘘兮，海上阴晴不可必。

【注释】

[1] 此诗为颜肇维冒雨观海即景抒情之作。

海门：今浙江省台州市椒江区。位于台州湾入口处，临海市的东南边。

[2] 坼（chè）：裂开、分裂。

[3] 阜云：低云。

[4] 郡城：府郡的治所。这里指台州府。

[5] 鸣榔（láng）：用木棒敲击船舷使作声，用以惊鱼入网。榔：敲击船舷的木棒。

[6] 三江：今临海市有三江口湿地公园，位于椒江北岸。

[7] 倭（wō）：古代称日本或日本人。

[8] 嘉靖：明世宗朱厚熜的年号，公元1522—1566年。

[9] 番舶：旧称来华贸易的外国商船。

[10] 波臣：本指水族，古人设想江海的水族也有君臣，其被统治的臣民称为"波臣"。这里指骚扰我东南沿海地区的倭寇。

[11] 沧溟：大海。

[12] 元戎：主将，指抗倭名将戚继光。戚继光，山东蓬莱人，故说其

"出山左"。

[13] 张韩：汉朝名将张良、韩信的并称。

[14] 画角：古管乐器，传自西羌，形如竹筒，本细末大，以竹木或皮革等制成，因表面有彩绘，故称。发声哀厉高亢，古时军中多用以警昏晓，振士气，肃军容。

[15] 蜃（shèn）：同"蜃"，大蛤蜊。

[16] 宰：县令。颜氏子：颜肇维自指。

[17] 栅浦与桃渚：今台州市椒江区有栅浦镇与桃渚镇。

[18] 蹄涔（cén）：牛蹄印中的雨水，言其微小不足道。

[19] 麦秀：麦子秀穗而未实。薪薪（jiān）：植物吐穗或吐絮的样子；薪，通"渐"。

[20] 粳（jīng）米：粳稻碾出的米，黏性强。

[21] 分隶：分别隶属。

[22] 屯：指屯田，即利用戍卒等垦殖荒地。汉以后历代政府沿用此措施取得军饷和税粮。

[23] 驯：顺服。《晚晴簃诗汇》收录本诗，"驯"作"循"。

[24] 枭（xiāo）：旧时指私贩食盐的人。

[25] 崒嵂（zú lǜ）：山峰高峻的样子。

[26] 扶桑：传说日出于扶桑之下，拂其树杪而升，因谓之为日出处。后亦代指日本。鲛（jiāo）人：神话传说中的人鱼，其泪珠能变成珍珠；也指捕鱼者、渔夫。

寄张士可[1]

才华弱冠[2]气纵横，偶拾方书[3]艺便精。

老去过江新识面，年来抱病遇君生。

饮人还用上池水[4]，入世偏宜三折肱[5]。

正记西湖春日别，倦魂时到武林[6]城。

【注释】

[1] 此为写给杭州友人张士可的诗，赞扬了友人才华横溢、医术高明。

[2] 弱冠：古代男子二十岁行冠礼，表示已经成人。

[3] 方书：医书。

[4] 上池水：指凌空承取或取之于竹木上的雨露。《史记·扁鹊仓公列

传》："（长桑君）出其怀中药予扁鹊：'饮是以上池之水，三十日当知物矣。'"司马贞索引："旧说云上池水谓水未至地，盖承取露及竹木上水，取之以和药。"后用以指好水、佳水。

　　[5] 三折肱（gōng）：《左传·定公十三年》："三折肱，知为良医。"后以喻精于医术。

　　[6] 武林：旧时杭州的别称，以武林山得名。

剡溪阻雨宿山家[1]

五两风帆[2]浙水清，剡溪三日阻归程。
农家杵臼[3]犹存古，云外烟霞不近名。
江上愁心人易老，山坳[4]骤涨楫难行。
小楼卧听千林雨，莫辨松声与水声。

【注释】

　　[1] 诗人外出遇到大雨，舟楫难行，只得宿于山中农家。卧听潇潇风雨、阵阵松涛，不禁忧心忡忡。

　　剡（shàn）溪：见《新昌道中》注释 [3]。

　　[2] 五两风帆：唐李绅《涉沅潇》诗："风帆候晓看五两，戍鼓咚咚远山响。潮满江津猿鸟啼，荆夫楚语飞蛮桨。"此处指乘船。

　　[3] 杵臼（chǔ jiù）：舂捣粮食或药物等的工具。

　　[4] 坳（ào）：低凹的地方。

沙段[1]

沙段几人家，水平岸见沙。
秋虫鸣纺绩[2]，山女饭胡麻[3]。
入竹行相失，披云路转赊[4]。
笋舆[5]望落日，古庙有归鸦。

【注释】

　　[1] 此诗为颜肇维秋日过临海沙段所作，描绘了一幅古朴祥和的农家秋景图。

　　沙段：今浙江省临海市永丰镇有沙段村。

　　[2] 纺绩：把丝麻等纤维纺成纱或线。

[3] 胡麻：芝麻。相传汉张骞得其种于西域，故名。

[4] 披云：拨开云雾。赊：距离远。

[5] 笋舆（yú）：竹制的简陋轿子，也叫山轿。

除夕自仙居归署，题老莲索句图[1] （二首）

其一

立春雨雪到除日，旧廨[2]归来欲曙天。

灯火半村古祠下，梅花几树竹竿边。

一杯在手思千里，双塔[3]留人住二年。

却忆图中题句客，行吟踏破帝城[4]烟。

其二

登临空忆侍郎诗，自画须眉认老迟[5]。

度岁阿戎[6]家尚远，念归陶令子多痴[7]。

春膏[8]海土渠成日，官运江东米贱时。

绿酒[9]黄橙堪送老，旧游几辈鬓如丝。

【注释】

[1] 本诗是诗人为《老莲索句图》所写的一首题画诗。

仙居：仙居县各地处浙江东南、台州市西部。老莲：陈洪绶（1598—1652），字章侯，号老莲，晚号老迟、悔迟，浙江诸暨人，明末清初书画家、诗人，一生以画见长，尤工人物画，与顺天崔子忠齐名，号称"南陈北崔"。

[2] 廨（xiè）：官舍、官署。

[3] 双塔：临海巾山有东、西二塔。此处代指临海。

[4] 帝城：京都、皇城。

[5] 须眉：胡须和眉毛，也代指男子。老迟：陈洪绶晚号老迟。

[6] 阿戎：称堂弟。《资治通鉴·齐明帝建武四年》引《南齐书·王思远传》文，胡三省注曰："晋宋间人，多谓从弟为阿戎，至唐犹然。"唐杜甫《杜位宅守岁》诗："守岁阿戎家，椒盘已颂花。"

[7] 陶令：指晋陶潜，陶渊明曾做过彭泽令，故称。这里是诗人自指。痴：傻、愚笨。

[8] 春膏：指春雨。

［9］绿酒：传统酿造的酒呈绿色，故称"绿酒"。

新历[1]

颁来新历乍开封，十日晴占间老农。
山染水光青一抹，塔穿云影碧双峰[2]。
绵蛮巧舌听黄鸟[3]，斜断疏篱种稚松。
坐拥羊裘[4]还自笑，放衙[5]退食愧从容。

【注释】

［1］此诗为颁布新历而作。临海山清水秀，水天一色，云影之间，双塔伫立，黄鸟啁啾，好一幅优美祥和的景色。

新历：新年历书。

［2］塔穿云影碧双峰：实写眼前景色。塔指临海双塔，双峰指巾山东、西二峰。

［3］绵蛮巧舌听黄鸟：《诗经·小雅·绵蛮》："绵蛮黄鸟，止于丘阿。"朱熹集传："绵蛮，鸟声。"此句是说诗人听着黄鸟婉转啼鸣。

［4］羊裘：据《后汉书·逸民诗》，严光少有高名，与刘秀同游学，后刘秀称帝，光改名隐身，披羊裘钓泽中。后因以"羊裘"指隐者或隐居生活。

［5］放衙：属吏早晚参谒主司听候差遣谓之衙参，退衙谓之"放衙"。

大汾阅河[1]

一苇中宵[2]问海涯，乱山沮洳[3]有人家。
波明月落渔船火，水汇田间罫[4]布斜。
莫避轩车陈利弊，还期斥卤[5]变桑麻。
蛮方讨福迎官长，新岁村妆竞物华[6]。

【注释】

［1］此诗描绘了临海大汾一带的恶劣环境，希望斥卤之乡变成桑麻之地。

大汾：古村名，在今临海市杜桥镇，有河从村中流过。

［2］苇：指小船。宋苏轼《前赤壁赋》："纵一苇之所如，凌万顷之茫然。"中宵：中夜、半夜。

［3］沮洳（jù rù）：低湿之地。

［4］罫（guǎi）：围棋盘上的方格，唐韩愈《稻畦》诗："罫布畦堪数，枝

分水莫寻。"

[5] 斥卤：盐碱地。

[6] 物华：自然景物。

三石元夕[1]

肩舆彳亍[2]海云东，新水穿渠上下通。
杜渎桥盐分灶绿[3]，朗银山舍晓灯红。
酒旗修竹廉纤[4]雨，春鼓梅花料峭[5]风。
佳节莫愁南土异，解迎官长有儿童。

【注释】

[1] 元夕佳节，诗人乘坐肩舆巡行三石村，新渠贯通，儿童相迎，使诗人添了几分难得的喜悦之情。

三石：今临海市有三石徐村。元夕：农历正月十五日为上元节，是夜称元夕，又称元夜、元宵。

[2] 彳亍 (chì chù)：慢慢走，走走停停的样子。

[3] 杜渎 (dú) 桥：今杜桥，为浙东南有名的古桥。北宋时置杜渎盐场，遗址今犹存。灶：盐灶，熬煮海盐的土制灶台。

[4] 廉纤：细小、细微。

[5] 料峭：形容天气微寒或风力尖厉。

东湖桃花[1]

夭桃红遍赤城衢[2]，斜卷朱帘水半湖。
几度东风疑色相，凭谁着眼在冰壶。
观中道士还栽[3]否，山里仙人也见无。
不惜一枝攀折去，江头细雨问樵夫。

【注释】

[1] 此诗为诗人游东湖即景之作。时值暮春，夭桃盛开，细雨绵绵，湖水半落，诗人冒雨踏青，寻访故人。

东湖：见《侯嘉翻序》注释 [36]。

[2] 赤城：台州的古称，州治临海。宋方志《赤城志》卷五："郡初治临海，后徙章安，后又徙始丰，其复治临海，又几年于兹矣。"又："州治，在州

城西北大固山下。"衢（qú）：大路，四通八达的道路。

[3] 栽：疑应为"在"。

半江楼[1]

辜负江楼薄暖天，山光海色碧相连。
帆樯日照孤城泊，风雨春生两塔[2]烟。
游兴近知灵运[3]减，归心端为衮师[4]牵。
年来吟眺输宾客，不及桃花谢自然。

【注释】

[1] 此诗为诗人登楼思归之作。暮春时节，半江楼头，水光山色，双塔伫立，孤城帆影，别有一番韵味。

半江楼：临海巾子山景点，楼建于半山腰上，下瞰灵江。清陈应辰《秋登半江楼》诗："巾山山半半江楼，名胜居然冠一洲。"

[2] 两塔：指大小文峰塔，位于临海古城东南的巾子山上，濒临灵江，连小固山两峰，形如巾帻。

[3] 灵运：谢灵运，浙江会稽人，晋宋时著名山水诗人，喜游山水，曾发明登山专用的"谢公屐"。

[4] 衮（gǔn）师：娇儿。唐李商隐幼子名衮师，李商隐有《骄儿诗》云："衮师我骄儿，美秀乃无匹。"

听雨[1]

未知积雨几时晴，绕署山泉听不平。
分种芭蕉穿径过，就干黠鼠[2]傍人行。
腰镰麦刈新畲[3]垄，树杪[4]时闻布谷声。
束带上官回避去，一杯自笑鲁诸生[5]。

【注释】

[1] 此诗写诗人梅雨时的所见所思。

[2] 黠（xiá）鼠：狡猾的老鼠。宋范成大《晓起》诗："黠鼠缘铃索，饥鸦啄井栏。"

[3] 腰镰麦刈（yì）：腰间带有割麦的镰刀。刈：镰刀。《国语·齐语》"时雨既至，挟其枪、刈、耨、镈，以旦暮从事于田野。"韦昭注："刈，镰

也。"畬（shē）：指粗放耕种，也指粗放耕种的田地。

[4] 杪（miǎo）：树枝的细梢。

[5] 鲁诸生：作者自指。

宝藏寺[1]

宝藏寺[2]前山似戟，钟声飞度乱峰间。

石桥野牧依松断，竹栅中林避虎关。

积雨鸟呼泥滑滑，白云僧汲水潺潺[3]。

饱餐蔬笋眠禅榻，暂了尘心一夜闲。

【注释】

[1] 此为诗人游宝藏寺而作。

[2] 宝藏寺：位于临海黄土岭西山。

[3] 潺潺（chán）：水缓缓流动的样子。

课农[1]（二首）

其一

五叶青青稻长芽，相将播种劳田家。

环冈远近靴纹[2]水，隔浦浅深谢豹花[3]。

鱼市海边盐不贱，豚持祠下赛犹赊[4]。

遨头宴值分龙雨[5]，云絮山巅日脚斜[6]。

其二

枝上新红柏[7]吐芽，我来两度课农家。

秧分芒种裁云衲[8]，水满陂塘歇戽车[9]。

欲护良苗除蔓草，更将隙地补桑麻。

社公雨送黄梅到[10]，几阵风香楝子花[11]。

【注释】

[1] 此为颜肇维督责务农之作，描绘了临海的农家风情。

[2] 靴纹：靴子皮的花纹。形容细波微浪。

[3] 谢豹花：杜鹃花的别名。谢豹：鸟名，亦名杜宇、杜鹃。

[4] 豚（tún）：小猪，也泛指猪。赛：祭赛，祭祀酬神。

[5] 遨头：指带头饮酒游乐的太守（知府）。典出宋陆游《老学庵笔记》卷八：“四月十九日成都谓之浣花，遨头宴于杜子美草堂、沧浪亭，倾城皆出，锦绣夹道，自开岁宴游至是而止。”分龙雨：隔辙雨。夏季所降对流雨，有时一辙之隔，晴雨各异。古人以为由于龙分管不同区域的降雨使然，故谓之“分龙雨”。

[6] 云絮：一条一条的云朵，像絮片一样。日脚：太阳穿过云隙射下来的光线。

[7] 柏：乌柏。

[8] 云衲（nà）：僧衣。

[9] 陂（bēi）塘：池塘。戽（hù）车：灌田汲水用的斗状器具，两边有绳，由两人拉绳牵斗取水。

[10] 社公：土地神。黄梅：指黄梅雨。长江以南地区，春夏之交梅子由青变黄，开始成熟，此时多雨，称梅雨或黄梅雨。

[11] 楝（liàn）子花：楝子树开的花。

放船至涌泉[1]

不割乖龙[2]不肯晴，放船遥入乱泉平。
区田[3]界水衣纹折，野寺开云塔影行。
举纲旗分乌贼汛[4]，趁墟[5]人语白盐声。
临流试问愁多少，二客能从曲蘖[6]生。

【注释】

[1] 此诗描述了临海涌泉一带的景物。

涌泉：今临海市涌泉镇。

[2] 乖龙：传说中的孽龙。唐白居易《偶然》诗之一：“乖龙藏在牛领中，雷击龙来牛枉死。”

[3] 区田：指在田里按一定距离开沟挖穴，将种子播入其间的一种农作法，便于小范围内深耕细作，集中施肥灌水。

[4] 举纲：提起网的总绳，张开网。乌贼汛：清明、谷雨、立夏，正是南风吹拂的时候，乌贼成群结队从远洋洄游到我国沿海海滩来产卵，把整个海面染成一片黑色，这就是乌贼汛。

[5] 趁墟：赶集。墟：村落、乡村市集。

［6］曲蘗：酒曲，酿酒用的发酵物，俗称酒酵子。此处代指酒。

题恽格桃花[1]（二首）

其一

四万峰头花正开，春风几度到天台[2]。

而今读画重回首，三十年前客再来。

其二

当时画有南田手，今日诗无短李[3]吟。

湖上桃花三百树，算来多负使君[4]心。

【注释】

［1］这是诗人为恽格所画的《桃花图》题写的诗作。

恽格（1633—1690）：明末清初著名的书画家，字惟大，后改字寿平，号南田，别号云溪外史、瓯香散人等，江苏武进上店人，开创了没骨花卉的独特画风。

［2］天台：见《九日曹娥江舟中遣兴》注释［6］。

［3］短李：指唐代诗人李绅。《新唐书·李绅传》："［绅］为人短小精悍，于诗最有名，时号短李。"

［4］使君：用作对州郡长官的尊称。

象坎[1]

山头远送千林雨，屋脚平分百道泉。

象鼻岩[2]间风定处，野花无数映渔船。

【注释】

［1］此诗描绘了临海象坎的自然风景。

象坎：今临海市白水洋镇象坎寺，又名安禅寺。南图本、国图本与青图本同，均作"象坎"，北大本作"象鼻岩"，鲁图本作"象坎岩"。

［2］象鼻岩：临海市西南部括苍山下有象鼻岩。

显恩寺[1]

飓风昨夜坏民居，折竹崩沙破屋余。

路转炊烟知寺近，乱泉声里一肩舆[2]。

【注释】

[1] 此诗为飓风过后，颜肇维巡察乡间时所作。

显恩寺：位于临海市西北张家渡村。

[2] 肩舆：山轿。这里指坐在轿子里的人，即诗人自己。

江涨后谒张睢阳庙，同郡守、僚佐过半江楼[1]

秋浪江城渺，巾山望不穷。

残云依古殿，遗像俯蛟宫[2]。

千载英风见，退陬[3]庙貌崇。

龙蛇盘磴[4]道，鹳鹤[5]起虚空。

且鉴苹蘩[6]意，还资保障功。

投巫如守邺[7]，彻[8]土似居东。

临眺皆僚佐，登楼有郡公[9]。

舳舻[10]争岸泊，潮汐[11]与天通。

塔影浮梁[12]下，渔歌水市中。

漫愁禾长耳[13]，初日照青枫。

【注释】

[1] 此为颜肇维与知府及同僚登张巡庙所写的一首五言古诗。

张睢（suī）阳：张巡（708—757），蒲州河东（今山西省永济市）人，唐代中期名臣。"安史之乱"时，起兵守雍丘，抵抗叛军。唐至德二年（757），安庆绪派部将尹子琦率军十三万南侵江淮屏障睢阳，张巡与许远等数千人，在内无粮草、外无援兵的情况下死守睢阳，前后交战四百余次，使叛军损失惨重，有效阻遏了叛军南犯之势，保障了唐朝东南的安全。终因粮草耗尽、士卒死伤殆尽而被俘遇害。

僚佐：官署中协助办事的官吏；属官。知府的僚佐有同知、通判、推官等。

[2] 蛟宫：蛟龙居住的宫殿。这里指山下的江面。

[3] 退陬（xiá zōu）：边远一隅。此处指偏居东南一隅的临海。

[4] 磴（dèng）：山路上的石台阶。

[5] 鹳鹤：鸟名，形似鹤，嘴长而直，顶不红，常活动于水旁，夜宿高树。

[6] 苹蘩：见《邯郸怀古》注释[13]。

[7] 投巫如守邺：魏文侯时，西门豹为邺令，为革除当地河伯娶妇的陋习，用以其人之道还治其人之身的办法，以"投巫于河"的壮举革除陋习，名垂千古。

[8] 彻：治理。《诗·大雅·崧高》："王命召伯，彻申伯土田。"毛传："彻，治也。"

[9] 郡公：指郡守，即知府。

[10] 舳舻（zhú lú）：指首尾衔接的船只。

[11] 潮汐（cháo xī）：海水的定时涨落，由月球和太阳的引力所造成。早潮叫潮，晚潮叫汐。

[12] 浮梁：浮桥。

[13] 耳：谷物经雨所生的芽。五代李建勋《闲出书怀》诗："溪田雨涨禾生耳，原野莺啼黍熟时。"

送人之江右[1]

为有忘年友，南昌[2]复此行。
海云低白昼，江雨自离情。
盛世初刊律，皋陶[3]法又平。
莫愁鸿雁少，计日赦应成。

【注释】

[1] 此为一首送别诗，诗中充满了对友人的劝慰和依依不舍之情。

江右：指长江下游以西的地区，即今江西省一带。

[2] 南昌：今江西省南昌市。

[3] 皋陶（gāo yáo）：传说虞舜时的司法官，后常为狱官或狱神的代称。

题陈葆林小照[1] （三首）

其一

濯足清流慕左思[2]，沧洲何似凤凰池[3]。

世间钓直君知否，莫负江湖百尺丝。

其二

佼袀[4]渔装老树春，清潭雨急越山[5]新。
天生一样烟波趣，不向西湖钓细鳞。

其三

苜蓿[6]先生口亦馋，持竿不费买鱼钱。
平台赐钓应无分，曾记康熙中叶年。

【注释】

[1] 此诗为一首题照小诗。诗中着重描述了友人陈葆林的高洁品格和归隐情怀。

[2] 濯足：本谓洗去脚污，后喻清除世尘，保持高洁。语出《孟子·离娄上》："沧浪之水清兮，可以濯我缨；沧浪之水浊兮，可以濯我足。"左思（约250—305）：字太冲，齐国临淄（今属山东省淄博市）人。西晋著名文学家，其《三都赋》颇被当时称颂。因统治者内部矛盾，左思退居宜春里，专意典籍。后齐王召为记室督，辞疾不就。

[3] 沧洲：滨水的地方。古时常用以称隐士的居处。凤凰池：禁苑中池沼。

[4] 佼袀：见《为陈大题雪里樵歌画扇》注释 [4]。

[5] 越山：越地之山，代指浙江一带。

[6] 苜蓿：是苜蓿属植物的通称，俗称"三叶草"，多用作饲料，也可以食用。

除夕题汪玉依风木图[1]

戊申出宰赤霞城[2]，即识玉依汪子名。
三年悬榻[3]不相见，庚戌腊月倒屣迎[4]。
手携一卷风木图，展之刁刁[5]风卷庐。
庐中之人即吾子[6]，形容惨淡[7]何不舒。
百年已拱者墓木[8]，呼之无声乱心曲。
玉依玉依今人少，考功[9]坟中长秋草。
丙寅扶枢[10]去京师，奉母东山泗水涯[11]。

伤哉陟屺甲辰[12]岁，苍苍者天何所持？

今宰霞城亲不在，皋鱼[13]有志谁能待。

持此归汪子，今夕是何夕？

梅花除夜天欲雪，林鸟啾啾空叹息。

【注释】

[1] 此为一首题画诗，表现了诗人对汪玉依仰慕和对已逝双亲的思念。

[2] 戊申：雍正六年（1728）。赤霞城：指临海市。

[3] 悬榻：据《后汉书·徐稺传》记载，汉代陈蕃做太守时不接宾客，唯与徐稺相善，特设一床榻，稺来则张开，稺走后即将床榻悬挂起来。后以"悬榻"喻礼待贤士。

[4] 庚戌：雍正八年（1730）。倒屣（xǐ）：把鞋子倒穿。形容急于出外欢迎客人。

[5] 习习：形容风声。

[6] 吾子：对对方的敬称。一般用于男子之间。

[7] 惨淡：凄惨暗淡。

[8] 墓木已拱：坟墓旁的树已有合抱粗了。形容人已死去多年。这里指其父颜光敏。

[9] 考功：指其父颜光敏。

[10] 丙寅：康熙二十五年（1686）。扶柩（jiù）：护送灵柩。指其护灵柩归葬曲阜。

[11] 东山：参见《杂兴》注释[4]。泗水涯：泗水，即泗河，颜肇维老家在泗河之北今姚村镇河口村。

[12] 陟屺（zhì qǐ）：屺，不长草木的山。《诗·魏风·陟岵》："陟彼屺兮，瞻望母兮。"郑玄笺："此又思母之戒，而登屺山而望也。"后因以"陟屺"为思念母亲之典。甲辰：雍正二年（1724）。此年颜肇维母亲去世。

[13] 皋鱼：人名。《韩诗外传》卷九载：孔子行，见皋鱼哭于道旁，辟车与之言。皋鱼曰："吾失之三矣：少而学，游诸侯以后吾亲，失之一也；高尚吾志，闲吾事君，失之二也；与友厚而小绝之，失之三也。树欲静而风不止，子欲养而亲不待也，往而不可得见者亲也。吾请从此辞矣。"立槁而死。后因用作人子不及养亲的典故。

题戴明悦画竹[1]

东风又变一年春，坐对司农[2]画竹新。

僧手传来冬雪后，冻篁[3]几个旧诗人。

【注释】

[1] 此为一首题画诗。春风拂面，新年伊始，面对着画上的竹子，诗人想起旧日在竹林中唱和的诗友。

戴明悦：清初画家，北直沧州人，曾任顺治朝户部尚书。

[2] 司农：清代户部司漕粮田赋，别称农部，户部尚书别称大司农。

[3] 篁（huáng）：竹林，泛指竹子。

金清港[1]

大海走东溟[2]，众水得所宿。

筑防而障之，乃泛滥山谷。

古人讲水利，顺其道则福。

后人泥[3]古事，谓禹迹可复。

浩浩百尺流，窒[4]之如鱼腹。

虽曰水性弱，宁堪其迫束[5]。

冻雨[6]集兹辰，群壑不受梏。

伤稼及百里，害人并损畜。

大决真可畏，谁为厚此毒[7]。

安得役五丁[8]，为之开板筑[9]。

安得驱亢龙[10]，为之通纡曲[11]。

遂其趋下情，自不争平陆[12]。

毋曰古之人，创议不可觑[13]。

古与今势殊，沧桑[14]若转轴。

不见龙门[15]津，直下泻万斛[16]。

【注释】

[1] 此诗为颜肇维有感于江水泛滥而发，表达了诗人的变通思想。百川东到海，顺其道则得福，障之则得祸。临海一带常年水患严重，时值冻雨骤降，水溢防决，伤稼百里。真希望能够役使五个力士，建起牢固的大堤，希望能够

驱使亢龙，疏通曲折的河道。古往今来，形势悬殊，沧桑巨变，只有不断变革才能避水之患，得水之利。

金清港：横贯浙江温（岭）黄（岩）平原中部的一条河流，由台州市路桥区金清镇附近入海。港，与江海相通的小河。

诸本只有青图本有此诗。

[2] 东溟：东海。

[3] 泥：拘泥、固执。

[4] 窒（zhì）：堵塞、阻塞。

[5] 迫束：束缚，不得伸展。

[6] 冻（dòng）雨：暴雨。冻，本作"涷"，《尔雅·释天》："暴雨谓之涷。"

[7] 谁为厚此毒：意为谁助长了水患。

[8] 五丁：神话传说中的五个大力士。

[9] 板筑：本指筑土墙的工具，此处指筑堤修坝。

[10] 亢龙：指飞到天边无法飞回来的龙，这里指强势而有能力之人或物。

[11] 纡曲：弯曲曲折。

[12] "遂其"句：谓顺着水的流势加以疏导，而不采取堵塞的办法，它自然不横流成患，与平原争地。平陆：平原，陆地。

[13] 讟（dú）：怨恨、诽谤。

[14] 沧桑：沧海桑田，比喻自然界变化很大或世事多变。

[15] 龙门：禹门口。在山西河津县与陕西韩城之间，黄河在此落差极大，河水飞流直下，形成瀑布。

[16] 万斛：极言容量之多，古代以十斗为一斛。

卷　三

百步[1]

不知江岸去，山水互盘旋。

水阔春无地，山深路上天。

初晴将卜岁[2]，微雨远生烟。

过岭天台近，界分万历年[3]。

【注释】

[1] 此诗描绘了临海百步一带山水交互盘旋，山深路高的美景。

百步：今临海市河头镇有百步村。

[2] 卜岁：在一年的开始占卜全年的吉凶。

[3] "过岭"句：过去山岭不远处即是天台山，与天台的划界还是明朝万历年间的事。天台：见《九日曹娥江舟中遣兴》注释 [6]。

梅林驿[1]

劳我山行无几日，离家作客已多时。

浙东误说梅林驿，折寄无由只一枝。

【注释】

[1] 此诗为诗人有感于梅林驿的曲折杳远而作，表达了客宦乡思。

梅林驿：今浙江省宁海县梅林镇，地当临海市通往杭州市的交通要冲。

送朱富阳入觐，并示令弟滁州[1] (二首)

其一

富春江[2]水碧如油，两崖桃花送去舟。

试问卢沟桥[3]上柳，绿云深处见城头。

其二

七年不见滁州信，丰乐亭[4]边尽是山。

君若遇时凭寄语，天台[5]仍复在人间。

【注释】

[1] 此为一首送别诗。颜肇维送友人富阳令朱某入京，时值富春江上桃花盛开，此情此景，不由让诗人想起李白的"桃花潭水深千尺，不及汪伦送我情"。由于颜肇维恰好与其弟滁州令朱某相熟，诗中还表达了对朱滁州的问候之意与思念之情。

富阳：在浙江省中北部，今为杭州市富阳区，因位于富春江北岸得名。觐(jìn)：朝见君主。滁州：今安徽省滁州市，邻接江苏省。

[2] 富春江：浙江省中部河流，为钱塘江建德市梅城镇下至萧山区闻家堰段的别称。富春江两岸山色青翠秀丽，江水清碧见底，素以景色佳美著称。疑颜肇维此年有北上之行，沿途经过临海河头镇百步村、宁海梅林镇及富春江附近。

[3] 卢沟桥：北京市最古老的石砌连拱桥，在北京西南部永定河（金时的卢沟河）上。

[4] 丰乐亭：位于安徽省滁州市琅琊山，为北宋欧阳修任滁州太守时所建，并撰《丰乐亭记》记之。

[5] 天台：诗人自指。

和伯姊恤纬老人[1]

秋来一别几经年，书到江东[2]眼已穿。
夜检空囊官似寄，人传故国室如悬[3]。
几番明诏[4]闻移粟，一盏春灯照纺棉。
莫上巾峰[5]望阿姊，东风塔影日中圆。

【注释】

[1] 此为颜肇维和答其姐颜恤纬的诗，描述了自己客宦临海、囊空如洗的状况，表达了对姐姐的思念之情。

恤纬：颜肇维姐，名小来，号恤纬。

[2] 江东：指长江以东地区，这里指浙江省。

[3] 人传故国室如悬：意为颜肇维听说曲阜老家房屋破败欲倒。

[4] 明诏：圣明的诏书。

[5] 巾峰：巾子山，在临海县城东南，山高约100米，长约700米，濒临灵江，连小固山两峰，形如巾帻。山上建有双塔，可以登临远眺。

题叔祖季相公祇芳园诗画册[1]

在昔耽山水，于今倦风波。

辟疆平泉皆荆杞[2]，鲁国名园无几何。

祇芳别业[3]公自有，先子乐圃[4]亦公手。

大阮小阮[5]隔城居，卜筑草木成益友。

先子亭台后渐荒，祇芳独踞泗河阳。

四时过从有诸谢[6]，茶烟竹雪何渺茫。

霜中收柿红叶湿，水阁伏雨滩声急。

杜梨[7]花发不出门，黄茅[8]碧瓦雪中立。

族近龙湾止一家，春沽村酒夏食瓜。

自分苍生可已矣，强令谢公出烟霞[9]。

之官寿春久不调，独上濠梁看落照。[10]

一拳一勺梦故乡，呼起关荆[11]写窈窕。

屋角小泉响涓涓，桥边枯楷势欲骞[12]。

平冈似有人长啸，隔水诗声定游仙。

分题[13]标格答意将，右丞才思漫惆怅[14]。

赋归拟把数幅图，欲与草堂摹形状。

贺公乞病不得归，贾傅[15]无禄今是非。

二十年中延清宅，水决颓垣生蚍蜮[16]。

公之幼子[17]我从叔，独抱遗经私采录。

华阳蒋生书入神，过鲁也知怀郑谷[18]。

小跋欧阳与都洪，是园不朽赖此翁。

远寄霞城触我恨，我家乐圃生秋蓬[19]。

展看惋叹[20]空草草，归之子孙为世宝。

莫教赌墅废前休，象贤今日如叔少。

【注释】

[1] 此诗为一首题画册诗。鲁国名园多半荒废，颜光敏的乐圃也杂草丛生，只有位于泗河之阳的祇芳园一枝独秀，四季常青。颜肇维对叔祖季相公构筑祇芳园，从叔请人绘图题字，表达了由衷的美慕，同时流露了对乐圃故园的怀念。

季相公：指颜肇维的叔祖颜伯珣。祇芳园是颜伯珣别业的名称，位于曲阜泗河北岸，今姚村镇竹子园附近。颜伯珣诗集即名为"祗芳园集"。

[2]　荆杞：指荆棘和枸杞，皆野生灌木，带钩刺，每视为恶木。此处形容蓁莽荒秽、残破萧条的景象。

[3]　别业：与"旧业"或"宅第"相对而言，业主往往原有一处住宅，而后另营别墅，称为别业。

[4]　先子：指颜肇维之父颜光敏。乐圃：颜光敏在曲阜城西北治有庄园名乐圃。康熙辛酉（1681）冬，颜光敏于宅西偏，买石筑山，穿池引水。慕姑苏清嘉坊朱氏之乐圃，即以名其园，更号乐圃主人，吟啸其中。与孔尚任考订礼乐，阐天命之微，欣然有得。时督诸弟读书，追述先德，悲不自胜，诸弟咸感泣力学。

[5]　大阮小阮：指三国魏后期"竹林七贤"阮籍与侄子阮咸，世称阮籍为大阮，阮咸为小阮，后人便以"大小阮"作为叔侄关系的代称。此处指颜伯珣与颜光敏叔侄。

[6]　诸谢：指晋谢安、谢石、谢玄等人。此处泛指文人雅士。

[7]　杜梨：俗名棠梨，落叶乔木，枝有刺，花白色，果实球形，褐色，味酸涩。常做梨树的砧木。

[8]　黄茅：茅草名。

[9]　"自分"句：谓叔祖自认为隐居乡间，做个老百姓就可以了，不料皇上又命令出去做官。谢公：这里指颜伯珣。烟霞：指山林、山水。

[10]　"之官"句：写叔祖在安徽寿州等地当官的经历。寿春：今属安徽省寿县。濠梁：即濠上，濠水之上，在今安徽省凤阳县。寿州、濠梁，清时均属凤阳府。

[11]　关荆：五代画家关仝、荆浩的并称。窈窕：指心灵仪表兼美。

[12]　骞（qiān）：高举、举首。

[13]　分题：又称探题，诗人聚会，分探题目而赋诗。

[14]　右丞：王维（701？—761），字摩诘，唐朝河东蒲州（今山西省运城市）人，祖籍山西祁县，唐朝诗人、画家，历官右拾遗、监察御史、河西节度使。唐肃宗乾元年间任尚书右丞，故世称"王右丞"。惆怅：伤感、愁闷、失意。

[15]　贾傅：贾谊，因曾任职长沙王太傅，故称。

[16]　颓垣：坍塌的墙。蚰蜒（yī wēi）：同"伊威"，一种小虫。体椭圆形，灰褐色，生活在阴暗潮湿处。俗称"地虱子"。

[17]　幼子：指颜光教，即前诗中所称"九叔"。

[18] 郑谷：汉郑子真隐居谷口（见《汉书·王贡两龚鲍传序》），后以"郑谷"泛指隐居地。此处指曲阜祗芳园。

[19] "远寄"句：此画册从遥远的地方寄到临海来，触动我的情怀幽恨，不由联想起乐圃的衰败景象。霞城：指临海。秋蓬：秋季的蓬草。

[20] 惋叹：悲叹。

半江楼秋兴四首[1]

其一

缥缈巾峰寺[2]，海云脚下横。

浮桥收稻过，估客趁潮行。

老树鸣蝉集，遥天一鸟轻。

楼名新改后，题壁有诸生。（楼改题曰半江，存唐人旧迹也）

其二

晓霞满东海，江水曲如肠。

南燕惊台郡[3]，秋风忆汶阳[4]。

旧人离别日，几个鬓毛霜。

自是勾留[5]处，招寻在渺茫。

其三

野草着花艳，轻风仔细吹。

径荒游宦后，书断故人时。

看剑[6]歌犹壮，论文[7]酒莫迟。

西枝村里路，去住总相宜。

其四

太乙[8]知何处，石梁[9]露已深。

三年浙东水，千里越山砧[10]。

收药宜晴日，养花就树荫。

儿童莫相笑，谁未负初心。

【注释】

[1] 半江楼伫立在临海巾子山上，诗人登楼眺望，近处有寺院缥缈、海云低垂、浮桥行客，远处有曲折江水、东海朝霞，秋景尽收。诗人纵有"挑灯看剑""把酒论文"的豪情，三年浙东游宦，况且年过花甲，归隐之愿潜滋暗长。

[2] 巾峰寺：在临海城内巾子山上，始建于北宋，初名净光塔院，元以后叠加修茸。

[3] 台郡：指台州府。

[4] 汶阳：参见《吴太守升辰沅观察》注释 [6]。此处指故乡。

[5] 勾留：指逗留、短时间停留。

[6] 看剑：南宋辛弃疾《破阵子·为陈同甫赋壮词以寄之》词："醉里挑灯看剑，梦回吹角连营。"

[7] 论文：指谈论文章。唐杜甫《春日忆李白》："何时一樽酒，重与细论文。"

[8] 太乙：指太乙楼，雍正甲寅年（1734）六月颜肇维在官署中所建小楼。

[9] 石梁：参看《天台十景·石梁瀑布》注释 [3]。

[10] 越山砧（zhēn）：指越地山麓。砧，物体的基垫部分，这里指山脚。

辛亥重阳经桐岩岭有作[1]

客路秋风各一乡，桐岩岭畔过重阳。

树多碍日初红叶，桥可通人独木梁。

少牧自难如卜式[2]，微官何以异冯唐[3]。

江东潦倒酬知己，手把茱萸问荐章[4]。

【注释】

[1] 此诗为 1731 年诗人过桐岩岭时所作。时值重阳佳节，枫林遍山，遮天蔽日，诗人有感于官微位卑、俸禄微薄，不禁引发思乡之情。

辛亥：雍正九年（1731）。桐岩岭：今临海市汇溪镇桐岩岭村。

[2] 卜式：西汉大臣，以牧羊致富。汉武帝时，匈奴屡犯边，他上书朝廷，愿以家财之半捐公助边。帝欲授以官职，辞而不受。又以二十万钱救济家乡贫民。朝廷闻其慷慨爱施，赏以重金，召拜为中郎，布告天下。汉武帝封其为缑氏令。

[3] 冯唐：汉文帝时大臣，以孝悌而闻名，拜为中郎。汉景帝时，冯唐被

任命为楚相，但很快被罢免。汉武帝时匈奴犯边，帝广征贤良，虽然冯唐再次被举荐，可是已经九十多岁了，只能任命其子冯遂为郎。后来，人们就用"冯唐易老"来形容老来难以得志。

［4］茱萸：见《湖州绝句》注释［15］。荐章：举荐人才的文书。

和张太守半江楼赏雪诗[1]（二首）

其一

阆风[2]吹雪入灵江，已许占年[3]未有双。
宾客不闲永嘉郡[4]，才名合出碧油幢[5]。
红炉芋熟僧还在，白战诗成我欲降。
好种梅花明岁约，直将春色到虚窗。

其二

太守风流自曲江[6]，雪中临眺[7]屐双双。
盐梅[8]已卜他年事，诗酒还来古佛幢。
吏治初闲乌鸟集，诸君能使次公[9]降。
更看小固[10]松千树，塔院钟残月半窗。

【注释】

［1］此诗为一首和诗，赞美了太守的诗酒风流。

张太守：指台州知府张若霡。据何奏簧《临海县志》（成文出版社有限公司1975年版）记载：雍正十一年（1733），台州府知府为张若霡，临海知县为颜肇维。

［2］阆（làng）风：传说中神仙居住的地方，在昆仑之巅。此处指北风或西北风。

［3］占年：占卜年成的丰歉。

［4］永嘉郡：东晋置。东晋明帝太宁元年（323）临海郡南部四县置永嘉郡，建郡治于瓯江南岸（今浙江省温州市鹿城区）。此为永嘉郡之始。

［5］碧油幢：青绿色的油布车帷。南齐时公主所用，唐以后御史及其他大臣多用之。

［6］曲江：位于西安东南部，为唐代著名的皇家园林所在地。

［7］临眺：在高处远望。

[8] 盐梅：盐和梅子，盐味咸，梅味酸，均为调味所需。比喻可托付重任或国家所需的贤才。

[9] 次公：汉盖宽饶字次公，为官廉正不阿，刺举无所回避。

[10] 小固：小固山，又名金山，在临海城东南，濒临灵江，山上有佛院和文峰塔。

宿真如寺[1]

望春花（玉兰，土人谓之望春）

发雨中鲜，林外禽声隔杜鹃。（杜鹃，花名）

百里一溪十八渡，隋时胜寺二千年。

晚云含日明精舍[2]，新月随潮出海天。

莫向前村寻虎迹，小芝山静夜生烟。

【注释】

[1] 此诗为颜肇维巡察至小芝镇，夜宿真如寺，描绘了佛寺的历史悠久和周围自然景物的清新宜人。

真如寺：原址在临海市小芝镇，始建于唐武德二年（619），北宋大中祥符元年（1008）改今额。后屡有兴废。1958 年在原址上兴建小芝中学，寺遂废。

[2] 精舍：僧道居住或说法布道的处所。

东湖行春绝句[1]（四首）

其一

春寒杨柳未成荫，湖水年年似客心。

迟日先青寄奴草[2]，轻风时送郭公禽[3]。

其二

二百年间两古祠，讲官樵子共名垂[4]。

闸头日夜东湖水，鸣咽如闻逊国[5]时。（有明方讲官正学及樵夫牛景先二祠俱在湖上）

其三

官忙也复到闲亭，越客燕人尽酒星。

只恐他年抛不下，欲图数子上连屏[6]。（太平[7]令陈丙一
燕人，余子俱[8]浙产）

其四

小泛轻舠[9]水色浑，手栽桃柳半成村。

镜湖乞与知章去[10]，卜墅何须及子孙。

【注释】

[1] 此诗为一组行春绝句，描绘了临海早春的美景和悠久的历史文化。乍
暖还寒的早春之际，东湖水面如镜，方孝孺与牛景先两祠并立，彰显了临海的
人文风范。

东湖：见《侯嘉翻序》注释[36]。

[2] 寄奴草：又名刘寄奴，学名奇蒿，为菊科植物，全草入药，可清暑利
湿，活血化瘀。产于江苏省、浙江省、江西省等地。

[3] 郭公禽：布谷鸟，其叫声如呼"郭公"，故名。又名杜鹃、杜宇、
子规。

[4] "二百"句：指建于明朝的方孝孺祠和牛景行祠。讲官指方孝孺
（1357—1402），宁海人，字希直，一字希古，号逊志，明朝大臣、学者，因在
汉中府任教授时，蜀献王赐名其读书处为"正学"，故称"正学先生"，因拒绝
为发动"靖难之役"的燕王朱棣草拟即位诏书，其亲友学生870余人全部遇
害。福王时追谥"文正"。樵子指牛景行，明朝靖难之变，建文帝逊位，其叔
明成祖朱棣登基，樵夫牛景行气愤其不仁不义，投湖而死，后人立祠纪念他。
今建有樵云阁。

[5] 逊国：谓把国家的统治地位让给别人。这里指明靖难之役，建文帝朱
允炆逊位给明成祖朱棣。

[6] 连屏：也称围屏，屏风的一种，由多扇组成，可以折叠闭合。

[7] 太平：县名，今属浙江省温岭市，清时为台州府辖县。

[8] 俱：原文作"惧"，据文意径改。

[9] 舠（dāo）：极轻的小船。

[10] 镜湖：在今浙江省绍兴市会稽山北麓，东汉永和五年（140）在会稽
太守马臻主持下修建，以水平如镜，故名。此处借指临海东湖。知章：能看清

事物的明显迹象。也作"知彰"。

镇海楼望城内梅花[1]

细雨登楼处，梅花欲满城。
万家歌瓦色，半岭照江清。
春雪初干后，东风落地轻。
凭高望难尽，几树子初成。

【注释】

[1] 颜肇维登临镇海楼眺望全城，观赏梅花之烂漫，慨叹事业之无成。

果山李氏止宿[1]

积雨蛮烟路转迷，行人不复辨东西。
泉争危涧草花湿，帘卷小楼修竹齐。
问俗[2]几年羞虎渡，怀归[3]一夜听猿啼。
槃飧[4]木榻儒风旧，母训书绅[5]手自题。

【注释】

[1] 诗人夜宿于临海果山李姓人家，由于思归故里，诗人一夜未眠，遂写此诗。

[2] 问俗：访问风俗。转指居官、为官。宋叶运《除秘阁修撰谢表》："及此扶行而问俗，几成尸素以居官。"

[3] 怀归：思归故里。

[4] 槃飧（sūn）：槃，同"盘"；飧：晚饭。

[5] 书绅：把要牢记的话写在绅带上。

恶溪[1]

何年寒涧水，仍是恶溪名。
问渡新编竹，临流旧濯缨[2]。
野花垂岸断，白鸟卧沙轻。
蛮地多春雨，渴虹[3]几处明。

【注释】

[1] 诗人描绘了貌似祥和平静的恶溪，实际上却是谷狭、水急、滩恶，行船异常艰险。

恶溪：临海西北六十里的百步溪，今名大善滩。因行船艰险，故名恶溪。

[2] 濯（zhuó）缨：洗濯冠缨。《孟子·离娄上》：“沧浪之水清兮，可以濯我缨。”后以“濯缨”比喻超脱世俗。

[3] 渴虹：虹，彩虹。宋贺铸《鹧鸪天》词：“轰醉王孙玳瑁筵，渴虹垂地吸长川。”

百步溪上有仙人张平叔足印，观察朱公绘图入告，得请建祠[1]

土人争说张平叔，百步春溪水可听。
半入画图帘阁手，将营祠庙野人亭。
朝飞雉鸲[2]初晴后，径满鹃花带竹青。
足印犹存步虚杳[3]，护持我欲问山灵。

【注释】

[1] 道教南宗初祖紫阳真人张伯端曾在临海传道，传说百步溪上就有其足印。为此，当地人为之请建祠庙。

百步溪：位于临海西北三十公里。张平叔：张伯端，字平叔，号紫阳，临海人，道教南宗初祖，人称“悟真先生”。自幼博览群书，学贯古今。观察：职官名，清代对道员的尊称。

[2] 鸲（qú）：一种鸟，体小尾长，嘴短而尖，羽毛美丽。

[3] 步虚杳：步虚，指道家传说中神仙的凌空步行。杳（yǎo）：无影无声。

和张太守过天台看牡丹[1]

春风吹面带朝醺[2]，散作天台五色云[3]。
回路正当开处艳，好花不负种时勤。
人迎郭伋骑轻竹[4]，诗爱羊欣写练裙[5]。
莫向世间分品第[6]，御屏姓字属张君[7]。

【注释】

[1] 此为一首和诗。描写台州知府张若震带领众官员过天台县观赏牡丹的

情景。

张太守：张若霖，官台州知府。天台：天台县，位于台州市北部，南与临海、仙居接壤。

[2] 醺（xūn）：醉。

[3] 五色云：红、紫、黄、白、碧诸色之云彩。

[4] 人迎郭伋骑轻竹：意为张太守深得百姓爱戴。郭伋为汉代光武帝时人，官至太中大夫。据《后汉书·郭伋传》记载："郭伋始至行部，到西河美稷，有童儿数百，各骑竹马，道次迎拜。"

[5] 诗爱羊欣写练裙：意为张太守的诗作得好。羊欣为东晋、南朝宋时著名书法家。据《宋书·羊欣传》记载，王献之"尝夏月入县，欣着新绢裙昼寝，献之书裙数幅而去。欣本工书，因此弥善"。白练裙：白绢下裳。

[6] 品第：门第、等级。

[7] 御屏姓字属张君：意为张的名字记在皇帝的屏风上，随时可以得到朝廷的提拔重用。此是颜肇维对张太守的恭维之词。御屏：皇帝用的屏风。唐顺之《赠春岩王尹朝京》诗："此行人共美，名在御屏前。"

法轮寺[1]

一路荒山里，空传拾得[2]师。
法轮随日转，双树讲经奇。
久雨花无色，春深鸟自知。
勾留[3]思解带，为写寺门碑。

【注释】

[1] 此诗描述了临海法轮寺拾得法师的传奇经历。法轮寺位于今临海大田街道青田村。现存大雄宝殿五间，大殿内尚存匾额两块及"重建法轮寺碑记"一通。其中一块匾额为"古法轮寺"，上、下款为"弘觉禅师道忞敬题""光绪丙子年辛丑月吉旦主持成泰重修"。题款人道忞（1596—1674），清初著名僧人，原籍广东潮阳，俗姓林，字木陈，号山翁，曾入住台州广润寺、宁波天童寺。顺治十六年（1659）奉召入宫为清世祖说法，敕封弘觉禅师。

诸本唯北大本诗题作"法轮寺怀木陈和尚"。

[2] 拾得：唐代与寒山齐名的诗僧，曾在天台山国清寺修行，行迹怪诞，言语非常。民间将他与寒山二僧称为"和合二圣"。

北大本、鲁图本作"弘觉"；其余本同青图本，作"拾得"，不排除有避乾隆名讳的原因。

　　[3] 勾留：逗留、停留。

桃渚[1]

　　天柱山[2]临大海间，汤和[3]旧戍古城湾。
　　烟螺[4]东去迷三岛。瓯脱[5]西来制百蛮。
　　几个渔舟争上下，连宵梅雨故潺湲[6]。
　　儿童且莫惊官长，打鼓吹螺竹里还。

【注释】

　　[1] 这首诗写桃渚的险要地理形势及其在军事上的重要意义。

　　桃渚：位于临海东部，今有桃渚镇。桃渚古城三面环山，建于明初洪武年间，明正统八年（1443）重建，之后才渐为海滨集镇。

　　[2] 天柱山：在临海市涌泉镇北郊，山上有千年古刹延恩寺。

　　[3] 汤和（1326—1395）：明朝开国功臣，军事将领，字鼎臣，濠州钟离（今安徽省凤阳县）人。汤和为人谨慎，沉敏多智。1352年，参加郭子兴起义军，授千户。后随朱元璋渡长江、占集庆（今南京市）等战役中，屡立战功，累功升统军元帅，封信国公。

　　[4] 烟螺：比喻青山。

　　[5] 瓯脱：本指古代少数民族屯戍或守望的土屋，转指屯戍之人。

　　[6] 潺湲：水慢慢流动的样子。

侨儿北归示意[1]

　　未敢乞身去，于今漫五年。
　　忝称报最[2]吏，羞说看囊钱。
　　发短初忘沐，诗清可喻禅。
　　归期问宗武[3]，卜筑[4]草堂偏。

【注释】

　　[1] 此诗当写于1732年，颜肇维此时任职临海已达5年，诗中表达了为官的清苦和归隐的愿望。

　　侨儿：指次子颜懋侨。

　　[2] 忝（tiǎn）：有愧于，常用作谦辞。报最：旧时考察官吏，把政绩最好

的列名报告给朝廷谓之"报最"，也称"举最"。

[3] 宗武：杜甫幼子名宗武，此处代指儿子懋侨。

[4] 卜筑：卜居。

峙山寺访僧不遇[1]

更楼西去峙山寺[2]，来此五年两度登。

秋尽茶花蕊欲放，看诗不见老诗僧。

【注释】

[1] 颜肇维在秋末之时登临峙山寺，访故友而未得见，不免心生些许遗憾而作此诗。

[2] 峙（zhì）山寺：位于今临海市小芝镇。

狐裘寄甲午孙[1]

狐裘犹是大夫[2]余，暖比千羊尚不如。

五十年来毛颖老，三千里外犬音疏。

制成寄尔思良冶[3]，雪后穿时忆佩鱼[4]。

好为前人存俭德[5]，葛灯土障总当初。

【注释】

[1] 诗中交代了狐裘不寻常的来历，曾经伴随颜肇维 50 余年。颜肇维希望甲午孙能够恪守祖训，弘扬颜氏俭朴家风。

狐裘：用狐皮制的外衣。甲午：应是其孙子的名字，或为甲午年（1714）生人，以此为乳名。

[2] 大夫：疑为颜肇维祖父颜伯璟，封奉直大夫。

[3] 良冶：《礼记·学记》："良冶之子，必学为裘。"孔颖达疏："言积世善冶之家，其子弟见其父兄世业鉤铸金铁，使之柔和以补冶破器，皆令全好，故此子弟仍能学为袍裘，补续兽皮，片片相合，以至完全也。"后因以"良冶"借指教子有方之贤父。

[4] 佩鱼：唐朝五品以上官员所佩戴的鱼袋。此处指做官。

[5] 俭德：俭约的品德。

寄陶橘村[1]

九月凉风到海隅[2]，雩门[3]秋柳近何如。
草堂自有移文[4]在，不是嵇康[5]懒作书。

【注释】

[1] 此诗为一首秋日怀人诗。诗中问候友人陶橘村，并夸赞陶橘村周边不乏贤士佳作，并不是自己懒惰不写书信给友人。

[2] 海隅：指海角、海边。这里指临海。

[3] 雩（yú）门：春秋时鲁国南城门，这里借指诗人故乡曲阜。

[4] 移文：南朝齐孔稚珪《北山移文》的省称。《北山移文》是孔稚珪所写的骈体文，揭露和讽刺那些伪装隐居以求利禄的文人。

[5] 嵇康（224? —263?）：字叔夜，谯国铚县（今安徽省濉溪县）人。三国曹魏时著名思想家、文学家。这里是诗人自喻。

秋日重过真如寺[1]

小芝秋寺日光鲜，犹忆春来问杜鹃。
僧种舍田余几亩，官清滞税已经年。
山楼半起惊重过，老树含霜又一天。
静对维摩[2]慕前辈，右军[3]故宅隔风烟。（绍兴戒珠寺[4]
为王右军故宅）

【注释】

[1] 此诗为诗人重游真如寺所作。佛寺在秋日映照下光鲜亮丽，想起浙江地处江左，英才辈出，临海真如寺正与绍兴戒珠寺一样声名远播。

真如寺：在今临海市小芝镇。详见《宿真如寺》注释 [1]。

[2] 维摩：维摩诘。佛经中人名，与释迦牟尼同时，是一位现身说法、辩才无碍的大乘居士。后用以泛指修大乘佛法的居士。

[3] 右军：指王羲之，琅琊（今属山东省临沂市）人，后迁居会稽山阴（今浙江省绍兴市）。官至右军将军，故称王右军，是东晋书法家，被后人尊为“书圣”。

[4] 戒珠寺：在今浙江省绍兴市越城区蕺山南麓绍兴西街。

上妙寺[1]

乱泉声里古招提[2]，处处茶花白满蹊[3]。

岚气束山碧似黛[4]，野云碍路高如低。

到门乌啄松间衲[5]，出寺钟惊午后鸡。

欲问今秋米贵贱，安禅暂就[6]讲堂西。

【注释】

[1] 此诗描绘了临海上妙寺的田园景象。

上妙寺：今临海市溪路乡名为上庙寺的村庄。

[2] 招提：见《寓接待寺》注释[2]。

[3] 蹊（xī）：小路，亦泛指道路。

[4] 岚（lán）气：山林中的雾气。

黛（dài）：青黑色的颜料，古代女子用来画眉。

[5] 衲：僧衣。

[6] 就：靠近。

后泾见雁[1]（二首）

其一

悭风涩雨滞江干[2]，腊日如同北地寒。

天际雁横丁字水，一时齐上戍楼看。

其二

一声朔雁[3]诉离群，五载南居此日闻。

夜起作书将寄远，海天雾重雪纷纷。

【注释】

[1] 时值腊月，寒风呼啸，天际一群大雁由北向南飞，让在临海为官五年的诗人不由想起了家乡，于是半夜起身将乡思寄托于家书之上。

后泾：今临海市涌泉镇后泾村。

[2] 悭风涩雨滞江干：谓风雨滞留于江面上，寒风不停，积雨不住。悭（qiān）：阻滞难行；乖舛。涩：险阻、不通畅。

[3] 朔雁：指北地南飞之雁。

答侯生元经[1]

子有四方志，蓬门[2]非所安。
归舟闻负米[3]，薄俸愧分肝。
青眼[4]劳相向，朝霞可共餐。
梅花殢[5]春雨，又作客途寒。

【注释】

[1] 此诗寄托了颜肇维对侯元经的殷切期望，夸赞侯生虽然出身贫寒之家，但孝行彰于乡里，品格高尚，胸怀大志。

侯生元经：见《侯嘉翻序》注释[1]。

[2] 蓬门：以蓬草为门，指贫寒之家。

[3] 负米：见《送秋史》注释[4]。

[4] 青眼：黑色的眼珠在眼眶中间，青眼看人则是表示对人的喜爱或重视、尊重。典出《晋书·阮籍传》。

[5] 殢[tì]：滞留。

答恤纬姊来韵[1]

春尽平安报我知，病因负俗莫求医。
白头自分何时见，入梦无端是处悲。
逸少还多儿女累，郑虔[2]不恨宦途迟。
种桑栽橘贻[3]孙子，肯恋天台独后期。

【注释】

[1] 此为颜肇维写给姐姐颜恤纬的诗。姐弟二人都已年过花甲，诗中表达了颜肇维任职临海、远离家乡对胞姐的思念之情。

[2] 郑虔（685—764）：字趋庭，又字若齐，河南荥阳人，唐朝诗人、书画家，曾任广文馆博士、台州司户参军，被誉为台州教育启蒙人。

[3] 贻（yí）：赠送、给予。

柬太平徐令尹括庵[1]

青山不断水如环，一片孤城落照间。
越鸟归林呼倦客，海云涌月上禅关。
病思宦境何妨拙，老愧名心久愿闲。
我与徐君同潦倒，乙浑书至笑官悭[2]。

【注释】

[1] 此为寄送临海邻县太平县令徐括庵的诗。诗人回想自己的为官经历，年届老大、任职已久、升迁无望，与徐括菴颇有同病相怜之感。

柬：寄柬，寄送柬帖。徐括庵：名元肃，字梦符，一字括庵，上元人。雍正二年（1724）举人，官玉环同知，雍正十年（1732）宰太平。书法峻整，有《古欢斋诗稿》。

[2] 乙：诸本中唯北大本作"已"。悭（qiān）：阻滞难行；不顺。

北大本、鲁图本至此诗结束，无卷三以下部分和卷四，书末仅存两跋。

台州海云相传不过关山岭，因雨有感[1]

蜃气[2]生东海，弥天[3]散作云。
斯须[4]雨如注。连夜郡中闻。
北向关山隔，南来牛女分。
此方殊气候，去住亦云云。

【注释】

[1] 诗人有感于台州地区特殊的气候条件，发而为诗。由于台州关山岭高耸入云，成为海云西去的屏障，也造成山岭以东降雨丰沛，而山岭以西降水稀少。

关山岭：临海关山岭，最高峰海拔3176米。

[2] 蜃（shèn）气：光线经过不同密度的空气层后发生显著折射，使远处景物显现在半空中或地面上的奇异幻象，常发生在海上或沙漠地区。古人误以为蜃吐气而成，故称。

[3] 弥天：满天、漫天。

[4] 斯须：片刻。

题尹云台小像[1]

先生好读五千言[2]，全家道气广陵[3]间。

兴来时上豫章[4]船，云有真人在庐山。

相将执手论金丹，赠以二子乞刀圭[5]。

乐方[6]在川如鱼鱼，厥后尸解[7]去人世。

溥与潩[8]也为此图。

灵根[9]常灌玉池水，不寒不暑衣六铢[10]。

更问淮王旧鸡犬，何时飞升学步虚[11]？

【注释】

[1] 此为题像小诗。诗中描绘了尹云台执着于求道炼丹、云游访仙的事迹。

[2] 五千言：指老子《道德经》。

[3] 广陵：扬州古称。

[4] 豫章：汉高祖初年江西建制后的名称，即豫章郡（治南昌）。

[5] 刀圭（guī）：中药的量器名。

[6] 乐方：音乐的法度。

[7] 尸解：道教谓道徒遗其形骸而仙去。

[8] 溥与潩：待考。

[9] 灵根：神木的根。

[10] 六铢：佛、仙之衣为"六铢衣"。

[11] "更问"句：汉王充《论衡·道虚》记载：汉朝淮南王刘安修炼成仙后，剩下的药留在院子里，鸡和狗吃了，也都升天。步虚：道家传说中神仙的凌空步行。

题石嵩隐小像[1]

鹤寿不知其纪也，华阳真逸乃痊[2]之。

浮邱[3]既裹元黄氅，兹山千古传铭碑。

神仙既化灵根存，辽东曾返丁令[4]魂。

谁知嵩隐成道后，已将图像留于人。

匡庐[5]之巅长松屋，有幽者堂蛇蟠窟。

仿佛兮闻步虚声，天籁鼓之如戛玉[6]。

【注释】

[1] 此为一首题像小诗。诗中描述了石嵩隐居江西庐山，最终得道的事迹。

[2] 瘁（quán）：病愈，恢复健康。

[3] 浮邱：也作"浮丘"，即浮邱公。传说中的仙人。《文选·郭璞〈游仙诗〉之三》："左把浮丘袖，右拍洪崖肩。"帗："氅"或"裳"的异写，大衣，外衣。

[4] 丁令：丁令威。传说是汉辽东人，学道于灵虚山，后成仙化鹤归来。见晋陶潜《搜神后记》。

[5] 匡庐：指江西省庐山。

[6] 天籁：自然界的声音。戛（jiá）玉：敲击玉片，形容声音清脆悦耳。

上桐城张相公兼呈宗伯[1]

南宫[2]开旭日，礼乐应昌期[3]。

邓传门庭古，乌衣[4]子弟奇。

多锺灵淑气，俱到凤凰池[5]。

文采雕龙秘，清风玉版[6]师。

临书看禁本[7]，作答有师资。

乔梓应无忝[8]，埙篪[9]喜共吹。

瀛台[10]容走马，黄闼[11]许扬眉。

应制柏梁殿[12]，承恩面药诗。

满庭惟特简，较士更无私。

江左称才薮[13]，臣心凛四知[14]。

楚材成总角[15]，东箭[16]弄风姿。

自爱枚皋[17]捷，宁嫌司马[18]迟。

尘持碧油幕[19]，花绽陀罗尼[20]。

操励宠偏注，任留官每移。

沙堤遥可望，宗正暂相縻[21]。

帝念先朝宰，行为百尔[22]规。

青宫[23]隆保傅，讲幄[24]佩鱼龟。

德量朝端重，辞华天下推。

易名荣典制^[25]，启后见门楣。

济美麒麟上，丕承景运^[26]时。

贤良崇祀^[27]事，会典记专祠^[28]。

俎豆同朱邑^[29]，功名胜屈氂^[30]。

貤封真是渥^[31]，谦让不须辞。

歌以芝房曲，舞将琼树枝。

元臣^[32]亲奉币，天子自书碑。

休沐^[33]归樯迅，骏奔^[34]在庙宜。

鹡鸰^[35]携令弟，闾里^[36]仰佳儿。

公辅瑚琏^[37]器，孝思簠簋^[38]仪。

金张^[39]皆七叶，元季尽台司^[40]。

宥德^[41]将十世，酬勋^[42]鲜溢词。

文中论将相，郭令觇^[43]安危。

垣立东西位，星分左右旗。

昔年曾御李^[44]，到处是怀斯。

人美扶风^[45]画，腰围瘐信欹^[46]。

台州留郑监^[47]，晋代重张芝^[48]。

入浙逢贤嗣^[49]，行轩去绀帷^[50]。

阳春邹子律^[51]，惠泽荀家慈。

樾荫^[52]方千亩，福田^[53]种旧基。

刘弘还款密^[54]，贾黯^[55]总无欺。

怅望龙眠^[56]路，凫飞^[57]不可持。

【注释】

[1] 此诗极力赞美了张廷玉家族的文学才华和卓著功绩。张相公：指张廷玉（1672—1755），安徽桐城人。曾于雍正朝任礼部尚书、户部尚书等职。旧时对宰相敬称相公。宗伯：张廷璐（1675—1745），张廷玉的弟弟，官至礼部侍郎。旧称礼部侍郎少宗伯。张廷玉兄弟为桐城望族，其父张英为康熙朝文华殿大学士（雍正的老师）。前诗中所及张若霭则是张廷璐之子。

[2] 南宫：礼部的别称，职掌会试。

[3] 昌期：兴隆昌盛时期。

[4] 乌衣：指乌衣巷。在今南京市秦淮河南。东晋时王、谢等望族居此。

[5] 凤凰池：禁苑中池沼。

[6] 玉版：亦作"玉板"，古代用以刻字的玉片，亦泛指珍贵的典籍。

[7] 禁本：官方禁止出版发行或阅读的书籍。

[8] 乔梓：乔木高，梓木低，比喻父位尊，子位下，因称父子为"乔梓"。忝（tiǎn）：辱、有愧。

[9] 埙篪（xūn chí）：埙、篪皆古代乐器，二者合奏时声音相应和。因常以"埙篪"比喻兄弟亲密和睦。

[10] 瀛台：位于中南海中的仙岛皇宫，始建于明朝，清朝顺治、康熙年间曾两次修建，是帝王、后妃的听政、避暑的地方。因其四面临水，衬以亭台楼阁，像座海中仙岛，故名瀛台。此处指宫廷禁地。

[11] 黄闼（tà）：禁门曰黄闼。

[12] 柏梁殿：汉代宫殿名，故址在今陕西省长安区西北长安故城内，泛指宫殿。

[13] 薮（sǒu）：人或物聚集的地方。

[14] 四知：《后汉书·杨震传》："当之郡，道经昌邑，故所举荆州茂才王密为昌邑令，谒见，至夜怀金十斤以遗震。震曰：'故人知君，君不知故人，何也？'密曰：'暮夜无知者。'震曰：'天知，神知，我知，子知。何谓无知！'密愧而出。"后多用为廉洁自持、不受非义馈赠的典故。

[15] 楚材：亦作"楚才"，楚地的人才，亦泛指南方的人才。总角：古时男未冠，头发梳成两个发髻，如头顶两角，后代称儿童时代。

[16] 东箭：《尔雅·释地》："东南之美者，有会籍之竹箭焉。"后因以"东南竹箭"或"东箭"比喻优秀人才。

[17] 枚皋（gāo）：字少孺，西汉辞赋家枚乘之子，十七岁时上书梁共王，被召为郎，长期做武帝文学侍从，以文思敏捷著称。

[18] 司马：司马相如（约前179—前118），字长卿，蜀郡成都（今四川省成都市）人，西汉辞赋家，代表作品为《子虚赋》《上林赋》。

[19] 碧油幕：青绿色的油布帷，御史及大臣多用之。借指朝廷大臣。

[20] 陀罗尼：梵语的音译，意译为"总持"。谓持善不失，持恶不生，具备众德。

[21] 縻（mí）：拴缚、牵制。

[22] 百尔：犹言诸位。《诗·邶风·雄雉》："百尔君子，不知德行。"

[23] 青宫：太子居东宫，东方属木，于色为青，故称太子所居为青宫。

[24] 讲幄（wò）：亦称"讲帷"。指天子、太子听讲官进讲之处。

[25] 典制：典章制度。

[26] 丕承：很好地继承，旧谓帝王承天受命，常曰"丕承"。景运：好

时运。

[27] 贤良：德才兼备的人。崇祀：崇拜奉祀。

[28] 会典：记录古代官府更迭、政务要闻的典籍。专祠：为特定的人或神设立的祠宇。旧以有大功德于民甚至以身殉职之官，得敕封神号在立功或原任地方专立祠庙。

[29] 俎豆：俎和豆，古代祭祀、宴飨时盛食物用的两种礼器，后引申为祭祀和崇奉之意。朱邑（？—前61）：庐江舒县（今安徽省庐江县）人，西汉官员。朱邑初任桐乡（今安徽省桐城市）啬夫，以仁义之心广施于民，深受吏民的爱戴和尊敬，后因政绩、品行第一，入任大司农，掌管全国租税、钱谷、盐铁和财政收支。死后皇帝赐黄金百斤，让他儿子奉祀他。

[30] 屈氂（máo）：刘屈氂（？—前90），西汉宗室，宰相，汉景帝刘启之孙，汉武帝刘彻之侄，中山靖王刘胜之子。官至左丞相，封澎侯。

[31] 貤（yí）封：旧时官员以自身所得受封爵名号呈请朝廷移授给亲族尊长。渥（wò）：厚。

[32] 元臣：重臣、老臣。

[33] 休沐：休息洗沐，犹休假。

[34] 骏奔：疾速奔走。

[35] 鹡鸰（jí líng）：鸟名。俗称张飞鸟。《诗经·小雅·常棣》："脊令在原，兄弟急难。"脊令即"鹡鸰"。后因以比喻兄弟。

[36] 闾里：乡里，指邻居。

[37] 瑚琏（hú liǎn）：瑚、琏皆宗庙礼器，用以比喻治国安邦之才。

[38] 簠簋（fǔ guǐ）：簠与簋，两种盛黍稷稻粱之礼器。

[39] 金张：汉时金日磾（dī）、张安世二人的并称。二氏子孙相继七世荣显。后因用为显宦的代称。

[40] 元季：通常指元朝末年。台司：指三公等宰辅大臣。

[41] 宥（yòu）德：宽仁之德。

[42] 酬勋：对有功勋的人给予爵位等奖赏。

[43] 觇：窥视、观测。

[44] 御李：典出《后汉书》卷六十七《党锢列传·李膺》。东汉李膺有贤名，士大夫被他接见的，身价大大提高，被称作登龙门。荀爽去拜访他，并为他驾驭车马，回家后对人说："今日乃得御李君矣！"后因以"御李"谓得以亲近贤者。

[45] 扶风：古郡名。旧为三辅之地，多豪迈之士。此处以"扶风画"代

指悲壮激昂之作。

[46] 庾 (yǔ) 信 (513—581)：字子山，小字兰成。南阳新野 (今河南省新野县) 人，南北朝时期文学家、诗人。其家"七世举秀才""五代有文集"，父庾肩吾为南梁中书令，亦是著名文学家。欹 (qī)：倾倒。

[47] 郑监：指郑审，荥阳 (今河南省荥阳市) 人，善诗画，与杜甫友善。曾做过秘书少监，唐干元 (758—759) 中任袁州刺史。

[48] 张芝：字伯英，瓜州县 (今甘肃省酒泉市) 人，东汉书法家，擅长章草，为王羲之所推崇。

[49] 贤嗣：指张廷璐的儿子张若霭，时任台州知府。

[50] 行轩：古时指高贵者所乘的车，亦借称贵客。绀 (gàn) 帷：天青色的帷幕。旧时御史以上官员才使用。绀：天青色；深青透红之色。

[51] 邹子律：即"邹律"，相传战国齐人邹衍精于音律，吹律能使地暖而禾黍滋生。

[52] 樾 (yuè) 荫：荫庇。《淮南子·人间训》："武王荫暍人于樾下，左拥而右扇之，而天下怀其德。"高诱注："武王哀暍者之热，故荫之于樾下。"后因以为荫庇。

[53] 福田：佛教语。佛教以为供养布施，行善修德，能受福报，犹如播种田亩，有秋收之利，故称。

[54] 刘弘：元杂剧《刘弘嫁婢》中人物，该剧描写洛阳富翁刘弘施仁行善的故事。刘弘之妻买下一裴姓女子，想给刘弘做妾，刘弘不肯，将她配给义仆李春郎为妻。后终得好报，刘、李、裴三家恩好，荣华富贵。款密：亲密、亲切。

[55] 贾黯：宋仁宗时人。贾黯备位谏官，敢于言事，首论韩琦、范仲淹可大用，为事实所印证。尚书郎杜枢秉公断案被贬，满朝上下皆知其委屈，然无人敢言，独贾黯上疏力救。贾黯在朝言事，或从或否，人称其介正。其生母陈氏与庶母史氏，两不相善，但贾黯于中善为调和，终使两人相安于府。

[56] 怅望：惆怅地看望。龙眠：龙眠山，依偎桐城古城，张廷玉家族墓在此。

[57] 凫飞：《后汉书·方术传上·王乔》载：王乔任叶县令时，每月初一、十五乘双凫飞向都城朝见皇帝。后因以"凫飞"指县令上任或离去。此处指后者，谓颜肇维想离开临海去桐城瞻拜张廷玉而不可能。

紫阳观告成，呈留少宗伯十二韵[1]

宋代元丰吏，丹书启帝衷。

仙祠建东越，典礼出南宫[2]。

营室依躔度[3]，梓材任考工[4]。

霞明城并赤，天近岳同隆。

石井甘泉涌，芒鞋羽化空。

海蟾[5]传秘诀，辽鹤证圆通[6]。

入藏禅心定，锡封[7]道气浓。

留侯[8]持玉节，张注应元风。

公辅三垣[9]肃，皇图五教[10]崇。

江梅[11]初向北，浙水共朝东。

御李朱轮[12]上，铸颜大冶[13]中。

蓬莱[14]在何处？旭日照玲珑。

【注释】

[1] 紫阳观：是为纪念张伯端所建的道观，位于今临海市紫阳街西侧。张伯端（984—1082），字平叔，后改名用成，号紫阳，临海人。道教南宗即道教紫阳派的祖师。清雍正十年（1732），朝廷下诏于关张伯端故居处和仙化处建紫阳道观，并兴修城内悟真桥、悟真坊。作为地方官，颜肇维主持此事。道观建成后，写下此诗向礼部呈报。前有诗《百步溪上有仙人张平叔足印，观察朱公绘图入告，得请建祠》，可参阅。少宗伯：礼部侍郎的敬称。此指张廷璐。

[2] 南宫：指礼部。

[3] 躔（chán）度：日月星辰运行的度数。古人把周天分为三百六十度，划为若干区域，辨别日月星辰的方位。

[4] 梓材：指优质的木材。考工：官名。汉少府属官有考工室，后更名为考工，主做兵器弓弩及织绶诸杂工。

[5] 海蟾：指月亮。

[6] 辽鹤：指辽东丁令威得仙化鹤归里事。辽东人丁令威，学道后化鹤归辽，徘徊空中而言曰："有鸟有鸟丁令威，去家千年今始归。"事见晋陶潜《搜神后记》卷一。圆通：通达事理。

[7] 锡封：赐封；赏赐拜封。

[8] 留侯：秦末张良运筹帷幄，佐汉高祖刘邦平定天下，以功封留侯。诗文中常用为称颂功臣之典。

[9] 公辅：古代三公、四辅，均为天子之佐，借指宰相一类的大臣。三垣：泛指刑、吏各部（垣：官署的代称）。

[10] 皇图：指封建王朝。五教：五常之教的简称，指父义、母慈、兄友、弟恭、子孝五种伦理道德的教育。

[11] 江梅：一种野生梅花。

[12] 御李：见《上桐城张相公兼呈宗伯》注释 [44]。

朱轮：古代王侯显贵所乘的车子，因用朱红漆轮，故称。

[13] 铸颜：谓孔子培养其弟子颜渊（颜回）成才，后泛指培养人才。大冶：铸铁，喻培养人才。

[14] 蓬莱：又称蓬壶，神话中渤海里仙人居住的三座神山之一。此处指紫阳观。

甲寅六月，署中构小楼，颜曰太乙，留题壁间[1]

野竹山松盖瓦成，名之太乙簿书清。

晓云涌日升双塔，伏暑侵帘正二庚。

乡梦渐回闻客至，诗篇初选共僧横。

老夫七载无他政，颜度[2]当年识此情。（宋干道间，知县颜度多异政）

【注释】

[1] 雍正十二年（甲寅年，1734）夏，颜肇维建成太乙楼，并题诗壁间，诗中流露出宦游七载后的归乡之思。

[2] 颜度：字鲁子，南宋昆山人。以文章政事名于一时，曾任临海令，累迁工部侍郎等职。

太乙楼落成，友人写余小照悬之壁间，
并貌幼子锺老于侧，酬从叔南浦氏见示四十韵[1]

秋日方南渡，于兹岁七阑。

远游耽薄禄，垂老戒怀安[2]。

谬以庄樗[3]质，时豪律令宽。

僻临司户宅，人识子瞻冠[4]。

昔种江干竹，今移涧底兰。

营巢松顶直，盖瓦竹竿完。

非侈楼台美，休同传舍观。

烟霞琴自古，晴雨燕相欢。

悬古求仙易，官忙证道[5]难。

印开山更绿，绅[6]拖水犹漫。

发历蛮方白，才因海角殚[7]。

监州多谤意[8]，长物实无玕[9]。

乞米常辛苦，摩霄少羽翰[10]。

骅骝何故絷[11]，雕隼不能抟[12]。

所遇虎兼豹，宁愁冲舆[13]繁。

甲兵销九闽，于越出刀刓[14]。

碧岛云帆泊，枫林野露溥。

渔人蛟畏噬，樵径虺[15]成盘。

再住恐无补，乞身未可干。

人思凫绎[16]外，门对泗河澜。

济叔胡家食，弃余若旧莞。

平畴忧旱潦[17]，高树梦檀圜[18]。

祖德凭良史，儒风靖暴奸。

天空谁叫噆，尘起复迷漫。

言念东南郡，放舟洸汶[19]湍。

跻台应近宿，履险拟封丸。

过岭衣全湿，入城雾始干。

生儿音似北，锺老带初鬈[20]。

问客持团扇，买饧[21]置竹箪。

见公辄就抱，呼去知悲酸。

写照挂东壁，乃能记父官。

是伊真爱慕，岂许杂他端。

何者殊方乐，惟寻稚子欢。

长时忌俗学[22]，古调避新弹。

客亦图其貌，流传更莫刊。

声清疑小凤，屡舞见祥鸾。

白画书裙字，青荷裹鲊^[23]餐。

感公珍重意，题句未凋残。

慈幼有何术，还童问大丹。

如公年少日，携向寿春看。

【注释】

[1] 此诗为颜肇维 1734 年建成太乙楼后所作。诗作回忆了为官七年的艰辛历程，表达了归隐乡田的愿望。貌：描绘。酬：酬答。锺老：疑为"锺郎"之误，颜肇维幼子乳名。参看后诗《丙辰夏将去临海漫成》之四原注。

[2] 怀安：谓留恋妻室，贪图安逸。

[3] 庄樗（chū）：无用之才。典出《庄子·内篇·人间世》：惠子对庄子说樗树质地不好，不能成材。后遂以"庄樗"喻无用之才。

[4] 子瞻：苏轼，字子瞻。冠：东坡巾，古代头巾的一种，相传为宋苏轼所戴。

[5] 证道：犹悟道。

[6] 绅：古代士大夫束腰的带子，与前"印"相对。

[7] 殚：用尽、竭尽。

[8] 监州：监察州县之官。谤意：指诽谤之言。典出《后汉书·马援传》："初援在交阯，常饵薏苡实，用能轻身省欲，以胜瘴气。南方薏苡实大，援欲以为种，军还，载之一车。时人以为南土珍怪，权贵皆望之。……及卒后，有上书谮之者，以为前所载还皆明珠文犀。"后因称蒙冤被谤为"薏苡之谤"或"薏苡明珠"。

[9] 长物：佛教用语，原指多余的东西，后来也指像样的东西。玕（gān）：像珠子的美石。

[10] 摩霄：接近云天，冲天。羽翰：翅膀。

[11] 骅骝（huá liú）：指赤红色的骏马，泛指骏马。絷（zhí）：马缰绳，引申为拴住或捆起来。

[12] 隼：一种凶猛的鸟，有长的翼，嘴短而宽，上嘴弯曲并有齿状凸起，是猛禽，善于袭击其他鸟类。抟（tuán）：盘旋。

[13] 舆：车中装载东西的部分，后泛指车。冲舆：指迎送官员的车舆。

[14] 刓（wán）：刻，挖刻。

[15] 虺（huǐ）：古书上说的一种毒蛇。

[16] 凫绎：凫山和绎山（今作峄山），均在山东省邹城市。代指诗人故乡。《诗·鲁颂·閟宫》："保有凫绎。"

[17] 潦（lào）：同"涝"，雨水过多，水淹。

[18] 檀栾：也作"檀栾"，秀美貌，诗文中多用以形容竹子，故也借指竹。

[19] 洸汶：指洸河和汶河。均距诗人家乡曲阜不远。此处借指故乡。

[20] 鞶（pán）：男子束衣的腰带，革制，常用佩玉饰。

[21] 饧（xíng）：饴糖。

[22] 俗学：世俗流行之学。

[23] 鲊（zhǎ）：一种用盐和红曲腌的鱼。

七月，再题太乙楼壁，以示来者[1]

海上营巢十笏[2]宽，成时燕雀更相欢。

羞将薄俸分诸子，留得胡床[3]赠后官。

山色常青当户见，小楼积雨入秋寒。

前贤我爱叔孙婼[4]，葺[5]屋修垣[6]兴未阑[7]。

【注释】

[1] 此诗为颜肇维对太乙楼的第三首题诗。写诗人构筑此楼的初心，表达自己要像叔孙婼一样治理国家。

《曲阜诗钞》本诗题无"七月"二字。

[2] 笏（hù）：古代大臣上朝拿着的手板，用玉、象牙或竹片制成，上面可以记事。

[3] 胡床：又名"交床""交椅""绳床"，一种可以折叠的轻便坐具。

[4] 叔孙婼（？—前517）：叔孙氏，名婼（ruò），一名舍，谥号"昭"，史称叔孙昭子。春秋时代鲁国政治家、外交家。对内和睦诸卿，尽力抵制季氏的扩张，对外奔走诸侯各国，维护鲁国利益。

[5] 葺：用茅草覆盖屋顶；修葺。《曲阜诗钞》本误作"苷"。

[6] 垣：矮墙。

[7] 阑：尽。

题康敬山观海图行乐[1]

将军有远谋，闲上此山坐。

瞠目视东溟[2]，蛟龙不敢过。

古来羊叔子，缓带无人比[3]。

登彼岘山[4]巅，更临楚江水。
君志卓不群[5]，弯弓射海月。
倭人应破胆，将以图麟阁[6]。

【注释】

[1] 此诗是为《康敬山的观海图行乐》所作的题画诗。

行乐：谓作游玩消遣状的人像图画。

[2] 东溟：东海。

[3] "古来"句：化用羊祜"缓带轻裘"的典故，形容儒雅从容的风度。详见《挽江宁令孔北沙》注释 [7]。

[4] 岘（xiàn）山：山在古楚地襄阳南，东临汉水。西晋羊祜镇襄阳时常登此山。此处指位于浙江东阳县南的岘山，原名三丘山。晋义熙间殷仲文守东阳，常登此山。后人比之羊祜，因亦名岘山。

[5] 卓不群：卓尔不群，指才德超出寻常，与众不同。

[6] 麟阁：是汉代阁名，在未央宫中。《三辅黄图·阁》："麒麟阁，萧何造，以藏秘书，处贤才也。"汉宣帝时曾图霍光等十一位功臣像于阁上，以表扬其功绩。

和南浦叔留别二首[1]

其一

秋去春来总索居[2]，一官误我七年余。
未知此别何时见，王谢堂中燕不如。

其二

晚稻开花柏子齐，秋云亚水客行[3]低。
寺门更问重来路，千树梅花小固[4]西。

【注释】

[1] 此诗为一首和诗。诗写对久滞临海、不得自由的感慨。

南浦：颜肇维从叔。

[2] 索居：孤独地散处一方。

[3] 客行：离家远行，在外奔波。

[4] 小固：小固山，位于临海灵江大桥北侧。

乙卯六月朔，梦中句[1]

风约花深锁殿凉，水精[2]帘外微闻香。
珠宫[3]自有真消息，八尺屏风六尺床。

【注释】

[1] 此诗为一首述梦诗。
乙卯：雍正十三年，即 1735 年。此时诗人赴临海任已有八载。
[2] 水精：水晶。
[3] 珠宫：龙宫。

十二岭作[1]

仙居[2]城郭野云西，八载曾经几度迷。
十二岭头秋意老，雨中红树是山溪。

【注释】

[1] 此为诗人经临海十二岭所作。十二岭位于临海之西，清静绝俗，诗人曾多次游经此处。
[2] 仙居：仙居县，今属于浙江省台州市，在临海市西部，多山，灵江、椒江发源于此。

题詹明远小照[1]

柳树东风里，桃花三两家。
人间无此地，客思寄天涯。
洞口经年别，湖干小径斜。
刘郎何不返，久矣冷胡麻[2]。

【注释】

[1] 此为一首为友人作的题照小诗。诗中描绘了美丽的春光，表达了游子的思归之情。
[2] "刘郎"句：化用刘晨访仙故事。据南朝宋刘义庆《幽明录》等书记载，东汉剡县人刘晨、阮肇入天台山采药，遇二仙女邀至家，食以胡麻饭。留半年，求归，子孙已历七世。胡麻：胡麻饭，芝麻做成的饭。常指仙人所

吃的食物。

送汪绎南游楚[1]

扁舟[2]遥指楚江边，水驿梅花怅[3]各天。

劣马看乘庾翼[4]少，捷书折屐[5]谢公先。（时苗疆未靖，
故及之）

阮溪世好皆如鹤，回浦[6]官清可喻禅。

只恐君归予又去，瓜期[7]得及岁中迁。

【注释】

[1] 此诗为一首赠别诗。

[2] 扁（piān）舟：小船。

[3] 怅（chàng）：失意，不痛快。

[4] 庾翼（305—345）：字稚恭，颍川鄢陵（今河南省鄢陵县）人，世称
小庾、庾征西。东晋中期将领，曾任振威将军、鄱阳太守等。

[5] 屐：木齿鞋。谢公：指谢灵运。南朝宋诗人谢灵运游山时穿一种前后
齿可装卸的木屐，“上山则去前齿，下山去其后齿”（见《宋书·谢灵运
传》）。时人称为“谢公屐”。

[6] 回浦：古县名，在今台州市椒江区章安街道。西汉时始置县。

[7] 瓜期：官吏任期届满。

水家洋记梦[1]

残月半天野店寒，微名老去戒怀安[2]。

梦回古渡荒山里，八载乡关各惘然[3]。

【注释】

[1] 此为一首记梦诗。写诗人任职临海县令八年，虽然官卑年老，但依然
力戒安逸，尽职尽责。

水家洋：今浙江省台州市黄岩区院桥镇水家洋村。

[2] 怀安：谓留恋妻室，贪图安逸。

[3] 惘然：心中若有所失。

班竹同俞子仲观题逆旅壁[1]

官况清贫似范丹[2]，东风腊味两相干。
野烧欲断仍青草，古涧天斜尽急湍。
柳色东湖迟我绿，梅花村店几人看。
负盐鬻枲[3]皆劳事，晓色苍茫过岭寒。

【注释】

[1] 此为一首旅舍题壁诗。逆旅：客舍、旅店。

[2] 范丹：一作范冉，字史云，东汉名士。虽清贫而自守，时或粮绝，穷居自若。后以范丹为古代廉吏典范。

[3] 鬻（yù）：卖。枲（xǐ）：大麻的雄株，亦泛指麻。纤维可做麻布。

天姥岭[1]

平岭有何奇，青莲梦见之。
东来合行役，落日不知疲。
风堕[2]松间雪，烟远谷口炊。
凭谁访丹诀[3]，经过至今疑。

【注释】

[1] 此诗为颜肇维过天姥岭时而作，表达了诗人对天姥山奇绝景色的赞美之情。诗中"风堕松间雪，烟远谷口炊"，将自然界的清风与人间的炊烟相对，"堕""远"两字，动静结合，可谓佳句。

天姥岭：在浙江省新昌县南16公里，层峦叠嶂，千态万状。相传登顶可闻天姥（天母）歌声，故名。李白有《梦游天姥吟留别》诗，曰："天姥连天向天横，势拔五岳掩赤城，天台四万八千丈，对此欲倒东南倾。"

[2] 堕：掉下来，坠落。

[3] 丹诀：炼丹术，泛指炼丹的方法。

南明寺[1]

寺门万竿竹，绝壁倚青霄[2]。
石佛高百尺，名僧传六朝。

夕岚生客袂[3]，游屐谢同僚。

过岭蓝舆[4]近，手扪[5]白鹤巢。

【注释】

[1] 此诗为颜肇维过南明寺所作。南明寺在六朝时便高僧会聚、信众云集，如今南明寺依旧巍然屹立于绝壁之上、翠竹丛中。

南明寺：位于今临海市杜桥镇。

[2] 青霄：青天、高空。

[3] 岚（lán）：山林中的雾气。袂（mèi）：指衣袖。

[4] 蓝舆：竹轿。

[5] 扪（mén）：摸。

清风岭[1]

元师昔日下台州，楼上红颜马上愁。

百丈岭[2]头古祠下，独标高节[3]对清流。

【注释】

[1] 此诗为颜肇维过清风岭所作，表达了对高尚气节的赞美。

清风岭：在今浙江省嵊州市北。原名清枫岭。宋末临海民妻王氏为元兵所掠，过此岭，啮指写诗石上，投崖而死。后人慕其高风亮节，易名为清风岭。

[2] 百丈岭：百丈岩，在嵊州市北，距清风岭不远。山下有纪念临海民妻的庙宇，现为绍兴市文物保护单位。

[3] 高节：高尚的节操。

渡钱塘[1]

钱塘江十里，五里水沙平。

深处方摇橹，无潮自可行。

轻帆风四面，浅水驾牛车。

秦望[2]舟中见，江梅几处花。

【注释】

[1] 此诗为诗人过钱塘江所作。时值冬季，又值退潮，江水并不深，浅水处牛车即可通过。在船上可以看到秦望山，江畔还盛开着几处梅花。

[2] 秦望：秦望山，在今杭州市西南，钱塘江北岸。

六一泉谒六叔检讨公祠[1]

绝妙湖山六一泉，涧毛冷祀转凄然。

春风帘阁论文日，（六叔督学浙中，予尝从游）寒食僧楼
对雨年。（雍正己酉[2]春日曾来展拜）

重到环胡皆老大，微官兄弟费周旋。（从弟亮补壶关[3]令）

苏堤北去行宫近，五度门前系画船。

【注释】

[1] 此诗为颜肇维过杭州六一泉拜谒颜光敩祠所作。颜肇维的六叔颜光敩
曾任浙江学政，为浙江的教育事业做出重要贡献，受到当地人的景仰，离职后
建祠纪念。颜肇维途经杭州，特地瞻拜颜光敩祠堂，感触良多。

六一泉：位于杭州市孤山南麓，泉上有半壁亭。北宋诗人苏轼任职杭州
时，为纪念欧阳修（号六一居士）所建。检讨：职官名，负责掌修国史，与
修撰、编修同为史官，清代设于翰林院。颜光敩入翰林院授检讨之职，故称
"检讨公"。

[2] 雍正己酉：雍正七年（1729）。

[3] 亮：指颜光敩的长子颜肇亮。壶关：今山西省壶关县。

灵隐寺怀义果[1]

门外一峰是飞来，云根流泉冷客怀。

老树宿雾常蔽日，鸣鹤在阴独徘徊。

梵钟佛火昔来处，前日诗僧今已去。

骆丞逃名[2]人不知，只说风流白太傅[3]。

【注释】

[1] 颜肇维过杭州灵隐寺有感于骆宾王逃名不居与白居易诗酒风流，发而
为诗。灵隐寺地处杭州西湖以西，背靠北高峰，面朝飞来峰，林木耸秀，云烟
万状。

义果：颜肇维友人，诗僧。

[2] 骆丞：指骆宾王（约638—684），字观光，婺州义乌（今浙江省义乌
市）人，唐代诗人，"初唐四杰"之一，曾任临海丞，不得志，辞官。逃名：

逃避声名而不居。骆宾王有《晚泊江镇》诗："振影希鸿陵，逃名谢蚁丘。"（蚁丘：比喻僻小之地）

[3] 白太傅：白居易（772—846），字乐天，号香山居士，唐代著名诗人，曾任杭州刺史。因晚年官太子少傅，故"白太傅"之称。白居易于杭州任上留下了让人缅怀的政绩，也流传下来许多描写杭州及西湖美景的诗词文章与传闻逸事，故又有"风流太守"之美称。

南屏寺[1]

古寺湖南岸，雷峰断塔[2]边。

僧鸣钟向夕，佛现世成颠[3]。

问水初离郭，乘舟似上天。

梅花春信早，横放使君前。

【注释】

[1] 此诗为诗人过南屏寺所作。南屏寺位于浙江省杭州市西湖南岸，雷峰塔对面，"南屏晚钟"为"西湖十景"之一。

[2] 雷峰断塔：又名皇妃塔、西关砖塔，位于浙江省杭州市西湖夕照山的雷峰上。"雷峰夕照"为西湖十景之一。明时遭倭寇火烧而成为"残塔""断塔"。

[3] 颠：同"癫"，精神错乱。形容人们的精神状态。

剡溪[1]

彳亍[2]山行并水行，江干一月滞归程。

东山何处谢公屐[3]，剡水不关戴子[4]情。

暖入溪毛[5]分半绿，青垂柳眼欲全明。

轻舟已过清风岭[6]，城角夭桃[7]向我迎。

【注释】

[1] 此诗为颜肇维过剡溪所作。诗人因事在杭州滞留一月有余，此时正欲归去，故而有轻舟已过万重山之感。

剡溪：见《新昌道中》注释[3]。

[2] 彳亍（chì chù）：慢慢走，走走停停的样子。

[3] 谢公屐：谢灵运所穿的木齿鞋。详见《送汪绎南游楚》注释[5]。

　[4] 戴子：指戴安道。南朝宋刘义庆《世说新语·任诞》曾记有王子猷雪夜剡溪乘舟访戴故事。

　[5] 溪毛：溪涧中的水草。

　[6] 清风岭：在今浙江省嵊州市北，剡溪所经之地。详见前诗《清风岭》注释 [1]。

　[7] 夭桃：艳丽的桃花。

贾似道故里[1]

南朝相国贾秋壑，千载犹传旧里门。
独恨木棉庵里事，江头新鬼未招魂[2]。

【注释】

　[1] 此为写贾似道故里的诗作。

　贾似道 (1213—1275)：字师宪，号悦生、秋壑，浙江天台屯桥松溪人。宋理宗时封为临海郡开国公，拜为右丞相兼枢密使，并以"师臣"相称，百官都称其为"周公"。度宗即位后不久，贾似道升任太师、平章军国重事，南宋德祐元年 (1275) 贾似道以精兵十三万出师应战元军于丁家洲 (今安徽省铜陵市东北江中)，大败，乘单舟逃奔扬州。群臣请诛，乃贬为高州团练副使，循州安置。行至漳州木棉庵，为监押使臣会稽县尉郑虎臣杀死。

　[2] 招魂：指迷信的人招回死者的灵魂。

题李军门馥郁小照[1] (二首)

其一

小幅凌烟[2]不世才，将军意气何雄哉。
据床[3]想弄江天笛，折桂[4]曾分殿角杯。
桐叶楼边开晚霁[5]，藕花帘外度轻雷。
当时缓带传羊叔，剑佩今看甬上来[6]。

其二

少随天仗殿西东，吴越年来第一功。
剖竹[7]相逢沧海上，论交同在此山中。

北平事业人如昨，南国楼台画最工。

风起庾尘[8]应不到，名高大树荫兰丛。

【注释】

[1] 此诗为题像诗。

军门：清代对提督的尊称。此处指曾任浙江总督的李之芳。李之芳（1622—1694），山东武定（今惠民县）人，字朱仲，号邺园。清顺治四年（1647）进士。康熙十二年（1673）至二十一年（1682）任浙江总督，参与平定耿精忠叛乱。后官至文华殿大学士兼吏部尚书。小照：肖像。

[2] 小幅：尺幅不大的书画。凌烟：凌烟阁的简称。封建王朝为表彰功臣而建筑的绘有功臣图像的高阁。

[3] 据床：《晋书·桓伊传》："伊是时已贵显，素闻徽之名，便下车，踞胡床，为作三调，弄毕，便上车去，客主不交一言。"后以"据床"为吹笛的典故。

[4] 折桂：科举及第。

[5] 霁（jì）：雨雪停止，天放晴。

[6] "当时"句：谓李之芳原是轻裘缓带，仪态从容，很有儒雅的风度，现在身佩宝剑，来浙总督军务。缓带、羊叔：参见卷二《挽江宁令孔北沙》注释 [7]。甬上：代指浙江。甬：甬江。在浙江，流过宁波。

[7] 剖竹：古代授官封爵，以竹符为信。剖分为二，一给本人，一留朝廷，相当于后来的委任状。南朝宋谢灵运《过始宁墅》诗："剖竹守沧海，枉帆过旧山。"

[8] 庾尘：《世说新语·轻诋》："庾公权重，足倾王公。庾在石头，王在冶城坐。大风扬尘，王以扇拂尘曰：'元规尘污人！'"元规，庾亮字。王导恶亮权势逼人，故发此语。后以"庾尘"或"庾公尘"喻权贵的气焰。

赠国清寺一山和尚[1]

拾得寒山道已成，绕门雪涧四时清。

枫杉千树无亭午，钟磬留云作雨声。

老衲[2]春闲常到郡，先皇赐住久闻名。

僧来且饮东湖水，为说新茶带雾生。

【注释】

[1] 此诗为一首赠诗。诗中回忆了与一山和尚的友情，期盼友人到东湖重访，话旧品茶。

国清寺：位于浙江省台州市天台县天台山麓，为佛教天台宗发源地。始建于隋开皇十八年（598），初名天台寺，后改名为国清寺。寺内有纪念诗僧寒山、拾得的三贤祠、寒拾亭。

[2] 老衲：年老的僧人。

丙辰夏将去临海漫成[1]（四首）

其一

先皇释莱[2]及春朝，曾向宫中拜帝尧。

昔有吴公能荐士，才非贾傅[3]又回朝。

印文[4]竹下初生绿，海气年来老赐貂。（甲辰释莱，蒙世宗召见，赐貂鼠墨纻，戊申以荐为临海令）

羊舌公孙官自古，行人到处采风谣。[5]（《左传》：晋行人羊舌肸，郑行人公孙挥）

其二

九载乘舟海上来，于今欲去重徘徊。

簿书下考[6]方吾事，咨格中朝竟我推。

枫树雨中辞二固，仙家云里过天台。

北行只恐家人问，依旧残衫破帽回。

其三

不及刘君与廉范[7]，东园种树大于村。

胡床挂柱遗新令，太乙[8]名楼念旧恩。（昔游太学，圣祖时曾教习八旗子弟，故名署中楼曰太乙）

初夏田间收麦豆，女郎祠下散鸡豚[9]。

临行父老无他语，莫遣儿孙识县门。

其四

积雨高楼爽气侵，曈曈[10]旭日破轻阴。

江山却似新婚别，猿鸟还如去国心。

但见民情知治法，欲书家诫作官箴[11]。

他时风土凭谁记，听我锺郎是越音。（壬子八月，小子锺生于临署）

【注释】

[1] 此诗为乾隆元年（丙辰年，1736）颜肇维离任前所作。诗中回顾了九年来任职临海的情景，如今回朝复命，颇有依依不舍之感。临行时临海父老默默相送，目睹临海民风的改变，百姓知法守度，自己也感到些许欣慰。

[2] 释菜：指祭拜孔子。此处指雍正二年（1724）胤禛到国子监祭孔，行释典礼。

[3] 贾傅：贾谊，因曾任职长沙王太傅，故称。

[4] 印文：用印花模子刻出花纹，趁模胎未全干，用印模在上面印出花纹。

[5]"羊舌"句：谓像羊舌肸（xī）和公孙挥这样的官自古就有，作为帝王的使臣到下边了解民风民情。羊舌：指羊舌肸，字叔向，又称叔肸、杨肸，春秋时期荀国绛州人，为晋国大夫，历事晋悼公、晋平公、晋昭公三世。公孙：指公孙挥，字子羽，春秋时郑国大夫。行人：即"道人"，古代帝王派出去了解民情的使臣。《书·胤征》："每岁孟春，道人以木铎徇于路。"《左传·襄公十四年》："故《夏书》曰：'道人以木铎徇于路。'"杜预注："道人，行人之官也……徇于路，求歌谣之言。"

[6] 下考：官吏考绩列为下等。

[7] 廉范：指范丹，东汉名士，代指贫困而有操守的贤士。详见前诗《班竹同俞子仲观题逆旅壁》注释[2]。

[8] 太乙：古星名。也称帝星，俗称紫微星。古代用来象征皇帝。

[9] 豚（tún）：本指小猪，泛指猪。

[10] 曈曈（tóng）：日出光明的样子。

[11] 家诫：颜光敏著有《颜氏家诫》一书。箴（zhēn）：古代一种文体，常用作劝诫。

留别太平徐同寅括庵[1]（二首）

其一

海云酿雨色殷殷[2]，草长空斋簿领闲。
诗好重沽太平酒，官贫未买秣陵山[3]。

女桑生椹蚕丝白^[4]，小麦初黄雉子^[5]斑。
词客徐陵^[6]愁此别，鹧鸪声里唱阳关^[7]。

其二

浮澥^[8]年来渐有涯，蛟宫^[9]过后转惊嗟。
蓬莱采药留徐市^[10]，洞府裁书问我家。
日近长安堪乞米，梦游东越便乘槎^[11]。
他时况味君能忆，瘦马朝衫辇路^[12]沙。

【注释】

[1] 这两首诗为颜肇维与同僚留别之诗，表达了对徐括庵的依依不舍之情。
徐括庵：见前《东太平徐令尹括菴》注释 [1]。同寅：同僚。

[2] 殷殷（yān）：深红或黑红色。

[3] 秣陵山：疑为当时一种有名的高价酒。秣陵：南京的古称。

[4] 女桑：小桑树。椹（shèn）：同"葚"，桑树的果实；桑葚。

[5] 雉子：野鸡崽，即幼小的野鸡。

[6] 徐陵（507—583）：字孝穆，东海郯（今山东省兰陵县）人，南朝梁
陈间的诗人、文学家。此处指徐括庵。

[7] 鹧鸪：是鸟类的一种，体形似鸡而比鸡小，羽毛大多黑白相杂，在草
丛或灌木丛中做巢产卵。阳关：位于甘肃省敦煌市西南，是古代通往西域的咽
喉之地。此处化用王维的《渭城曲》诗句："劝君更尽一杯酒，西出阳关无
故人。"

[8] 澥（xiè）：海。

[9] 蛟宫：龙宫。

[10] 徐市：也作徐福。秦朝时齐地琅邪术士，相传曾带人去东海为秦始
皇求取长生不老药，遍游东海也没有找到仙药，因惧怕秦始皇责罚未回，而带
着船队向遥远的大海驶去。

[11] 乘槎（chá）：乘坐竹、木筏。典出晋张华《博物志》卷十。泛指
乘船。

[12] 朝衫：朝服。辇路：天子车驾所经的道路。

丙辰四月，留题真如寺壁[1]

僧楼兀坐[2]少逢迎，鸟送春归作曼声[3]。
前度种松高数尺，此来刻石共题名。
水如衣带回环出，岭似羊肠踯躅[4]行。
我欲留诗别开士，芝山[5]相对倍含情。

【注释】

[1] 此诗为颜肇维离任前在临海真如寺的题壁诗。任职九年，临海的一山一水都给颜肇维留下深刻的印象，诗中表达了诗人对临海的依依不舍之情。

丙辰：乾隆元年，即1736年。真如寺：见《宿真如寺》注释 [1]。

[2] 兀坐：独自端坐。

[3] 曼声：舒缓而长的声音。

[4] 踯躅（zhí zhú）：徘徊不前。

[5] 芝山：位于今临海市小芝镇。

去临海留别王香岑、蒋若岸秀才[1]

秋雨旋收海气蒸，半街落叶思腾腾。
青山笑尔偏归去，二客从余实不能。
越酒茱萸经九度，吴船欸乃[2]过三陵。
相逢且莫嗔官长，行李[3]分明是野僧。

【注释】

[1] 此诗为离任时与王香岑、蒋若岸二位秀才留别赠诗。颜肇维任临海县令，与二人重阳登高、诗酒友谊，共处九年，此时即将离去，颇有依依不舍之感。

[2] 欸（ǎi）乃：象声词。摇橹声。

[3] 行李：行旅。此指行旅的人。

重过缑城[1]

树老霜浓着意侵，半溪红叶碧山岑[2]。
北来宾雁迷乡土，久住蛮家解异音。
宿雨初晴欣见日，野云归岫[3]总无心。

计程莫问昔年路，三过缑城秋已深。

【注释】

[1] 此诗为颜肇维过缑城即景之诗。诗人描绘了霜染红叶、雨过初晴的景色，表达了对家乡的思念。

缑（gōu）：宁海县城关的别称。

[2] 岑（cén）：小而高的山。

[3] 岫（xiù）：山洞。

美锦曲留别朱观察涵斋公[1]

美锦初裁日，依公阿阁旁。

不嫌针线拙，常近桂兰香。

越女[2]妒纤手，天孙[3]生夜光。

鲛宫[4]开吉贝，霜瓦露鸳鸯[5]。

售岂连城价，覆同步璋[6]良。

湖山思玉辇[7]，可以奉君王。

【注释】

[1] 此诗借留别朱观察写织锦的美丽高贵。

朱涵斋：朱伦瀚（1680—1760），字涵斋，又字亦轩，号一三，山东历城人，先世隶汉军正红旗，康熙武进士。康熙年间曾任衢州知府、宁波知府，提调浙江乡闱。乾隆年间官至本旗副都统。擅指画。著有《闲清堂集》。观察：职官名，清代对道员的尊称。主管范围有按地区省份者，有按职务范围者。

[2] 越女：古代越国多出美女，西施尤著，后因以泛指越地美女。

[3] 天孙：星名，即织女星。

[4] 鲛（jiāo）宫：鲛室，谓鲛人水中居室。

[5] 鸳鸯：鸟名，常用来比喻男女之间的爱情。

[6] 璋：玉器名，其形犹如圭之上端斜削去一角，而形制大小厚薄长短，因所事不同而异，在朝聘、祭祀、丧葬、发兵时用以表示瑞信。

[7] 玉辇：天子所乘的以玉为饰的车。

为冯太守志别[1]

行行重行行，乾隆之元祀[2]。

念彼古人言，知我者鲍子[3]。

素餐赤城霞，于今九年矣。

邂逅[4]大冯君，宦游似乡里。

屡荷始平荐，下考阳城[5]是。

二月见除书[6]，公喜胜予喜。

谓余释负担，将乞米燕市。

谓予治此邦，以无事为理。

常恐从此别，后会未可拟。

侧耳听公言，再拜不能起。

予本耕田夫，垂老方学仕。

衣冠不入时，言辞多拙鄙[7]。

辜负二顷田，龟阴阻杖履[8]。

从事簿书中，颇能爱廉耻。

有濑可投金[9]，无车反载苡[10]。

治行非第一，老骥耐鞭棰[11]。

自与亲友别，松风长马齿[12]。

白日虽无私，阴崖照独弛。

寥寥宇宙间，惟公更爱士。

拔于污泥中，置之云霄里。

生肉傅白骨，温风活兰芷[13]。

孔龟岂云酬，杨雀自可俟[14]。

天台高复高，同游山之址。

灵江清复清，同饮江之水。

波臣[15]昔作难，为长蛇封豕[16]。

毒螫潜肘腋[17]，桑麻变荆杞[18]。

我朝四圣君[19]，垂衣[20]惟恭已。

文德来远人，折戟埋故垒[21]。

守令布恩膏[22]，讼庭下驯雉[23]。

汉时昼一歌，懿规在良史。

所期不变法，崔苻少奸宄[24]。

更望岁屡丰，良民乐耘籽[25]。

村路蔽松篁[26]，裹[27]盐走越婢。

巾子双塔烟，万古青何已。

隔城见海潮，帆落舟初舣[28]。

转恨去时难，迟迟戒行李。

行人职四方，雁门或奉使。

黄羊青草间，白登访甲第。

苶苶[29]江潭橘，过江不为枳[30]。

处父成季属，私心托君子。

【注释】

[1]　此诗是与冯太守的留别诗。诗中详细记述了冯太守对自己的举荐关爱与知遇之恩，表达了对友人的感激之情。

太守：郡或府的行政长官。

[2]　元祀：指元年。

[3]　鲍子：鲍叔牙，以善知人闻名，曾为周武王举荐姜尚。

[4]　邂逅：不期而遇。

[5]　下考：科举考试或官吏考绩列为下等。阳城：字符崇，唐德宗时人，为谏议大夫，据《旧唐书·隐逸传·阳城》，城出为道州刺史，体恤民苦，赋税不能加额，观察使数加诮让。州上考功第，城自署其第曰："抚字心劳，征科政拙，考下下。"后以"阳城拙"为官员体恤民苦的典故。

[6]　除书：拜官授职的文书。

[7]　拙鄙：粗俗拙笨。

[8]　龟阴：古邑名，因位于龟山之北，故名。在今山东省新泰市西南，春秋时属鲁国。此处指诗人故乡曲阜。杖履：老者所用的手杖和鞋子。

[9]　有濑可投金：汉赵晔《吴越春秋·阖闾内传》载：春秋时伍员由楚逃吴途中，于濑水旁向洗衣女乞食。食毕，嘱女掩其壶浆，以免暴露行踪。女子因为被疑而投水自杀，以示贞信。后伍员重过濑水，叹息不已，因无由报答，于是投百金于水而去。后以"投金"为报恩之典。

[10]　无车反载苡：谓辞官归来时两袖清风，身无长物。《后汉书·马援传》载："初援在交阯，常饵薏苡实……南方薏苡实大，援欲以为种，军还，载之一车。"反，同"返"。苡：薏苡。植物名，也指这种植物的果实，即薏苡仁，含淀粉，供食用、酿酒，并可入药。

[11] 鞭棰（chuí）：鞭打。

[12] 马齿：马的牙齿随年龄而添换，看马齿可知马的年龄，故常以为谦辞，借指自己的年龄。

[13] 兰芷：兰草与白芷，皆香草。

[14] 俟（sì）：等待。

[15] 波臣：水族，古人设想江海的水族也有君臣，其被统治的臣隶称为"波臣"。这里指倭寇。

[16] 长蛇封豕：大蛇大猪，常比喻贪暴者、侵略者。

[17] 肘腋：胳膊肘儿和腋窝。借指要害之处。

[18] 荆杞：指荆棘和枸杞，皆野生灌木，带钩刺，每视为恶木。因亦用以形容蓁莽污秽、残破萧条的景象。

[19] 我朝四圣君：指清朝前期顺治、康熙、雍正、乾隆四位皇帝。

[20] 垂衣：谓定衣服之制示天下以礼。用以称颂帝王无为而治。

[21] 折戟埋故垒：折断了的戈戟埋没在旧战场。谓停止战争。

[22] 恩膏：犹恩泽。

[23] 讼庭：讼堂。驯雉：《后汉书·鲁恭传》："建初七年，郡国螟伤稼，犬牙缘界，不入中牟。河南尹袁安闻之，疑其不实，使仁恕掾肥亲往廉之。恭随行阡陌，俱坐桑下，有雉过，止其傍。傍有童儿，亲曰：'儿何不捕之？'儿言：'雉方将雏。'亲瞿然而起，与恭诀曰：'所以来者，欲察君之政迹耳。今虫不犯境，此一异也；化及鸟兽，此二异也；竖子有仁心，此三异也。久留，徒扰贤者耳。'"后以"驯雉"称颂地方官吏施行仁政、泽及鸟兽之典。

[24] 萑苻（huán fú）：泽名。《左传·昭公二十年》："郑国多盗，取人于萑苻之泽。"后以称盗贼出没之地。奸宄（guǐ）：奸邪、作乱。

[25] 耘耔（zǐ）：谓除草培土。泛指从事田间劳动。

[26] 篁：竹林、竹丛。

[27] 褢（huái）：古同"怀"，怀藏、夹持。

[28] 舣（yǐ）：停船靠岸。

[29] 芾芾（fú）：草木茂盛的样子。

[30] 枳：亦称"枸橘"，落叶灌木或小乔木，小枝多刺，果实黄绿色，味酸不可食。《周礼·考工记序》："橘逾淮而北为枳。"

答玉环李司马存存，即用留别[1]

横海开山建玉环，髯公为政鬓毛斑。
人旋麦熟霞城后，书到茶生雁宕[2]间。
昔日迂疏[3]都是错，他年文字不须删。
越禽胡马分南北，哪得归田共往还。

【注释】

[1] 此诗为与同僚李存存的留别诗。

玉环：今属浙江省台州市，清雍正六年（1728）于玉环山地置玉环厅。

司马：职官名，知州的助手。清代厅与州、县同级，其行政长官谓同知或通判。

[2] 雁宕：雁荡山，位于浙江省东南部。

[3] 迂疏：迂远疏阔。

别仙居令何梅岩 （开州人）[1]

何郎作令古仙居，荐起开州万里余。
村女缫丝依竹柏，野人种蕈饱猿狙[2]。
县中酒贱来江水，辇下官闲有敝庐[3]。
今岁浙中征调[4]少，黔师初捷见家书。

【注释】

[1] 此诗为颜肇维与仙居令何梅岩的离别诗。

仙居：地处台州市西部，与临海市毗邻相连。开州：明崇祯四年（1631）置开州，在今河南省境内。清朝时辖濮阳、清丰、南乐。

[2] 蕈（xùn）：生长在树林里或草地上的菌类伞状植物，有的可食。猿狙（jū）：亦作“猨狙”，泛指猿猴。

[3] 辇下官闲有敝庐：是说诗人在北京只是个闲官，有自己的房舍。

[4] 征调：征集和调用人力、物资。

留别黄岩鲁令尹耘庄[1]

瓜期[2]屡过总前缘，随分[3]除官亦偶然。

未必桑田都是海，谁云勾漏[4]可求仙。

鱼头[5]合作青袍[6]客，乌哺[7]行登太史篇。

烟白竹青从此别，灵江驷落夕阳边。

【注释】

[1] 此诗为颜肇维与黄岩令鲁耘庄的留别诗。

黄岩：县名，今台州市黄岩区。令尹：县、府等地方行政长官，此处指知县。

[2] 瓜期：原指戍守一年期满，后用以指官吏任期届满。

[3] 随分：安分、守本分。

[4] 勾漏：山名，在今广西壮族自治区北流市东北，因其山峰耸立如林，溶洞勾曲穿漏，故名，为道家所传三十六小洞天的第二十二洞天。

[5] 鱼头：比喻为人刚直，办事不肯通融的人。

[6] 青袍：学子所穿之服，这里借指学子。

[7] 乌哺：旧称乌鸟能反哺其母，常喻人子奉养其亲。

卷 四

丙辰腊月将去杭州，留别孔分司竹庐 (三首)[1]

其一

孔坛颜巷鲁城中，街北街南来往通。
今日相逢湖上雪，涌金门[2]外各西东。

其二

长至怀归[3]雪后天，重阴不散吴山[4]前。
官闲近事偏能说，子弟抄书索俸钱[5]。

其三

头白移官又北行，吴船越水夜三更。
杭州只合分司住，杨柳朝云爱后生[6]。

【注释】

[1] 乾隆元年（丙辰，1736），颜肇维结束任期经杭州北归，与在杭州任职的同乡后生孔竹庐留别赋诗。

分司：明、清于盐运司下设分司，为管理盐务的官员。

[2] 涌金门：杭州的西城门。

[3] 怀归：思归故里。

[4] 重阴：指云层密布的阴天。吴山：又名胥山、城隍山，在今浙江省杭州市西湖东南。

[5] 俸钱：官吏所得的薪金。

[6] 后生：青年男子、年轻人。

舟泊嘉兴，少司寇冯澍臣赠宣垆赋谢[1]

相随几载共鸠署[2]，题字曾看宣德年。
寒日门庭宜老树，西园宾客减归田。
虞山[3]燕市休回首，岁暮江关更惘然。（丁未别司寇于京

师，戊申别于常熟)

【注释】

[1] 此诗为写给故交冯澍臣的感谢诗，诗中表达了与友人深厚的友情。冯澍臣是颜肇维的老上司，两人曾有"三别"：一是冯澍臣丁未年（雍正五年，1727）离京赴常熟任时；二是颜肇维戊申年（雍正六年，1728）赴任临海、过常熟时；三是颜肇维这次离任临海北归过常熟时。

司寇：职官名，西周时始置，春秋战国时沿用，主管刑狱、纠察。后世则俗称刑部尚书为大司寇，侍郎为少司寇。宣炉：宣德炉（也作"炉"），明朝宣德年间铸造的铜质香炉，为著名工艺品。

[2] 鸠署：简陋的衙门。

[3] 虞山：江苏常熟境内的一座山，横卧于常熟城西北，北濒长江，南临尚湖，因商周之际江南先祖虞仲（仲雍）死后葬于此而得名。

平望湖[1]

渔火繁星水汽铺，银丝三寸酒堪沽。(银丝小鱼)
谁能割取王郎手，来画寒宵莺脰湖。

【注释】

[1] 此诗为经过苏州时，诗人见繁星满天、渔火点点有感而作。北归途中，诗人不忘品尝鲜美的银丝小鱼，观赏莺脰湖的美景。

平望湖：平望莺脰（脰：音 dòu，脖颈）湖，位于今苏州市吴江区平望镇，相传是吴越春秋时范蠡所游的五湖之一，以其形似莺的脖子而得名。

虎阜步月遇丹阳主簿孔雨村[1]

剑池[2]寒夜月，何意更逢君。
主簿官名好，练湖[3]渔税分。
莱阳祠[4]下客，夫子瓮中[5]云。
沽酒呼僧出，敲棋不可闻。

【注释】

[1] 此诗为颜肇维过苏州时在虎阜月下散步时巧遇故人而作。

虎阜：虎丘，位于苏州城西北郊，距城区中心五公里。相传春秋时吴王夫差葬其父于此，葬后三日有白虎踞其上，故名。丹阳：今江苏省丹阳市，由镇江市代管。主簿：职官名，县令的属官，掌管文书等。孔榆村：名衍谱，孔尚任子，山东曲阜人。详见卷一《送孔榆村之汴》注释 [1]。

[2] 剑池：在虎丘，终年不干，清澈见底，可以汲饮。据方志记载，剑池下面是吴王阖闾埋葬的地方，据说阖闾入葬时将"专诸""鱼肠"等三千宝剑作为殉葬品埋在其墓中。

[3] 练湖：在今江苏省丹阳县城西北。据说三国吴大将军周瑜在此操练水军，故名。

[4] 莱阳祠：为纪念莱阳人姜采所建。姜采（1607—1673），字如农，号敬亭山人，明末清初学者。明崇祯朝以弹劾权贵受廷杖入狱，谪戍宣城卫。晚年流寓苏州。明亡后与弟姜垓以遗民居吴下。门人私谥"贞毅先生"，立祠于虎丘剑池之侧。

[5] 夫子：指孔榆村。瓮中：指铁瓮城，镇江古城，为三国时吴孙权所筑。

腊月十九日，大风行丹阳河上，夜宿京口僧房有作[1]

长风吹折独轮车，夜投江上破寺宿。
得食不眠有所思，许浑别业[2]城南曲。
褚公筑埭丁卯成[3]，一桥亚水印寒玉[4]。
诗人买宅铁瓮[5]边，石燕江豚诗兴足。
有明相国杨安宁[6]，移家亦爱此净渌[7]。
海云长挂阁老亭[8]，村日卓午[9]散松竹。
我询古迹今在否，僧曰杳矣剩空谷。
颓垣[10]老屋送夕阳，丁卯桥断横古木。
诗名相业[11]俱不存，世事升沉如转毂[12]。
天明过江欲北去，安能拂郁徒踟蹰[13]。
君不见晏子宅与元亮井[14]，今日皂隶[15]昔公族[16]。

【注释】

[1] 此诗为乾隆元年（1736），颜肇维经丹阳夜宿京口僧房有感而作。这里是晚唐诗人许浑的长眠之地，有明一朝镇江出过杨一清、靳贵等馆阁重臣。现如今他们的诗名相业都已荡然无存，只剩荒山古墓、颓垣断桥，流露出诗人的世事沧桑、虚无空幻之感。

京口：今江苏省镇江市。

[2] 许浑：字用晦（一作仲晦），润州（今江苏省镇江市）人。晚唐诗人。别业：与"旧业"或"宅第"相对而言，业主往往原有一处住宅，而后另营别墅，称为别业。

[3] 埭（dài）：堵水的土坝。丁卯：丁卯桥，在镇江市南运河上。东晋元帝时，粮船出京口，河水浅涸，在此筑坝，以丁卯日完成，故取名丁卯桥。晚唐诗人许浑居此处读书写诗，并把诗集取名为"丁卯集"。

[4] 寒玉：一种玉石，也称硬玉，常用以形容清冷雅洁的东西。

[5] 铁瓮：铁瓮城，京口（今江苏省镇江市）北固山前的一座古城。

[6] 杨安宁：杨一清（1454—1530），字应宁，号邃庵，别号石淙，明朝南直隶镇江府丹徒（今属江苏省镇江市）人，因祖籍云南安宁，故称杨安宁。明宪宗成化八年（1472）进士，历经成化、弘治、正德、嘉靖四朝，为官五十余年，官至内阁首辅，号称"出将入相，文德武功"，才华堪与唐代名相姚崇媲美。卒赠太保，谥文襄。今镇江市丹徒区芦湾村有杨一清墓。

[7] 渌（lù）：水清澈。

[8] 阁老亭：靳贵（1464—1520），字充道，号戒庵，江苏丹徒人，明武宗时为太子少保、户部尚书、武英殿大学士，入阁朝政。靳贵墓位于丹徒十里长山北的东凤凰山下，与杨一清墓相距不到五公里。当地人称其墓为"阁老墓"。

[9] 卓午：正午。

[10] 颓垣：坍塌的墙。

[11] 相业：宰相的功业。

[12] 毂（gǔ）：车轮的中心部位，周围与车辐的一端相接，中有圆孔，用以插轴。借指车轮或车。

[13] 拂郁（yù）：愤懑。拂，通"怫"。踡跼（quán jú）：蜷曲或弯曲不伸的样子。

[14] 晏子宅：据《晏子春秋》记载，晏子崇尚节俭，齐景公多次要给他调换、扩充住宅，还趁他出使在外替他建了一座新宅，他都坚决谢绝了。元亮井：晋陶潜字符亮，曾任彭泽令，因不愿为五斗米折腰而归隐。辞职归隐后赋《归园田居》诗云："井灶有遗处，桑竹残朽株。"后以"元亮井"为归隐之典。

[15] 皂隶：指旧时衙门里的差役。

[16] 公族：王公贵族。

琼花观访蒋布衣拙存[1]

客住玉勾井，来寻后土祠[2]。

到门初雪霁[3]，短鬓十年时。

名岂征君重[4]（布衣昔征鸿博不就），书应给谏知[5]。（书
与王给谏虚舟齐名）

断云与残鸟，未有出山[6]期。

【注释】

[1] 此诗为访扬州友人而作，诗中表达了对蒋拙存隐居不仕的赞美。

琼花观：道观名，在江苏扬州城，原为后土祠，后改为蕃厘观，相传唐代观内有琼花一株而得名。蒋拙存（1672—1742），名衡，字拙存，号湘帆，清初金坛人。善书，小楷冠绝一时。

[2] 后土祠：祭祀后土（地母）的祠庙。

[3] 霁（jì）：雨雪停止，天放晴。

[4] 名岂征君重：谓蒋拙存不重名利，举博学鸿词科而力辞不就。征君：指不接受朝廷征聘的隐士。

[5] 书应给谏知：谓书法与王虚舟给谏齐名。给（jǐ）谏：给事中的别称，隶属都察院，与御史同为谏官。此处指王虚舟，即王澍（1668—1743），清初江苏金坛人，字若霖，号虚舟，曾任户部给事中等职。善书，工鉴古碑刻。

[6] 出山：指隐士出任官职。

丁巳元日，淮扬孙副使陶仲赠砚赋谢[1]

一片端溪[2]水欲流，兴公相赠入扁舟。

诗因老去题名懒，书不趋时对客愁。

持此也堪过令节，磨人到处作同游。

他年玉蛛金鳌[3]外，遍写皇都景色酬。

【注释】

[1] 此诗为乾隆二年（丁巳年，1737）春节，写给淮扬副使孙陶仲的诗，表达了对友人的感谢之情。

副使：布政使和按察使的辅佐官员，负责巡察地方。

[2] 端溪：溪名，在广东省高要县东南，产砚石，制成者称端溪砚或端

砚，为砚中上品。后以"端溪"称砚台。

[3] 玉蛛（dōng）金鳌：金鳌玉蛛。桥名，在北京市西安门东，北海与中南海之间，又名御河桥，俗名北海大桥。桥有九孔，桥东西两端立有两座牌坊，分别为玉蛛、金鳌，故称金鳌玉蛛桥。此处指北京。

自浙赴京，早春过里示家人[1]（二首）

其一

道南昨夜驻归辀[2]，春到高槐晓气浮。
门户应同王长史[3]，宦游不异郑台州[4]。
祠新先子[5]当年志，书在诸孙任意求。
又理轻装赴京国，梦魂常是半江楼[6]。

其二

寒气棱棱[7]霜瓦明，儿修墙屋待先生。
幸无长物[8]为吾累，尚有余田使汝耕。
笑问家人新酿熟，欲留野客夕飧[9]成。
行行最爱城西路，流水春烟向我清。

【注释】

[1] 此诗为颜肇维自浙赴京述职经过曲阜老家暂驻时所作。颜肇维1736年卸任临海令，次年早春时节方才到家，诗中流露出对故乡的缱绻之情。

[2] 辀（zhōu）：车辕，此处代指车。

[3] 王长史：唐笔记小说《宣室志》记载，唐玄宗开元年间，有王长史居洛中，买下李氏宅以居之。长史素刚劲，闻此宅有不祥之名，乃曰我命在天，不在宅。随即入而居，常独处于堂前西屋中。夜间闻庭院中有哀啸之声，见有黑衣人，立于几案之上，被王长史弟射死，发现黑衣者乃一猿也。

[4] 郑台州：郑虔（691—759），字趋庭，又字若齐，河南荥阳人。唐至德二年（757）寒冬腊月，郑虔以老弱残身被贬来到台州。郑虔为当地文教发展做出重大贡献。《新唐书》卷二○二有传。

[5] 先子：称亡父。

[6] 半江楼：在临海巾子山上，靠近灵江。这里指代临海。

[7] 棱棱：寒冷貌。南朝鲍照《芜城赋》："棱棱霜气，蕨蕨风威。"

［8］长物：佛教用语，指多余的东西。

［9］夕飧（sūn）：晚饭。

四月初六日北上，饮饯枝津园示侄辈[1] （二首）

其一

雪舟水尽走冰轮，三月家居认此身。

日暮城西一杯酒，又于池上送行人。

其二

柳绵初堕雨声飞[2]，春去人家尽掩扉。

记取诸郎相送处，种桃成树我应归。

【注释】

［1］此诗为乾隆二年（1737）四月初六日颜肇维离家赴京所作。《曲阜诗钞》本诗题作"北上饯饮枝津园，示从子辈"。

枝津园：在曲阜城西，为孔氏别业。

［2］堕（duò）：落，掉下来。雨声飞：《曲阜诗钞》本作"雨霏霏"。

北上题龙湾旧雨草堂壁[1] （二首）

其一

长风老树暂停骖[2]，春尽闻莺夏始蚕。

安得泗河二尺水，凭添艇子[3]似江南。

其二

自闭柴门少燕栖，儿修墙屋妇蒸梨。

此生不着闲居赋[4]，又问桑干[5]旧水西。

【注释】

［1］此诗是颜肇维为故居旧雨草堂写的题壁诗。颜肇维虽然年近古稀，但仍忙于宦海奔波。

旧雨草堂：颜肇维曲阜老家龙湾河口读书旧居，其叔祖颜伯珣有《旧雨草

《堂集》。

[2] 骖（cān）：同驾一车的三匹马，泛指马或马车。

[3] 艇子：轻便的小船。

[4] 闲居赋：西晋著名文学家潘岳著有《闲居赋》，表现了其厌倦官场的隐逸情怀。

[5] 桑干：桑干河，永定河之上游河段。此处代指北京。

次龙湾，和价侄赠行韵[1]

别汝城西感易生，田田荷叶见离情。

深林送雨风初起，高馆停车夜转清。

微秩[2]再迁非为禄，读书到底胜求名。

从今辇下[3]多闲日，往事凭谁问赤诚。

【注释】

[1] 此诗为乾隆二年（1737）夏颜肇维离家赴京前赠给侄子颜懋价的诗，诗中表达了自己的心声，并劝诫侄子莫求功名，专心读书。

次：留宿、停留。价侄：颜肇维从侄颜懋价，颜光猷孙，雍正十三年拔贡，官肥城教谕，有诗集传世。

[2] 微秩（zhì）：低微的官职。

[3] 辇下："辇毂下"的简称，犹言在皇帝车舆之下，代指京城。

次汶上，叠前韵却寄龙湾兄弟，并呈东模从叔[1]

青杨古庙晓风生，小麦将枯望雨情。

邻曲亲谊能似昔，田园逋[2]赋近全清。

阿咸老去犹耽禄[3]，济叔年来未有名。

白酒朱樱[4]此时别，今宵相忆汶阳城。

【注释】

[1] 此诗为乾隆二年（1737）初夏，颜肇维于汶上途中寄给龙湾亲人的诗，表达了对亲情的珍重和仕宦的无奈。

汶上：今山东省汶上县，位于曲阜西北，历史上也称汶阳。东模从叔：即颜光教，颜伯珣幼子，庠生，性敦厚，笃事亲，以孝闻。

[2] 逋（bū）：拖欠、拖延。

[3] 阿咸：三国魏阮籍侄阮咸，有才名，后因称侄为"阿咸"。这里是诗人自指。耽（dān）：沉溺、迷恋。

[4] 朱樱：樱桃之一种，成熟时呈深红色，故称。

过保定，李彭城公留寓古莲池，临去赠云山上人[1]（二首）

其一

深林池水碧澄澄，邂逅相逢苕上僧[2]。
鸡距泉[3]头种杨柳，苦无松柏似西陵[4]。

其二

白头夜坐感恩时，风起池边有所思。
上谷[5]土深泉脉少，凭添勺水便称奇。

【注释】

[1] 此诗为颜肇维赴京时经过保定所作，表达了邂逅友人的欣喜之情。
保定：今河北省保定市。古莲池：保定市名胜。原名"雪香园"，由于园内池塘中荷花茂盛，所以称为古莲花池。上人：对和尚的尊称。

[2] 苕（tiáo）上僧：苕溪边的和尚。苕溪：浙江西北部一条河流，是太湖流域的重要支流。

[3] 鸡距泉：保定市西北方向的名泉，"鸡距环清"号称保定八景之一。

[4] 西陵：清西陵，始建于雍正八年（1730）。

[5] 上谷：上谷古郡，存在于战国燕至北魏800余年。辖境大体在今张家口、延庆、涿鹿一带。

怀石门上公即步送别元韵[1]（二首）

其一

金台走马转孤蓬[2]，伯乐年来未易逢。
欲逐星槎[3]称汉使，翻随绵蕞[4]学孙通。（即叔孙通，与
马迁、方朔、韩擒[5]一例。时行人改属礼部，故云）
非关狂士怀春服[6]，愿近先生就药笼。

莫惜数行慰衰朽，舜琴日日有南风[7]。

其二

笠泽[8]归舟雪满蓬，短辕[9]炎日不相逢。

灵光殿古凭谁赋，碣石宫残有梦通。

小院垂帘天入井，碧霄[10]无路月开笼。

东方千骑传消息，共沐皇仁解愠风。（山东旱免今年地丁银一百万两）

【注释】

[1] 此诗为一首怀人诗，表达了对仕途的感慨与对石门上公的思念。
上公：泛指高官显爵。

[2] 金台：指北京。走马：比喻匆促、快速。孤蓬：又名飞蓬，枯后根断，随风飞旋，常比喻漂泊无定的孤客。

[3] 星槎（chá）：往来于天河的木筏，传说古时天河与海相通，亦泛指舟船。

[4] 绵蕞（mián zuì）：牵拉绳索为"绵"，束茅以表位为"蕞"。典出《史记·刘敬叔孙通列传》。后谓制定整顿朝仪典章为"绵蕞"。

[5] 叔孙通：薛县（今山东省滕州市官桥镇）人，刘邦统一天下后，下令废除秦的仪法，代以简易的规范。叔孙通得知，便自荐为汉王制定朝仪，采用古礼并参照秦的仪法而制礼，召儒生与其共订朝仪。诸侯王大臣都依朝仪行礼，秩序井然。司马迁尊其为汉家儒宗。马迁：司马迁。方朔：东方朔，字曼倩，西汉平原郡厌次县（今山东省德州市陵县）人，西汉时期著名的文学家。他曾言政治得失，陈农战强国之计，但不为重用。韩擒：韩擒虎，隋朝名将，河南东垣（今河南省新安县东）人，容仪魁伟，有胆略，好读书。

[6] 春服：春日穿的衣服。《论语·先进》："暮春者，春服既成。"

[7] 舜琴：五弦琴，相传为舜所创，故名。南风：古代的乐曲。《礼记·乐记》："昔者舜作五弦之琴，以歌《南风》。"

[8] 笠泽：指太湖。

[9] 短辕：指牛车或简陋小车。

[10] 碧霄：道教文化中九天之一，此处指青天、天空。

题临海侯元经携儿度天姥岭图[1]

李白梦游[2]洞壑奇，松篁碧尽如琉璃。

行人登岭望海县，天鸡只在空中啼。

我游赤城[3]正九载，论诗惟有元经在。

君来收印对芭蕉，君去挂床云叆叇[4]。

口腹岂肯累猪肝[5]，每就汪生[6]乞酒钱。（谓汪玉依）

衡文使者知名姓，贡之玉堂路四千。

去年六月过此岭，南风吹葛樟阴冷。

张君胡为貌此图，背添山眉随父影。

出山更爱桥水清，我时解龟[7]亦北行。

今年伏雨海波寺[8]，逢君谈笑声铿訇[9]。

怜我章安旧令尹，见我犹如父与兄。

手携幼子向我亲，君家父子非常人。

父有文字五千卷，子能下笔开生面。

圣朝不应弃良才，惜予职微未能荐。

天姥冥迷[10]华顶西，神仙有无不可稽[11]。

竹竿肩舆[12]长袅袅，上天端用青云梯。

元经元经为我立，听我歌急且莫泣。

在家有妇客有儿，君母八十君四十。

家贫甚勿嫌官卑，升斗之禄亲亦怡[13]。

愿君折节事选人[14]，早同毛义捧檄[15]时。

【注释】

[1] 此诗为一首题画诗，描绘了天姥岭的雄伟瑰丽以及与侯嘉翻深厚的诗文情谊，表达了对侯嘉翻的赞美和劝诫。

元经：侯嘉翻（1695—1746），字符经，见《侯嘉翻序》注释[1]。天姥岭：见《天姥岭》注释[1]。

[2] 李白梦游：唐代诗人李白曾作《梦游天姥吟留别》，诗云："海客谈瀛洲，烟涛微茫信难求。越人语天姥，云霓明灭或可睹。天姥连天向天横，势拔五岳掩赤城。天台一万八千丈，对此欲倒东南倾。"

[3] 赤城：山名，在浙江天台县城关镇西北3公里，海拔339米，是火山岩剥蚀残余的一座孤山，因山石呈紫红色，故名。此处指临海。

[4] 叆叇（ài dài）：云彩很厚的样子。

[5] 猪肝：东汉闵贡（字仲叔），太原人，客居安邑，老病家贫，不能得肉，日买猪肝一片，屠者或不肯与。后遂以"买猪肝"指生活贫困。典出《高士传》卷中《闵贡》。

[6] 汪生：汪玉依，临海诸生，善画。参见卷二《除夕题汪玉依风木图》。

[7] 解龟：解下龟印，指辞官免职。

[8] 海波寺：颜光敏京中旧宅位于海柏胡同，清朝时称海波寺街。因街有海波寺，故称。

[9] 铿訇（kēng hōng）：形容声音洪亮。

[10] 迷：迷蒙、迷茫。

[11] 稽（jī）：考察。

[12] 肩舆：轿子。

[13] 怡（yí）：和悦、愉快。

[14] 选人：唐代称候补、候选的官员，后沿用之。

[15] 毛义捧檄：据《后汉书·刘平等传序》，东汉毛义家贫，以孝出名，府檄召义为守令，义捧檄色喜。后其母死，辞职不就。后以之为孝子出仕的典故。檄（xí）：古代官府往来的文书。

赠述斋葛员外移居[1]（二首）

其一

金张许史总繁华，白日朱楼大道斜。

每就南宫[2]询典礼，近从葛令学移家。

榻留董老弹琴客，户有刘棻[3]问字车。

晓立千官随豹尾，君名独上御屏纱。

其二

九年官况一囊诗，又向京尘拂帽丝。

安邑猪肝[4]传孝叔，山阴鹅帖[5]摹羲之。

爱寻近路评茶去，每到朝时借蹇[6]骑。

今我作书问宗武，何人肯寄草堂赀[7]。

【注释】

[1] 诗中描述了返京之后颜肇维的日常行止居处，表达了客宦京师的萧条清苦。

员外：员外郎，指正员以外的郎官。明、清时各部皆有员外郎，位在郎中之次。葛述斋：疑为礼部员外郎，颜肇维在礼部的同僚。

[2] 南宫：礼部的别称，职掌会试。

　　[3] 刘棻（fēn）：西汉刘歆之子王莽时侍中，封隆威侯，尝从扬雄学作奇字。

　　[4] 安邑猪肝：谓生活清苦。见《题临海侯元经携儿度天姥岭图》注释[5]。

　　[5] 山阴鹅帖：指王羲之小楷《黄庭经》帖子。据传，山阴有一道士，欲得王羲之书法，因知其爱鹅成癖，所以特地准备了一笼又肥又大的白鹅，作为写经的报酬。王羲之见鹅欣然为道士写了半天的经文，高兴得"笼鹅而归"。故此经文俗称"换鹅帖"。

　　[6] 蹇（jiǎn）：跛行、瘸。

　　[7] 赀（zī）：同"资"。

送锡韩李主事假归济南[1]

　　韩苍村[2]外水鳞鳞，白雪才名是后身。
　　齐乘今无曾子固[3]，京华亦有葛天[4]民。
　　病思老母初辞阙[5]，别去西山[6]正立春。
　　莫使骊驹[7]归便得，南宫视草[8]属何人。

【注释】

　　[1] 此诗为一首赠别诗。

　　李锡韩：疑为颜肇维任职礼部时的同僚。主事：职官名，明代在六部中各设主事，为司内的最低一级官吏。清朝进士入选各部，必须先任主事，然后递升员外郎、郎中，为正六品衔。

　　[2] 韩苍村：今济南市历城区韩苍村。

　　[3] 曾子固：曾巩（1019—1083），字子固，建昌军南丰（今江西省南丰县）人，后居临川，北宋散文家、史学家、政治家。曾巩曾任齐州（今济南市）知州三年。

　　[4] 葛天：传说中的远古帝名，《吕氏春秋·古乐》记载："昔葛天氏之乐，三人操牛尾，投足以歌八阕。"

　　[5] 阙：皇帝居处，借指京师。

　　[6] 西山：北京西山。

　　[7] 骊（lí）驹：纯黑色的马，亦泛指马。

　　[8] 南宫：指礼部。视草：指古代词臣奉旨修正诏谕一类公文。亦泛指代

皇帝起草诏书。

封印[1]

古槐旧廨[2]晚烟明，封印归来伴短檠[3]。

炙冷杯残深坐久，去年此日梦儿亭。

【注释】

[1] 此诗为一首封印诗，写于 1737 年岁末。

封印：旧时官署于岁暮年初停止办公，称为"封印"。清朝于每年十二月十九日至二十二日四天之内择吉封印，为期一月，至第二年正月十九、二十、廿一三天之内择吉开印。见清富察敦崇《燕京岁时记·开印封印》。

[2] 廨（xiè）：官吏办事的地方；官署。

[3] 短檠（qíng）：矮灯架，借指小灯。

戊午元日，[上] 赐燕恭纪[1]

日上铜龙气不寒，元正[2]嘉燕集千官。

春曹近接三公[3]座，光禄新调六膳[4]盘。

老境自知天与健，衰颜未许酒分丹。

城西御柳东风早，应有青青拂画阑。

【注释】

[1] 此诗描绘了乾隆三年（戊午，1738）春节皇帝赐宴的情景。

燕：同"宴"，宴饮。

[2] 元正：正月初一。

[3] 春曹：礼部的别称。三公：太师、太傅、太保。

[4] 膳：膳食。

元夕履亲王府燕礼部僚属即席[1]

紫府元宵凤沫卮[2]，春卿曹掾[3]许追随。

身经盛世庸亲日，老遇元公[4]制礼时。

翠釜香酥呈马湩[5]，红牙[6]歌部出龙池。

西洋画室都梁[7]火，始信仙家洞壑奇。（王园亭有西洋画壁）

【注释】

[1] 此诗描绘了上元佳节履亲王府宴礼部官员的场景。诗人对履亲王府的珍馐佳肴、奇珍异宝、家伎乐舞大为赞叹。

元夕：农历正月十五日为上元节，是夜称元夕。这里指乾隆三年（1738），正月十五日。履亲王：康熙十二子允祹，雍正十三年晋履亲王，管礼部事。乾隆二十八年卒，年七十有九，谥懿。

[2] 卮（zhī）：一种古代酒器。

[3] 春卿：《周礼》以春官宗伯掌典礼，后世因以春卿为礼部尚书习称。曹掾：分曹治事的属吏；部曹。

[4] 元公：周公，姓姬名旦，周文王姬昌第四子，周武王姬发的弟弟，曾两次辅佐周武王东伐纣王，并制作礼乐，被尊为"元圣"。此处代指履亲王允祹。

[5] 翠釜（fǔ）：指精美的炊器。马湩（dòng）：马乳，亦指用马乳酿成的酒，即马奶酒。

[6] 红牙：乐器名，檀木制的拍板，用以调节乐曲的节拍。

[7] 都梁：香名。宋王观国《学林·五木香》："盖谓郁金香、苏合香、都梁香也……皆蛮所产，非中国物也。"

题留侍郎观海小照^[1]

相见金庭^[2]古观边，手持玉节^[3]照南天。
善才^[4]石上迎初旭，大士祠旁坐晓烟。
别后须眉^[5]常在意，重披图画转依然。
不堪回首狂澜里，海日天鸡住九年^[6]。

【注释】

[1] 此诗为一首题照小诗，回顾了在临海任期内与侍郎相识的往事。

[2] 金庭：山名，在越州郡剡县（今浙江省嵊县），为道教三十六小洞天之一。见《云笈七签》卷二七。

[3] 玉节：指玉制的符节，古代天子、王侯的使者持以为凭。

[4] 善才：唐代用来称呼弹琵琶的艺人或乐师，后世泛指能手。

[5] 须眉：古时男子以胡须眉毛稠秀为美，故以为男子的代称。

[6] "不堪"句：谓回首在临海县令任上风风雨雨的九年，历经坎坷。海日天鸡：唐代诗人李白《梦游天姥吟留别》有"半壁见海日，空中闻天鸡"句。

颁糈[1]

索米长安强自宽[2]，天瘐颁自潞河[3]干。

无多宦况宦犹拙，典尽春衣春又寒。

未许儿童嫌匕箸[4]，且宜苜蓿[5]佐盘餐。

从今调笑东方朔[6]，金马门前果腹[7]官。

【注释】

[1] 此诗描绘了诗人客宦京师的贫困，表达了无奈之情。

糈（xǔ）：粮食、粮饷。颁糈：发粮饷。

[2] 自宽：自我宽慰。

[3] 天瘐：国家的仓廪。潞（lù）河：也称白河、北运河，北通北京，东南通天津，与南北大运河相接，可达杭州，是漕运的主要通道。

[4] 匕箸（bǐ zhù）：食具，羹匙和筷子。

[5] 苜蓿：一年生或多年生豆科植物，可做饲料或化肥，也可食用。

[6] 东方朔：见《怀石门上公即步送别元韵》注释[5]。

[7] 金马门：汉代宫门名，学士待诏之处。果腹：指吃饱肚子。颜肇维形容自己生活贫困，仅能果腹而已。

和旂原法中书悼徐姬四绝[1]（四首）

其一

经年柿叶悼亡晨，肠断君诗字字新。

不遇少翁成永诀，徐娘何似李夫人。

其二

海上三山[2]可易求，虚无缥缈[3]此生休。

吴王苑里花千树，每到开时少并头[4]。

其三

秋草秋烟倩女[5]坟，中书君更忆云君。

山东旧事吾能说，三世姻缘邵广文[6]。（济宁邵进士士梅妻卒，三世为其妇。)

其四

京华久雨见秋风，长箪^[7]疏帘泣断红。

读罢亚之寒食句^[8]，年年冷落翠微中。

【注释】

[1] 此为一首悼亡组诗。诗中描绘了旂原法与徐姬的真挚感情，表达了对徐姬芳华早逝的哀悼。

旂，同"旗"。中书：职官名，清朝于内阁置中书若干人，职能为辅佐主官，官阶约为从七品。

[2] 海上三山：传说海上有三神山。晋王嘉《拾遗记·高辛》："三壶，则海中三山也。一曰方壶，则方丈也；二曰蓬壶，则蓬莱也；三曰瀛壶，则瀛洲也。"

[3] 缥缈：亦作"飘渺"，隐隐约约、若有若无的样子。

[4] 并头：头挨着头，比喻男女好合。

[5] 倩女：美丽的少女。

[6] 邵广文：邵士梅，字峄晖，山东济宁人，顺治十五年（1658）进士，授任登州府教授。蒲松龄《聊斋志异·邵士梅》记有邵士梅与其妻三世为夫妻的故事。又见王士禛《池北偶谈·邵进士三世姻》。

[7] 箪（dān）：古代盛饭的圆竹器。

[8] 亚之寒食句：亚之，即沈亚之（781—832），字下贤，吴兴（今浙江省湖州市）人，工诗善文，唐代文学家。沈亚之《梦挽秦弄月》诗中有"梨花寒食夜，深闭翠微宫"之句。

神乐观松下送牛阶平令秦安^[1]

落落三松高出云，不合时宜如古人。

爱松者谁惟吾子，道家木榻青阴分。

丹灶^[2]炊粟春到夏，谒选^[3]始得向古秦。

秦安小县大如掌，子才万斛^[4]安能驯。

我昔剖竹^[5]临沧海，泥途未免减精神。

簿书堆案常自笑，不謟^[6]上官虐人民。

虽得量移^[7]向京邑，四壁^[8]骨立空皮存。

礼官微禄岂可恋，曰归^[9]不可夫何言。

隗嚣宫^[10]作城北寺，长松半化老龙鳞^[11]。

北流泉声照疏影，天风鼓荡满衙闻。

携印走听心独喜，能无忆此千秋雯^[12]。

策旺近通萧关^[13]使，西师不用筹边屯。

行矣与民安无事，勿令父老守县门。

吾子读书一万卷，儒者作吏长清贫。

皋陶迈种德^[14]乃降，循吏食报^[15]古所云。

愿子令名遗父母，如此三松寿千春。

摩挲老眼为西望，陇山^[16]不动渭城^[17]尘。

【注释】

[1] 此诗为一首送别诗。诗中描绘了牛阶平的道家风范和不世才华，充满了对同乡晚辈的殷切期望和美好祝福，也表达了自己对为官仕宦的思考。

神乐观：官署名，明洪武十一年（1378）置，属太常寺，掌祭祀天地神祇、宗庙社稷时乐舞，由提点、知观等官主管。清沿明置。牛阶平：牛运震（1706—1758），字阶平，号真谷，又号空山，人称空山先生，滋阳（今山东省济宁市兖州区）人。清雍正十一年（1733）进士，十三年举博学鸿词，报罢。历官甘肃两当、秦安、平番知县。开敏有断，居官不延幕友，凡事均自理。性好金石，精经术，工文章。有《空山堂文集》十二卷、《史论》二十卷等。《清史列传》有传。秦安：县名，今属甘肃省天水市，位于甘肃省东南部。

[2] 丹灶：炼丹用的炉灶。

[3] 谒选：官吏赴吏部应选。

[4] 万斛（hú）：极言容量之多。

[5] 剖竹：古代授官封爵，以竹符为信。剖分为二，一给本人，一留朝廷，相当于后来的委任状。

[6] 謟（tāo）：疑惑、欺骗。虐：残害、侵凌。

[7] 量移：多指官吏因罪远谪，遇赦酌情调迁近处任职。

[8] 四壁：屋子的四面墙壁，泛指整个屋子。

[9] 曰归：见《归田园作》注释[2]。

[10] 隗嚣（？—33）：字季孟，天水成纪（今甘肃省秦安县）人，出身陇右大族，青年时代在州郡为官，以知书通经而闻名陇上，王莽的国师刘歆闻其名，举为国士。隗嚣宫：在秦州麦积山北，为隗嚣避暑之地。唐杜甫《秦州杂诗》之二："秦州山北寺，胜迹隗嚣宫。"

[11] 老龙鳞：指古松树。唐王维《春日与裴迪过新昌里访吕逸人不遇》诗："闭户著书多岁月，种松皆作老龙鳞。"

[12] 雯（wén）：形成花纹的云彩。

[13] 萧关：今宁夏回族自治区固原市东南，六盘山山脉横亘于关中西北，为其西北屏障。

[14] 皋陶（gāo yáo）：亦作"皋繇"，传说虞舜时的司法官。迈种德：勉力树德。《尚书·大禹谟》："皋陶迈种德。"

[15] 食报：受报答或受报应。

[16] 陇山：山名，六盘山的南段。

[17] 渭城：乐曲名，亦名"阳关"。唐王维《送人使安西》诗："渭城朝雨浥轻尘，客舍青青柳色新。劝君更尽一杯酒，西出阳关无故人。"

送孔子衡作令江南[1]

塞月边笳老鄜州[2]，起官又欲过江游。
京尘我住无青眼[3]，县竹君分尚黑头。
十日秋霖[4]初得水，半帆风色好行舟。
六朝尽是怀人地，题遍斜阳古寺楼。

【注释】

[1] 此诗为一首送别诗，对友人充满了殷切期望。（徐按：孔子衡，即孔毓铨，诗人的同乡，雍正年间为鄜州知州，乾隆间又赴江南某地做官。）

[2] 边笳（jiā）：胡笳，我国古代北方边地少数民族的一种乐器，类似笛子。鄜（fū）州：今陕西省富县。

[3] 青眼：青目、青睐。参见卷三《答侯生元经》注释[4]。

[4] 秋霖：秋日的淫雨。

送孙敬斋作令江南[1]

与君十载浙东西，往日升沉过复迷。
白简投闲因强项[2]，皇恩仍许作云霓[3]。
小姑[4]住处留帆影，短簿祠[5]前散马蹄。
几日西风相送去，金陵初到问招提[6]。

【注释】

[1] 此诗为一首送别诗，回忆了与孙敬斋的深厚情谊。

[2] 白简：古时指弹劾官员的奏章。强项：形容刚强不屈。

[3] 云霓：比喻桥梁、栋梁。

[4] 小姑：小孤山。位于安徽省宿松县城东南六十公里的长江中的独立山峰，孤峰耸立江中，形态各异，为著名的风景名胜。

[5] 短簿祠：纪念晋书法家王珣的寺庙，在今苏州市虎丘山。参见卷一《虎阜》注释[3]。

[6] 招提：寺院的别称。参见卷一《寓接待寺》注释[2]。

寿同官朱侪鹤，即用其见赠原韵[1]（二首）

其一

鸳鸯湖口碧波高，常有仙人下玉霄[2]。

桂子生儿修月户[3]（君有佳儿），芝田移药种诗瓢[4]。

袖中时带南宫草，楼上群推百尺标。

千载长松巢老鹤，不知鹤寿自何朝。

其二

五月荷花水正高，金鳌桥外上通霄。

干[5]时久绝怀中刺[6]，乞米犹存巷内瓢[7]。

怀我常留青眼[8]盼，对君疑是赤城标。

行人初度[9]官衙冷，并驾驴车早退朝。

【注释】

[1] 此诗为一首祝寿诗。诗中描绘了朱侪鹤充满神话色彩的故乡，并祝愿友人能够寿同松鹤。

[2] 玉霄：天界，是传说中天帝、神仙的居处。

[3] 月户：神话传说中修月的人家，后用以喻能文者。

[4] 诗瓢：指贮放诗稿的器具。

[5] 干：干谒，为某种目的而求见。

[6] 刺（cì）：名帖。

[7] 巷内瓢：化用颜回安贫乐道故事。《论语·雍也》："子曰：'贤哉回

也！一箪食，一瓢饮，在陋巷，人不堪其忧，回也不改其乐。贤哉回也！'"

[8] 青眼：青目、青睐。参见《答侯生元经》注释[4]。

[9] 初度：本指始生之年时，后称人的生日。

筠园卫员外移居比邻，赠之[1]

小楼南望见君居，新得邻家十步余。

结子花移吴下树（如君新得一子），垂天云送海南书。（令嗣举粤东贤书[2]）

寒灯对酒初分火，五夜[3]趋朝每并车。

不是中仪相慰籍[4]，久同张翰问鲈鱼[5]。

【注释】

[1] 此诗为一首赠诗，描绘了与新邻居的友谊。颜肇维与卫员外比邻而居，常常"寒灯对酒""趋朝并车"。

筠园卫：应为礼部员外郎，颜肇维同僚。

[2] 令嗣：称对方儿子的敬辞。贤书：语本《周礼·地官·乡大夫》："乡老及乡大夫群吏献贤能之书于王。"贤能之书，谓举荐贤能的名录，后因以"贤书"指考试中式的名榜。

[3] 五夜：指五更。

[4] 中仪：唐称礼部郎中为中仪，员外郎为小仪。慰籍：即"慰藉"，安慰。

[5] 张翰：西晋人，子季鹰。吴郡吴县（今苏州市）人。南朝宋刘义庆《世说新语·识鉴》："张季鹰辟齐王东曹掾，在洛见秋风起，因思吴中莼菜羹、鲈鱼脍，曰：'人生贵得适意尔，何能羁宦数千里以要名爵！'遂命驾便归。

雪后望瀛台[1]

冻湖宫殿锁青霄，十日重过雪未消。

南望琼华[2]开宝鉴，北连玉𬇙[3]结冰桥。

城乌就暖惟瞻日，厩马分骑早散朝。

更忆当年辞赋客，神仙未觉去人遥。

【注释】

[1] 此诗描绘了京师瀛台的雪景。

瀛台：位于北京中南海中，始建于明朝，清朝顺治、康熙年间曾两次修建，是帝王听政、避暑和居住地。因其四面临水，衬以亭台楼阁，像座海中仙岛，故名瀛台。

[2] 琼华：指琼华岛。北京有两个琼华岛，一个在北海，另一个在广安门外南观音寺一带，今已不存。这里指后者。

[3] 玉蛛（dōng）：玉蛛桥，在北京西安门东，北海与中南海之间，又名御河桥。

和杭编修方镜诗韵[1]（四首）

其一

员体良工[2]改作方，丹阳好手铸寒芒[3]。
那须叩叩香囊里，要试棱棱[4]古水光。
名士才应归大冶[5]，美人家本住钱塘。
还期讽谏同邹忌[6]，不画蛾眉伴姓张[7]。

其二

四规[8]古镜自端方，孤照中天日月芒。
去鸟来云犹有影，回身背面不成光。
印拖紫绶[9]明如斗，井漾菱花水一塘。
可是觚棱[10]无着处，玉台有架未能张。

其三

吕刘照胆并传方，镜里分明是剑芒。
玉斧[11]何人修月色，水精无缝透天光。
如同楚女游云梦[12]，似泛扁舟过练塘。
只恐山鸡终欲舞，劝君无事莫轻张。

其四

方照如环不可方，霜侵白发老垂芒。
岂因丑我偏生恨，漫谓妍君始有光。
时事妆梳新粉黛[13]，儿家庭院小池塘。

谁云四角不堪用，持向大明宫[14]里张。

【注释】

[1] 此诗是一首和诗，极力赞扬了杭编修宝镜的神奇。

编修：职官名，翰林院内负责记录起居注或修国史、编纂文献的官员，一般以榜眼、探花及庶吉士充任，无实际职务，位于修撰之下。

[2] 良工：技艺高超的人。

[3] 寒芒：使人感到清冷的光芒，常用以指星光月光等。此处指镜面。

[4] 棱棱：寒冷貌。南朝宋鲍照《芜城赋》："棱棱霜气，蔌蔌风威。"

[5] 大冶：比喻造化。

[6] 邹忌（约前385—前319）：战国时期齐国人。齐桓公田午时的大臣，齐威王田因齐时期，以鼓琴游说齐威王，被任相国，封于下邳（今江苏省邳县西南），号成侯；后又侍齐宣王田辟疆。他曾劝说齐威王虚心纳谏，广开言路，改良政治。

[7] 不画蛾眉伴姓张：化用张敞画眉故事（见《汉书·张敞传》），比喻夫妻感情融洽。

[8] 四规：指"和""敬""清""寂"。

[9] 紫绶：紫色丝带。

[10] 甋棱：宫阙上转角处的瓦脊成方角棱瓣之形，称甋棱。此处借指宫阙。

[11] 玉斧：神仙之斧。

[12] 楚女游云梦：比喻男女欢会。典出战国楚宋玉《〈高唐赋〉序》：楚襄王与宋玉游云梦之台，望高唐之观。其上有云气变化无穷。玉谓此气为朝云，并对王说：过去先王曾游高唐，怠而昼寝，梦见一妇人，自称是巫山之女，愿侍王枕席，王因幸之。巫山之女去时并与先王约定后会之期。

[13] 粉黛：指年轻貌美的女子。

[14] 大明宫：唐代宫名，又名东内。内有宣政殿，殿左右为中书、门下二省。此处指翰林院。

己未元旦早朝[1]

东风五日及元辰[2]，会见龙飞第四春。

雪集不知寒气彻[3]，官微远望御香匀。

西方侍子随天使，南国恩纶下紫宸[4]。

正是金瓯[5]全盛日，敢因无事乞闲身。

【注释】

[1] 此诗作于乾隆四年（己未，1739）元旦，歌颂天朝盛世皇恩浩荡，并流露出归隐之愿。

[2] 元辰：元旦。

[3] 彻：通、透。

[4] 紫宸：宫殿名，天子所居，泛指宫廷。

[5] 金瓯：比喻疆土之完固，亦用以指国土。

恭和御制元正二日赐群臣燕诗[1]

柏梁赐晏[2]句初联，雪霁尧阶[3]丽日鲜。
一德歌成调玉律，七言赋就叶朱弦[4]。
双开萱荚欢新节，晚出金莲醉御筵。
欲为太平传盛事，教儿且复理书编。

【注释】

[1] 此诗为一首御宴和诗，描绘了乾隆四年（1739）正月初二群臣宴集的场景。

[2] 柏梁：柏梁台，汉武帝时筑，在长安城中北门内。《三辅归事》："以香柏为梁也，帝尝置酒其上，诏群臣和诗，能七言者乃得上。"后亦泛指宫殿、宫廷。晏：通"宴"。饮宴。

[3] 霁（jì）：雨雪停止。尧阶：高阶。尧：高。

[4] 叶朱弦：叶（xié）：合洽、相合。朱弦：用熟丝制成的琴弦。泛指瑟瑟等弦乐器。

蕴阁早春对雪[1]

小楼独卧冻云屯，淅沥[2]寒窗晓色昏。
风散六街[3]侵帐冷，花飞五片借春温。
谢庄[4]衣为趋朝湿，晏子[5]居因近市喧。
假日未容闲抱膝[6]，车声只隔一重垣[7]。

【注释】

[1] 此为一首早春日对雪感怀诗。

蕴阁：颜肇维在京宅邸的书屋。《颜光敏年谱》："康熙癸亥（1683）……俸钱所入，结蕴阁于邸第之南，读书其中。"

［2］淅沥：象声词，形容雪霰、风雨、落叶等的声音。

［3］六街：唐京都长安的六条中心大街，北宋汴京也有六街，后泛指京都的大街和闹市。

［4］谢庄（421—466）：字希逸，南朝宋大臣，文学家。据《宋书·符瑞志下》：宋大明正月降雪，右卫将军谢庄下殿，雪落湿衣，皇帝认为是祥瑞之兆，于是公即并作花雪诗。后遂用为咏雪之典。

［5］晏子（前578—前500）：名婴，字仲，多称平仲，春秋时期齐国政治家、外交家。据《晏子春秋》，晏子居近闹市，齐景公多次要为他更换宅第，都被他拒绝。

［6］抱膝：以手抱膝而坐，有所思貌。

［7］垣（yuán）：矮墙，墙。

翼斋节妇旌表记并序[1]

翼斋从弟妇，孝廉孔先生之季女。十七守志，事舅姑[2]百苦俱尝。姑病，不离床褥，弟妇独侍饮食起处，十年不懈，以孝称于乡。予别业在龙湾，居街北，弟妇居街南，相去既近，知之尤详。今既得请旌表[3]其门，而予将解组[4]归田，嗣子恕适登贤书[5]，来都中，丐诗于予，因为称述之如此。

> 三年寄京国，春草绿复变。
> 御河[6]冰半开，宫柳已如线。
> 少尚无宦情，荣禄老岂羡。
> 永怀乡曲[7]人，姑作阙廷[8]恋。
> 恕也予从侄[9]，秋举[10]得高选。
> 公车[11]来谒予，携书就小院。
> 凌晨立南荣[12]，手持母氏传。
> 自云母苦节，卅[13]年饱贫贱。
> 再拜乞予诗，以扬母之善。
> 汝母真奇节，孝廉家之媛。
> 自孔嫔[14]于颜，茕独非缱绻[15]。
> 十六作新婚，十七悲天谴[16]。
> 娟娟桃李年[17]，摧折被霜霰[18]。

一死事不了，强起视姑膳[19]。

阿姑[20]予叔母，残年膺百患。

待汝母以行，不能自辗转[21]。

衾褥[22]与衫裙，汝母手自溅。

阿舅[23]予叔氏，读书过夜半。

寒厨罗食物，摒挡[24]常弗倦。

汝伯[25]生汝时，堕地未识面。

汝母抱汝时，啼泣觅乳遍。

药饵高堂[26]需，侍婢典钗钏[27]。

忆自丧二亲，卖尽嫁时钿[28]。

薄田七八亩，闭门守苦楝[29]。

汝年今长成，英姿羞时昤[30]。

羽毛假顺风，蛰雷[31]待春电。

汝母称有儿，愁中亦欢忭[32]。

昨岁上之朝，恩纶下鲁县[33]。

老屋贺新檐，可是当时燕。

予宦如嚼蜡[34]，逝将去曹掾[35]。

劝耕出龙湾，再与汝母见。

汝伯予齐年，少小同笔砚。

近复爱幼儿，是谓老夫愿。

吟钝知力衰，作此谢时彦[36]。

恕也勿踟蹰[37]，勉之棘闱[38]战。

【注释】

[1] 此诗记述了颜翼斋之妻孔氏守节尽孝、奉养翁姑、抚养弱嗣的事迹，表达了对孔氏孝行和坚韧品格的赞美。

此诗原无题，为整理者所加。据《颜氏家谱·龙湾户》（1902年版）记载：颜绍助，字翼斋，幼聪敏勤学，未弱冠早逝。其妻孔氏，是康熙辛酉（1681）科举人、历城教谕孔毓荣季女，年十六于归，七阅月而夫殁。屡恸绝，家人察其将以身殉，还守之。姑泣谕曰："若死，我与俱耳！"乃惊悔，强进食，移榻就姑宿，竭诚奉养者二十年。姑殁，哀毁几不起，犹躬亲操作。佐伯氏治丧，葬悉如礼。抚嗣子懋恕教养备至，迄于成立。乾隆二年，节闻赐坊旌表。三年，恕竟领乡荐，乃仰天潸然曰："庶可以报夫子乎！"又二十年而卒。乡人敬而哀之，私谥曰"敬节孺人"。

[2] 舅姑：公婆。

[3] 旌表：古代官府为提倡封建德行，对所谓义夫、节妇、孝子等，往往由地方官申报朝廷，获准后则赐以匾额，或为造石坊，以彰显其名声气节。

[4] 解组：解下印绶，谓辞去官职。

[5] 恕：指颜懋恕，颜绍助嗣子，系绍助伯兄绍发次子，乾隆戊午（1738）举人，有《卷石山房集》。贤书：指考试中式的名榜。参见卷四《筠园卫员外移居比邻，赠之》注释 [2]。此当指颜懋恕于乾隆戊午中举事。

[6] 御河：指环绕皇城的护城河。

[7] 乡曲：乡里。

[8] 阙廷：朝廷，亦借指京城。

[9] 从侄：绍助为肇维从弟，故懋恕为其从侄。

[10] 秋举：秋贡，州府向朝廷荐举会试人员的选拔考试。因于秋季举行，故称。

[11] 公车：因汉代曾用公家车马接送应举的人，后便以公车泛指入京应试的举人。

[12] 南荣：房屋的南檐。荣，屋檐两头翘起的部分。

[13] 卅（xì）：四十。

[14] 嫔（pín）：出嫁。《书·尧典》："厘降二女于妫，嫔于虞。"

[15] 茕（qióng）独：茕茕独立，孤身一人。形容一个人无依无靠、孤苦伶仃。缱绻：即"缱绻"，牢结，不离散。形容感情深厚、难舍难分。

[16] 天谴：上天的责罚。此处指夫死。

[17] 娟娟：姿态柔美貌。桃李年：指青春年华。

[18] 霰（xiàn）：冰粒。

[19] 膳：饮食。

[20] 阿姑：丈夫的母亲，此处指翼斋妻孔氏的婆婆。

[21] 辗转：翻身貌，多形容卧不安席。

[22] 衾褥：被子和褥子，泛指卧具。

[23] 阿舅：指翼斋妻孔氏的公公。

[24] 摒（bìng）挡：收拾料理。

[25] 汝伯：指其伯父颜绍发，也是其生父。

[26] 药饵：药物。高堂：指父母。

[27] 钗钏：钗簪与手镯，泛指妇人的饰物。

[28] 钿（diàn）：古代一种嵌金花的首饰，这里指嫁妆。

[29] 苦楝 (liàn)：落叶乔木，四五月间开淡紫色小花。核果球形或长圆形，生青熟黄，味苦。这里喻指儿子懋恕。

[30] 眄 (miǎn)：斜着眼看，不敢直视。

[31] 蛰雷：惊醒蛰虫之雷，谓初发的春雷。

[32] 欢忭 (biàn)：喜悦。

[33] 恩纶：犹恩诏，帝王降恩的诏书。鲁县：曲阜为鲁故都，故称。

[34] 嚼蜡：比喻无味。

[35] 曹掾 (yuàn)：分曹治事的属吏；佐助官吏。

[36] 时彦：时贤。

[37] 踟蹰 (chí chú)：徘徊，心中犹疑的样子。

[38] 棘闱：科举时代对考场、试院的称谓。

雪霁[1]

金门饘粥[2]总随缘，也逐名流号列仙。
与物无争如古木，素怀微尚忆丁年[3]。
官同传遽[4]谁先去，月似冰壶[5]我后眠。
遥望东南初雪霁，云山未负汶阳[6]田。

【注释】

[1] 此诗为一首雪后即景诗，表达了颜肇维与世无争的心态和归隐家园的愿望。

[2] 金门：饰以黄金的门，这里指天子之门。饘 (zhān) 粥：稀饭。

[3] 微尚：微小的志趣、意愿，常用作谦辞。丁年：成年、壮年。

[4] 传遽 (jù)：传车驿马，犹言供役使，奔走。

[5] 冰壶：盛冰的玉壶。

[6] 汶阳：鲁地的古称。

志梦[1]

朝参[2]初罢学偷闲，手把新诗又欲删。
小巷卖饧[3]泥尚滑，邻家击鼓夜方还。
遗经久废寻匡鼎[4]，春梦何缘到瘠环。
日下近传王褒[5]颂，弹冠[6]时复对西山。

【注释】

[1] 此诗为一首纪梦诗。

[2] 朝参（zhāo cān）：古代百官上朝参拜君主。

[3] 饧（xíng）：用麦芽或谷芽熬成的饴糖。

[4] 匡鼎：指匡衡，字稚圭，居邹邑（今山东省邹城市）羊下村，西汉经学家，官至丞相，以说《诗》著称，并以"凿壁偷光"的苦读事迹名世。

[5] 王褒：西汉时期辞赋家。曾写《圣主得贤臣颂》，深得汉宣帝的好感，被任命为待诏，不久又升为谏议大夫。

[6] 弹冠：弹去冠上的灰尘；整冠。比喻相友善者援引出仕。

二月十九日进回避卷直史馆作[1]

定定天涯[2]欲问谁，老槐一树受风吹。
春归苑柳添金线，鸦起新巢恋故枝。
入直[3]通宵分禁火，数篇检校际清时[4]。
掖垣[5]百草沾新泽，雨露人间总不知。

【注释】

[1] 此诗记述了颜肇维前往直史馆的所思所想。

直史馆：官修史书的官署称史馆。史馆通常有专职修史者，称史馆修撰；亦有以卑品而有史才者参加撰史者，称直史馆。

[2] 定定天涯：唐代诗人李商隐仕途抑塞，妻子去世之后，应柳仲郢之聘来到梓州做幕府，曾作《忆梅》诗："定定住天涯，依依向物华。寒梅最堪恨，长作去年花。"此处指流落天涯。

[3] 入直：亦作"入值"，谓官员入宫值班供职。

[4] 检校：审查核对，核实。际清时：正值清明时节。

[5] 掖（yè）垣：皇宫的旁垣。

同刘孝廉南宫、赵孝廉幼石讨春登高作[1]（二首）

其一

登台临古庙，始见杏花开。
饱阅三冬雪，全催一夜雷。

坛祠农事起，斋禁[2]礼官回。
上苑[3]呈先兆，为君尽此杯。

其二

旧水明城堞[4]，新芦出地中。
台高风四面，天远雾横空。
顾曲[5]持江笛，冶游抱角弓[6]。
少年多意气，垂老思无穷。

【注释】

[1] 此诗为颜肇维同友人游春登高所作，描绘了春游途中的见闻。

孝廉：本为汉代选举官吏的两种科目名，孝，指孝子；廉，指廉洁之士。清朝别为贡举的一种。此处为举人的俗称。讨春：游春、探春。

[2] 斋禁：斋戒中的禁忌。

[3] 上苑：皇家的园林。

[4] 堞（dié）：城墙上向外一侧所设墙垛，战时可抵挡敌人的矢石攻击，从孔隙中则可对敌人射箭发炮，城墙向内一侧则可设矮墙，防止人马下坠。

[5] 顾曲：《三国志·吴志·周瑜传》："瑜少精意于音乐，虽三爵之后，其有阙误，瑜必知之，知之必顾，故时人谣曰：'曲有误，周郎顾。'"后遂以"顾曲"为欣赏音乐、戏曲之典。

[6] 冶游：野游、郊游。角弓：用角装饰的弓。

送王少司空归里[1]

乌衣门巷巨峰[2]西，胶水东头路不迷。
修竹半村无客到，野棠入夏有莺啼。
岂同枚乘争高足[3]，欲并愚公住一溪。
耆旧临岐[4]多雨露，焚黄仍许荷休褆[5]。

【注释】

[1] 此诗为一首送别诗，表达了对友人的美好祝福。

司空：官名。清代俗称工部尚书为大司空，侍郎为少司空。

[2] 乌衣门巷：今青岛市崂山区崂山水库东有东西乌衣巷。巨峰：崂山的主峰，又称"崂顶"。

[3] 枚乘：（？—前140），字叔，淮阴（今江苏省淮安市）人，西汉辞赋

家。高足：赞扬别人的弟子本领高强，常用作敬辞。

[4] 耆旧：年高望重者。临岐：亦作"临歧"，本为面临歧路，后亦用为赠别、分别。

[5] 焚黄：旧时品官新受恩典，祭告家庙祖墓，告文用黄纸书写，祭毕即焚去，谓之焚黄。休禔（zhī）：喜庆幸福（休：美善；禔：安宁）。

读《珂雪词》柬曹巨源[1]

风日高槐白马祠，手持珂雪结相思。
金梁词客张三影[2]，赤壁才名杜牧之[3]。
齐鲁故家惟薄宦，曹颜前辈[4]想当时。
榴花莫放燕支[5]色，冷落西城旧酒旗。

【注释】

[1] 此诗为颜肇维读曹贞吉《珂雪词》有感而作，表达了对前辈功业的崇敬之情。

珂雪词：曹贞吉词集名。曹贞吉（1634—1698），字升六，又字升阶、迪清，号实庵，安丘（今山东省安丘市）人，清代著名诗词家。康熙三年（1664）进士，官至礼部郎中。曹巨源：为曹贞吉后人。

[2] 金梁：比喻担负重任的人。张三影：北宋词人张先，号子野，诗句精工而受人称赞。《古今诗话》中说："有客谓子野曰：'人皆谓公张三中，即心中事、眼中泪、意中人也。'子野曰：'何不曰之为张三影？'客不晓。公曰：'云破月来花弄影''娇柔懒起，帘幕卷花影''柳径无人，堕絮飞无影'，此余生平所得意也。"后来人们就称呼他"张三影"。

[3] 杜牧之：杜牧（803—约852），字牧之，号樊川居士，京兆万年（今陕西省西安市）人，晚唐诗人，曾任黄州刺史。其《七绝·赤壁》云："折戟沉沙铁未销，自将磨洗认前朝。东风不与周郎便，铜雀春深锁二乔。"

[4] 曹颜前辈：指曹家、颜家的先辈都有文名并曾身居要职。曹贞吉出生于一个书香世家中。高祖曹一麟，明嘉靖丙辰进士，吴江知县。曾祖曹应埙，太学生，为遵化县丞。祖父曹铨，太学生，光禄寺署丞。父曹复植为诸生，早卒。

[5] 燕支：胭脂，一种红色的颜料，泛指红色。

斋坛祷雨，和宛平令曹季和韵[1] （二首）

其一

十日风犹起，斋居意惘然[2]。

望穿云脚白，未见稻秧员。

趺坐广文[3]并，谈诗京尹[4]前。

家书传麦熟，应笑不能还。

其二

曹氏[5]诗名在，含毫兴邈然[6]。

诸田为客半，残月怕风员。

寂寞诗人后，凋零宦海前。

先公遗乐圃[7]，我欲倦知还。

【注释】

[1] 此诗表达了颜肇维升迁无望的无奈与归隐家园的愿望。

祷雨：祈神降雨。宛平：旧县名，今北京市丰台区。

[2] 惘然：失意貌。

[3] 趺（fū）坐：佛教徒盘腿端坐。广文：唐天宝九年（750）设广文馆，设博士、助教等职，主持国学。明清时因称教官为广文。

[4] 京尹：京兆尹的简称，为京师行政长官。

[5] 曹氏：指宛平知县曹季和。

[6] 邈（miǎo）然：高远貌。

[7] 先公：指颜肇维父颜光敏。遗乐圃：光敏在曲阜有别业，名曰乐圃。

赠番禺庄殿撰容可[1]

仙人梅福岭头南[2]，首夺龙标[3]战正酣。

御路花骢[4]嘶不断，天门红日气初涵。

得名弱冠[5]年余六，敷教成均[6]舍历三。

自古羊城[7]有才子，韩陵片石[8]莫轻谈。

【注释】

[1] 此诗为赠给庄容可的诗，表达了对其才华的赞美之情。

番禺：属广东省广州府（今广州市番禺区）。殿撰：集英殿修撰、集贤殿修撰的省称，明、清进士一甲第一名例授翰林院修撰，故沿称状元为殿撰。庄容可：与袁枚同时官至大学士，曾因丁文彬书事获咎。

[2] 岭头南：岭南。

[3] 首夺龙标：名列榜首。

[4] 骢（cōng）：青白杂毛的马。

[5] 弱冠：古时以男子20岁为成人，初加冠，因体犹未壮，故名弱冠。此小句谓庄容可年26岁金榜题名。

[6] 敷教：布施教化。成均：古之大学。后为官设学校的泛称。

[7] 羊城：广州的别称。

[8] 韩陵片石：据唐张鷟《朝野佥载》卷六：南北朝西魏温子升博览百家，文章清婉，写了一篇韩陵山寺碑文。南朝有人问庾信："北方文士如何？"庾信说："只有韩陵一片石（即韩陵山寺碑文）值得一读。"后以"韩陵片石"喻指好文章。

赠海阳鞠进士谦牧[1]

负山[2]临海地灵盘，鞠子名家臭若兰[3]。
雾隐豹文[4]高突兀，雷烧鱼尾有波澜。
倦游十载同磨镜[5]，得第今朝似弄丸。
试问梁园[6]词赋客，奇花又向上林[7]看。

【注释】

[1] 此诗为赠给新科进士、同乡友人鞠谦牧的诗作。

海阳：今山东省海阳市，位于山东半岛东南部，烟台市境南。鞠谦牧：鞠逊行，字谦牧，号未峰，海阳人。乾隆四年己未（1739）进士。改庶士，授编修。

[2] 负山：背后依山。

[3] 鞠子名家臭若兰：谓鞠氏乃是海阳名家，书香门第。臭（xiù）：气味。

[4] 豹文：豹身上的斑纹。这里指才华出色。

[5] 磨镜：磨治铜镜，古代用铜镜照面，用久则不明，需倩工磨之。这里比喻细心打磨，精心准备。

[6] 梁园：梁苑，西汉梁孝王所建的东苑，故址在今河南省开封市东南。梁孝王在其中广纳宾客，当时名士司马相如、枚乘等均为座上客。清顾炎武《梁园》诗："梁园词赋想遗音，雕绘风流遂至今。"

[7] 上林：上林苑。秦时皇家旧苑，汉武帝刘彻于建元三年（前138）扩建而成，规模宏伟，气象非凡，司马相如作有《上林赋》盛赞之。

赠轩辕谋野[1]

轩辕黄帝万年孙[2]，今岁南宫[3]独冠军。
姓作榜花[4]承雨露，笔裁伪体际风云。
谁云汶水[5]无灵气，莫怪鸡林[6]叱异闻。
早晚西清[7]看起草，粉袍浓把郁金熏。

【注释】

[1] 此诗为赠给新科榜花轩辕谋野的诗作，表达了对同乡后进的赞扬与勉励。

[2] 轩辕黄帝万年孙：谓轩辕黄帝为华夏民族的始祖，轩辕谋野是轩辕帝的子孙后代。据《史记·五帝本纪》："黄帝者，少典之子，姓公孙，名曰轩辕。"

[3] 南宫：礼部的别称，职掌会试。

[4] 榜花：唐宣宗大中以后，礼部取士发榜，每年录取姓氏冷僻者二三人，谓之"色目人"，亦谓之"榜花"。

[5] 汶水：汶河，在山东。见《挽江宁令孔北沙》注释 [5]。

[6] 鸡林：指佛寺。

[7] 西清：清代宫廷内南书房。在故宫乾清宫西南隅，清廷选调翰林或翰林出身之官员入内当值，应制撰写文字，起草诏令。

题田白岩《脊令图》[1]

微雨卷夕霁，倦云湛素波。
披[2]君脊令图，珍禽鸣交柯[3]。
坐对春林下，把书得天和[4]。
念昔吾先子，侍郎日经过。[5]
寒日山姜花，发为山姜[6]歌。
括苍[7]年才冠，泼墨翻长河。

尚有两小弟，晬盘[8]学提戈。

白岩尔后出，眼漆眉似螺。

自吾先子逝，人事成蹉跎[9]。

策蹇[10]出西郭，黄叶满东坡。

老来羁[11]京邑，两鬓雪婆娑[12]。

名场少耆旧[13]，谁遑恤[14]其它。

侍郎兹杳矣，吾道真坎坷[15]。

昨接白岩子，故家风婀娜。

自指此图内，长者乃其哥[16]。

幼者尚无须，被服纨与罗[17]。

细读山姜诗，诗思黔中多[18]。

括苍已[19]不见，白岩今如何。

我独无兄弟，感此泪滂沱[20]。

愿言[21]慎藏之，勿遭田氏诃[22]。

【注释】

[1] 此诗为一首题画诗，描绘了《鹡鸰图》所绘景物，表达了对友人田白岩才华卓冠的赞美。

田白岩：田中仪，字无咎，号白岩，田雯之子，山东德州人。岁贡生，官銮仪卫经历。好诗词，著有《红雨书斋诗集》。鹡鸰：鹡鸰，详见《上桐城张相公兼呈宗伯》注释[35]。

[2] 披：打开、散开。

[3] 交柯：交错的树枝。

[4] 天和：谓自然和顺之理，天地之和气。

[5] "念昔"句：谓想起我父亲（颜光敏）那时与侍郎（指田雯）过从甚密。

[6] 山姜：田雯（1635—1704），山东德州人，字紫纶，一字子纶，亦字纶霞，号漪亭，自号山姜子，晚号蒙斋。康熙三年（1664）殿试二甲第四名进士，授中书舍人，历任江南学政、贵州巡抚、刑部侍郎等。诗与王士禛、施闰章齐名，著有《山姜诗选》。

[7] 括苍：田肇丽（约1662—1735），号括苍，别号苍崖，田雯长子。屡试不第，以荫生补官户部郎中。著有《怀堂诗文集》。

[8] 晬（zuì）：周岁。晬盘：旧俗于婴儿周岁日，以盘盛纸笔刀箭等物，听其抓取，以占其将来之志趣，谓之试儿，也叫试晬、抓周。

[9]"自吾"句：指颜光敏1686年去世。蹉跎（cuō tuó）：光阴白白地过去。

[10]蹇（jiǎn）：跛行，行动迟缓，此处指劣马或跛驴。

[11]羁：停留。

[12]婆娑（pó suō）：散乱、蓬松。

[13]"名场"句：谓科举场中没有年高望重者，谁有闲情体谅别人呢？对田肇丽的屡试不第深表同情。耆旧：年高望重者。

[14]遑（huáng）：闲暇。恤（xù）：对别人表同情、担忧。

[15]坷：青图本作"轲"，径改。

[16]其哥：田肇丽。

[17]纨：细绢，细的丝织品。罗：轻软有稀孔的丝织品。

[18]"细读"句：谓田雯诗中提及贵州的地方特别多（田雯曾任贵州巡抚）。诗思：作诗的思路、情致。

[19]已：青图本作"巳"，径改。

[20]滂沱（pāng tuó）：雨下得很大，也形容泪如雨下。

[21]愿言：思念殷切貌。

[22]诃（hē）：同"呵"，斥责、责骂。

颜懋侨跋[1]

侨[2]江干幼客，山左书生。从游携干禄之编[3]，南州作宰；纵目诵趋庭之句[4]，黄口[5]何知。星纪[6]牵牛识越山之东，尽地分回浦，仍吴代之初名。绕廓[7]青山，尽玄晖[8]之遗迹，半江诗思，同开府[9]之清新。看林腰断虹，天在二桥秋色，听城角清梵[10]，月移双塔钟声。白堕青精[11]，寄烟霞于猿鸟；轻裘缓带[12]，对佳丽之山川。人笑官清，囊惟诗富。登楼宾客，固已得声称于茂先，纳钵[13]春秋，何暇听臧否[14]于季野。况夫唐任翻巾峰三过之处，犹存老鹤孤僧，汉茅盈龙，顾飞升之天，争识白云丹灶。是故笋斜花后，郑户曹[15]之诗才长啸临风，成公绥[16]之赋体鱼虾沙市。听残船，背雨声，盐米菁林行遍，肩舆芳草药传。盖竹山腹分挂鹊[17]之泉酒，有丹邱[18]江头，静陈婆之水，柳子厚[19]印纹生绿，自是诗人苏颍滨[20]，学舍如舟，亦云官长。麦苗桑葚都入劝农之篇，酒谱茶经是为风土之纪。朗吟一过，觉海气之东来，再挹[21]清芬，分台端之秀发。侨也省从骑竹，教以讴吟，才可操觚[22]，略观风雅，授书灌木楼前，晓露湿梧桐，问字西枝堂下，轻风疏杨柳。然而梦游陕右，老泉[23]已知，为戒禅熏鼠[24]梁间，乌衣方笑。夫虎子道南卜宅[25]，过门谁敢题凡丁卯名，桥临流偏思钓直。高达夫[26]学诗之日，蘧伯玉[27]寡过之年。寒夜归村，月照谢公[28]之墅。清晨向市，云深莱子[29]之衣。凡所敷陈，皆存箧衍[30]。在昔长安风雪，挂偏提[31]于西山，夸门交游，倾意气于汴水。公谦应制诸作，半属遗忘，长城白马之诗，偶留什一耳。侨不克偕往，无由讨论，偶拾瑶华[32]，意从诗会。若夫渡江南，下京口、瓜步之潮，入越东居天姥、金鸡之岭松花说饼，南食不独之瞻，蛎[33]粉涂墙，殊俗近传孙通[34]。侨则亲侍几席，三年于兹矣，见夫远慕前徽，风流不异于光禄[35]；近宗大业，品望还同乎考功[36]。固知世德相绳[37]，咏五君[38]之标格，家源弥茂，美十子[39]之声华。宁特异着新泉，诚闻祷雨者哉。然而石梁翻雪，齿冷群玉之山，赤标落霞，春生金沙之岸。左太冲[40]之孤拔，阮仲容[41]之清刚，读曲吹笙，引绳合律，一编授受，胜黄金之满赢，诒厥孙谋[42]，望良弓之能继。编兹聊附思鲁[43]称述，用传琅邪[44]，不且有美必彰，全符不朽耶？

雍正八年夏日次男懋侨敬跋[45]

【注释】

[1]唯国图本无此跋，其他诸本皆有。青图本此跋附于卷四之末，北大本、鲁图本、南图本附于卷三之末。

[2]侨：为颜肇维次子，字幼客，号痴仲。

[3]干禄：求禄位，求仕进。干禄之编：指制艺，八股文。

[4]趋庭：快步走过庭院。典出《论语·季氏》。"[子]尝独立，鲤趋而过庭。曰：'学诗乎？'对曰：'未也。''不学诗，无以言。'鲤退而学诗。"趋庭之句：指《诗经》。

[5]黄口：指幼儿。

[6]星纪：十二星次之一，古代天文学家为了说明星辰的运行和节气的变换，将黄赤道附近的一周天按由西向东的方向分为十二个等份，以冬至日为开头，叫作星次。古代以十二星次的位置划分地面上州、国的位置与之相对应。《尔雅》所载标志星为斗、牛，分野主吴越。

[7]廨（xiè）：旧时官吏办公的地方。

[8]玄晖：明亮。月行于天，光彩照耀，因以"玄晖"代称月亮。

[9]开府：北周文学家庾信，因其官至骠骑大将军，开府仪同三司，故称庾开府。

[10]清梵：僧尼诵经的声音。

[11]白堕：美酒。典出北魏杨衒之《洛阳伽蓝记·法云寺》："河东人刘

白堕善能酿酒。季夏六月，时暑赫晞，以罂贮酒，暴于日中。经一旬，其酒不动，饮之香美而醉，经月不醒。"青精：指青精饭，道家所食。

[12] 轻裘缓带：见《挽江宁令孔北沙》注释 [7]。

[13] 纳钵：亦作"纳宝"，契丹语译音，相当于汉语的"行在"。辽金元时国君的行营。

[14] 臧否（zāng pǐ）：品评、褒贬。

[15] 郑户曹：郑虔，见《答恤纬姊来韵》注释 [2]。

[16] 成公绥（suí）（231—271）：字子安，东郡白马人，幼而聪敏，博涉经传，有俊才，辞赋甚丽。性寡欲，不营资产，家贫岁饥，处之如常。张华颇重之，每见所作文，叹服以为绝伦。荐之太常，征为博士，历迁中书郎，有《乐歌王公上寿酒歌》。

[17] 挂鹄：南朝宋孙诜撰、清王谟辑《临海记》曰："郡西有白鹤山，山水下注，遥望如倒挂白鹄。"

[18] 丹邱：亦作"丹丘"，传说中神仙所居之地。

[19] 柳子厚：柳宗元（773—819），字子厚，河东（今山西省运城市永济市一带）人，唐宋八大家之一。

[20] 苏颍滨：苏辙（1039—1112），字子由，一字同叔。苏轼之弟，苏洵子，八大家之一。晚年定居颍川，过田园隐居生活。原作"颖"，径改。

[21] 挹（yì）：舀，把液体盛出来。

[22] 操觚（gū）：执笔作文。觚，木简，古人在木简上写字。

[23] 老泉：苏洵（1009—1066），字明允，自号老泉，眉州眉山（今四川省眉山市）人，北宋文学家，与其子苏轼、苏辙并以文学著称于世，世称"三苏"，均被列入"唐宋八大家"。

[24] 熏鼠：《诗经·豳风·七月》有"穹窒熏鼠，塞向墐户"，意思是用烟火将老鼠从墙体里面熏赶出去，然后把窟窿完全堵上。

[25] 卜宅：用占卜决定住所或墓地。

[26] 高达夫：高适（约704—约765），字达夫、仲武，唐朝渤海郡（今河北省景县）人，后迁居宋州宋城（今河南省商丘市睢阳区），唐代边塞诗人，曾任刑部侍郎、散骑常侍、渤海县侯，世称高常侍。

[27] 蘧伯玉：春秋卫国大夫，相传他"年五十而知四十九年非"，是一个求进甚急并善于改过的贤大夫。

[28] 谢公：谢安（320—385），字安石，号东山，东晋政治家、军事家，浙江绍兴人，隐居会稽郡山阴县之东山。历任吴兴太守、侍中、吏部尚书等职。

[29] 莱子：老莱子，有老莱娱亲的典故。《艺文类聚》卷二十引《列女传》："老莱子孝养二亲，行年七直，婴儿自娱，着五色彩衣。尝取浆上堂，跌仆，因卧地为小儿啼。"

[30] 箧（qiè）衍：方形竹箱，盛物之器。

[31] 偏提：酒壶。

[32] 瑶华：亦作"瑶花"，玉白色的花；仙花。比喻珍美的诗章。

[33] 蛎：软体动物，有两个贝壳，生活在浅海泥沙中。肉可食，味鲜美。俗称"蚝""海蛎子"。

[34] 孙遹（yù）：彭孙遹（1631—1700），字骏孙，号羡门，又号金粟山人，浙江海盐武原镇人。彭孙贻从弟，清顺治十六年（1659）进士。清初官员、词人，与王士禛齐名，时号"彭王"。清康熙十八年（1679）举博学鸿词科第一，授编修。历吏部侍郎兼翰林掌院学士，为《明史》总裁。著有《南往集》《延露词》。

[35] 光禄：指颜胤绍，崇祯朝追赠其为光禄寺卿。

[36] 考功：指光敏，曾官吏部考功司郎中。

[37] 绳：继续，不绝貌。

[38] 五君：指魏晋时名士阮籍、嵇康、刘伶、阮咸、向秀。南朝宋颜延之因贬官永嘉太守，怨愤而作《五君咏》以自况。

[39] 十子：清初十位诗人：曹禾、田雯、宋荦、汪懋麟、颜光敏、王又旦、谢重辉、曹贞吉、丁澎、叶封齐名，称"金台十子"。（见《清史稿·文苑·尤侗传》）王士禛编有《十子诗略》传世。

[40] 左太冲：左思（约250—305）：字太冲，齐国临淄（今山东省淄博市）人。西晋著名文学家，其《三都赋》颇被当时称颂。左思才华出众，齐王召为记室督，他辞疾不就，退居宜春里，专心著述。

[41] 阮仲容：指阮咸，是三国时期曹魏正始年间竹林七贤之一。

[42] 诒厥（yí jué）孙谋：《诗·大雅·文王有声》："诒厥孙谋，以燕翼子。"谓留给子孙，为子孙筹划。

[43] 思鲁：颜思鲁，字孔归，祖籍琅琊临沂，系颜之推长子。

[44] 琅邪（láng yá）：今作"琅琊"，位于山东东南部，诞生了琅琊颜氏。

[45] 南图本书后有"山东巡抚采进本"字样，并撰有编辑题记："国朝颜肇维，字次雷，曲阜人，官临海县知县。是集乃其官浙东时所作，诗多学南宋诸家。"

颜懋份跋[1]

　　家大人宰章安之次年秋八月，份买棹[2]南下，乱[3]大河、京口以达于浙，至剡[4]，舍舟而陆，篮舆彳亍[5]，行石牛桐柏间三日。柏红枫落，江断山高，蔚然而环碧者则赤霞城下也。廨[6]在巾帻双塔之西北，入居后患疥[7]月余，尽读家大人所为诗，莫不气象硉矹[8]，深衷寄托，有睥睨[9]一代之志。故不一体，亦不一格。闲尝与兄侨请命刊刻，家大人顾恂恂然[10]未之许。上章岁[11]，自选《锺水堂诗》得上、下二卷，授份录一过，趋庭多暇，抚兹新编，深愧所得浅陋，未能发明什一。因读兄侨所为跋，虔志数语于后，以请益[12]焉。时梅风初起、麦雨未收，季男懋份敬跋于章安之署楼。

【注释】

　　[1] 颜懋份：字怡亭，曾任长芦盐官。颜懋伦有《送怡亭之长芦》诗。孔尚任撰《颜公（光敏）墓表》中记有他的名字，但未见于族谱。

　　唯南图本、国图本无此跋，其他诸本皆有。青图本附于卷四之末，北大本、鲁图本附于卷三之末。

　　[2] 买棹（zhào）：雇船。

　　[3] 乱：横渡。

　　[4] 剡（shàn）：剡溪。见卷二《新昌道中》注释[3]。

　　[5] 篮舆：古代供人乘坐的交通工具，形制不一，一般以人力抬着行走，类似后世的轿子。彳亍（chì chù）：慢慢走，走走停停的样子。

　　[6] 廨（xiè）：官舍。

　　[7] 疥（jiè）：疥癣，一种传染性皮肤病。

　　[8] 硉矹（lù wù）：高耸、突出。

　　[9] 睥睨（pì nì）：斜着眼看，侧目而视，有高傲的意思。

　　[10] 恂（xún）恂然：担心的样子。

　　[11] 上章岁：十干中"庚"的别称，用以纪年。《尔雅·释天》："（太岁）在庚曰上章。"这里指庚戌年，即清雍正八年（1730）。

　　[12] 请益：向人请教。

颜肇维诗补遗（十二题）

补遗说明：以下所收的诗，除最后一首出自《峄县志》外，其余均据孔宪彝编辑的《曲阜诗钞》（清道光二十三年曲阜孔氏刻本）。

连展[1]

小麦青青制法精，中厨[2]连展有嘉名。
搓来似线丝丝结，断处如钗股股轻。
家食正当初夏令，客盘岂是故乡情。
物微价贱宜京宦，却笑何曾误一生。

【注释】

[1] 此诗咏叹夏令食品连展的精美，并由食连展引发思念故乡之情。

连展：一种时令性麦类食品，用烧烤后的新麦碾磨而成，多呈短条状，有时呈片状。也叫"碾转"。清王士禛《池北偶谈·谈艺三·唐诗字音》："今山东制新麦作条食之，谓之连展，连读如辇（连，上声）。"

[2] 中厨：厨中、厨房。杜甫《槐叶冷淘》："青青高槐叶，采缀付中橱。"

题泰安赵相国《泰山全图》[1]

元化[2]宰天地，混茫既已分。
扶疏[3]孕灵气，四岳[4]岱为尊。
德至则封禅[5]，七十有二君。
虞月与周狩，大礼明堂陈。
我昔壮年日，振衣升其巅。
铁锁悬仄径，云流手可扪[6]。
破石开瀑布，白界青松痕。
日观[7]小天下，鸡鸣扶桑暾[8]。
东皇[9]抱我宿，沆瀣[10]相吐吞。
东溟[11]化朱海，万里金波掀。
俯视辨汶泗[12]，回瞰鲁北门。
吴练渺何许，秦石犹复存。

相传桐柏顶，不及兹山根。

故知挟土壤，岂恃形嶙峋。

自与梁父别，奄忽四十春。

年来宦京邑，获接莲府[13]宾。

相公宋室胄[14]，世为南城人。

结庐山之阳，致君精鲁论。

夙望瑚琏器[15]，共推社稷臣。

请看六合[16]雨，未过肤寸云。

尚闻出山日，郑重别南村。

画山呼枚仲，下笔如有神。

丹青十八叶，十年功始完。

从此逐几杖，密于平生亲。

载之过翰海，载之历八闽[17]。

载之居皖江，载之上平津。

衡华不敢拟，龟蒙[18]尽儿孙。

冉冉孤生竹，其节何巑岏[19]。

每当休沐[20]出，时复怀故园。

短歌以摅[21]意，持示颇殷勤。

何物鞭大石，卷缩不盈端。

昔游未得半，今乃观其全。

始知神灵宅，真遇诚为难。

中有仙人桥[22]，仿佛石梁悬。

中有仙人影，仿佛石室颜。

乞身倘更至，投策龙池边。

青冥四万丈，惧非衰朽干。

公为泰山主，高风迈三贤。

我亦从之去，勿怪其痴顽。

【注释】

[1] 此诗为一首题画诗，对泰安赵相国的《泰山全图》进行了细致的描绘，表达了对雄奇天下的泰山美景的由衷赞美。

赵相国：赵国麟（1673—1751），字仁圃，山东泰安人。清康熙间进士，官至文渊阁大学士，为康、雍、乾三朝名臣。

[2] 元化：大自然。

[3] 扶疏：回旋，飘散貌。

[4] 四岳：东岳泰山，西岳华山，北岳恒山，南岳衡山，统称"四岳"。

[5] 封禅（shàn）："封"为"祭天"，"禅"为"祭地"，是指古代帝王在太平盛世或天降祥瑞之时的祭祀天地的典礼。

[6] 扪（mén）：按、摸。

[7] 日观：泰山日观峰，为著名的观日出之处。

[8] 扶桑：神话中的树木名，后用来称太阳出来的地方。暾（tūn）：形容日光明亮温暖。

[9] 东皇：东皇太一，是中国古代祭祀的最高神。

[10] 沆瀣（hàng xiè）：夜间的水汽、露水。

[11] 东溟：东海。

[12] 汶泗：指汶河和泗河。

[13] 莲府：幕府。

[14] 胄（zhòu）：帝王或贵族的子孙。

[15] 夙（sù）望：平素的声望，亦指素有声望的人。瑚琏（hú liǎn）：宗庙里盛黍稷的祭器，比喻治国的才能。

[16] 六合：天下四方，整个宇宙的巨大空间。

[17] 八闽：福建的别称。

[18] 龟蒙：龟山和蒙山的并称，均在山东省境内。

[19] 巑岏（cuán wán）：峻峭，山高锐貌。

[20] 休沐：休息洗沐。

[21] 摅（shū）：发表或表示出来。

[22] 仙人桥：在碧霞祠东南，有两崖陡立，相隔丈许，涧深数丈，非正午不见日月，两崖之间三石相连，悬于半空，风吹欲倾，纯属造化之奇巧，非神仙不能过，故名"仙人桥"。

赠孝义梅隐雷先生[1]

曾过樊楼[2]旧汴京，昔年雷义[3]近知名。
墓田竞说躬耕日，乡里齐传指囷[4]情。
青史新增高士传，丹书遥下宛邱城[5]。
采风我亦皇华[6]使，欲补笙诗[7]问束生。

【注释】

[1] 此诗为一首赠诗，表达了对友人梅隐雷慷慨助人高尚品德的赞美。

[2] 樊楼：宋代东京（今河南省开封市）的大酒楼，又称白矾楼。

[3] 雷义：东汉年间豫章郡（今江西省南昌市）品德高尚、舍己为人的君子。与陈重两人为至交密友，当时人们称颂道："胶漆自谓坚，不如雷与陈。"事见《后汉书·独行列传》。后以"陈雷胶漆"比喻彼此友情极为深厚。

[4] 指囷（qūn）：《三国志·吴志·鲁肃传》："周瑜为居巢长，将数百人故过候肃，并求资粮。肃家有两囷米，各三千斛。肃乃指一囷与周瑜。"后以"指囷"喻慷慨资助。囷：一种圆形谷仓。

[5] 宛邱城：宛丘，古地名，为春秋时陈都，今河南省淮阳县。

[6] 皇华：赞颂奉命出使。《诗·小雅》中的篇名，《序》谓："皇皇者华，君遣使臣也。"

[7] 笙诗：《诗·小雅》中《南陔》《白华》《华黍》《由庚》《崇丘》《由仪》六篇仅有篇名，而无文辞。宋朱熹《诗集传》中称此六诗为"笙诗"。

马[1]

紫燕[2]势翩翩，兰筋[3]夹镜悬。
呼为红叱拨[4]，饰以玉连钱。
白首东归日，青云北上年。
何当随穆驾，莫漫刷幽燕。[5]

【注释】

[1] 此诗为一首题马诗。诗中描绘了骏马的英姿，极富生命之美。诗人联想到自己当年青云北上，为朝廷奔走驰骋的壮志。

[2] 紫燕：古代骏马名。

[3] 兰筋：马目上部的筋名。筋节坚者能行千里，因之为骏马的代称。

[4] 红叱拨：名马名。唐天宝中，西域进汗血马六匹，分别以红、紫、青、黄、丁香、桃花叱拨为名。见宋李石《续博物志》卷四。

[5] "何当"句：谓当年也曾想追随清廷奔走驰骋建功立业。穆驾：周穆王的车驾，代指清朝皇帝，清朝最高统治者。幽燕：指京师。

赵北口[1]（二首）

其一

赵北口边鱼可叉，冥冥蒲稗[2]几人家。

一双白鹭忽惊起，蓑笠鸣榔出水涯[3]。

其二

绕岸渔歌出酒旗，离宫别馆[4]俯清漪。

何人白发斜阳下，记得先皇巡幸时。

【注释】

[1] 此诗为颜肇维过赵北口之作，描绘了赵北口恬淡质朴的自然风光。

赵北口：今河北省保定市安新县东北有赵北口镇，位于白洋淀东岸。赵北口为古燕、赵边界之处，有"燕南赵北"之说。

[2] 蒲稗：蒲草与稗草。

[3] 蓑笠（suō lì）：蓑衣与笠帽。鸣榔（láng）：敲击船舷使作声，用以惊鱼，使入网中。

[4] 离宫别馆：赵北口镇有建于康熙年间的行宫，坐西朝东，三面环水。康熙曾巡幸至此，并写有诗作。

龙湾[1]

关怀丙舍[2]赋归田，再到龙湾已六年。

尚有别时村叟在，园蔬细雨话灯前。

【注释】

[1] 此诗描绘了颜肇维解职回到龙湾老家之后的情景，表达了诗人的田园之情。

[2] 丙舍：后汉宫中正室两边的房屋，以甲、乙、丙为次，其第三等舍称丙舍，泛指简陋的房舍。

乐圃[1]

早霁[2]西村午入城，池塘夜雨水初平。

山亭枕褥南风起，吹过幽禽一两声。

【注释】

[1] 此诗描绘了乡野的自然景色。

乐圃：颜光敏在龙湾构建的别墅。参见《题叔祖季相公祇芳园诗画册》注释[4]。

[2] 霁（jì）：雨雪停止，天放晴。

寄王员外为可[1]

鲁门西下水如环，草绿裙腰花破颜。

却笑应官王石屋，白云司[2]里画青山。

【注释】

[1] 此诗为颜肇维寄给友人王为可的诗作，表达了归隐曲阜后的怡然自得之情。王为可，号石屋，当为乾隆时刑部员外郎。

[2] 白云司：刑部的别称。相传黄帝以云命官，秋官为白云，刑部属秋官，故称。

九日[1]

其一

老怕登高自掩门，茱萸[2]人散日黄昏。

未能孤负[3]重阳节，乞得邻家菊数盆。

其二

接篱慷著[4]耐轻寒，谁道秋英夕可餐[5]。

却忆长春买花市，半城风雨卷帘看。

【注释】

[1] 此诗描绘了颜肇维重阳节的闲适心情。

[2] 茱萸：又名“越椒”“艾子”，古俗农历九月九日重阳节，佩茱萸能驱邪避祸。唐代诗人王维《九月九日忆山东兄弟》有“遥知兄弟登高处，遍插茱萸少一人”的诗句。

[3] 孤负：同“辜负”，违背、对不住。

[4] 接篱慷著：懒得戴帽子。唐李白《襄阳歌》：“落日欲没岘山西，倒著接篱花下迷。”接篱：以白鹭羽为饰的帽子。著（zhuó）：穿；戴。

[5] 谁道秋英夕可餐：化用屈原诗句。《楚辞·离骚》：“朝饮木兰之坠露兮，夕餐秋菊之落英。”秋英：秋天的花，也特指菊花。

读乐圃壁间秋史、岸堂、小东、训昭、
赞王诸君旧作有感，用秋史过曲阜留别韵[1]

其一

浪迹南兼北，归来夏复冬。

爱兹云物秀，不解宦情浓。

欲补窗间竹，闲删手种松。

作箴戒诸幼，三复是南容[2]。

其二

廿四泉间客[3]，名成耻致身[4]。

渐看前辈少，重把五言新。

田舍随波去，儿孙剩几人。

雪车才不朽，流景似风轮。（秋史）

其三

扇底桃花曲，流传紫禁中。

诗同湖海[5]阔，泪尽楷蓍[6]红。（岸堂）

复忆青莲句，堪追白雪翁。（小东）

黄公（训诏）兼叶子（赞王），惆怅逐西风。

其四

同游谁复在，寂寞旧西枝。

鱼鸟清如此，功名笑尔时。

先祠乘暇建，家诫[7]至今垂。

补壁春泥暖，长吟历下诗。

【注释】

[1] 此诗为颜肇维怀人之作，记述了诗人归隐之后的闲适生活，表达了对友人的怀念之情。

秋史：王苹，字秋史。岸堂：孔尚任，号岸堂。小东：李光敬，字子凝，号小东，峄县人。训昭、赞王：黄训昭、叶赞王，当均为颜光敏旧友。

[2] 三复是南容：意为要像南容那样反复诵读经书，慎于言行。语出《论语·先进》："南容三复白圭，孔子以其兄之子妻之。"三（sàn）复：反复地诵读。南容：南宫括，孔子的弟子，因其字子容，故亦称南容。

[3] 廿四泉间客：王苹（秋史）将其济南所居处称廿四泉草堂，其诗集名"廿四泉草堂集"。

[4] 致身：原指献身，后用作出仕之典。语出《论语·学而》："事父母能竭其力，事君能致其身，与朋友交言而有信。"

[5] 湖海：孔尚任诗作有《湖海集》。

[6] 楷著（jiē shī）：楷，落叶乔木，木材可制器具，种子可榨油，树皮和叶子可制栲胶，亦称"黄连木"。著，多年生草本植物，全草可入药，茎、叶可制香料，古代用其茎占卜。楷、著皆为曲阜孔林特产，楷木雕刻尤为著名。

[7] 家诫：颜肇维之父颜光敏作有《颜氏家诫》四卷。

意园主人饭我及乐清侄，以无肉食为嫌，因赋三断句[1]

其一

谁上首山庚癸呼[2]，阶前菜把足朝铺[3]。
莫将一饭寻常看，落日西山有饿夫。

其二

一回相见一回颠，俱是平头八十年。
饥馑流亡沟壑满，箪瓢[4]无恙即神仙。

其三

溪毛[5]原可登之俎[6]，扶杖携将小院过。
尔我菜根还咬得，看他食肉相如何？

【注释】

[1] 此诗为颜肇维感谢意园主人宴请而作，此时诗人年届八十，已至无欲无求境界。

乐清：颜懋伦，字子清，一字清谷，颜光敏之兄颜光猷之子。颜懋伦《四编诗·辛未》中有《过意园》诗。断句：绝句。

[2] 庚癸呼：古代军中隐语，谓告贷粮食。典出《左传·哀公十三年》：

"吴申叔仪乞粮于公孙有山氏……对曰：'粱则无矣，粗则有之。若登首山以呼，日"庚癸乎"，则诺。'"杜预注："军中不得出粮，故为私隐。庚，西方，主谷；癸，北方，主水。"后称向人告贷为"庚癸之呼"。

[3] 馎（bù）：以食食人；给食。

[4] 箪（dān）瓢：器具名，盛饭食的称箪，盛饮料的称瓢。借指饮食。

[5] 溪毛：溪边野菜。

[6] 俎（zǔ）：古代祭祀时放祭品的器物。

无题[1]

三载椒花诵国风，芳名高比峄阳桐[2]。
伯符[3]少日偏先逝，湘女哀弦自此终。
地下相逢看玉镜，人间无泪洒丹枫。
圣朝采入轩輶[4]使，海碧天清路未穷。

【注释】

[1] 此诗表达了对友人的怀念之情。原诗无题目，采自《峄县志》。

[2] 峄阳桐：此处代指友人李克敬。牛运震在《协办礼部仪制司行人司行人颜公墓志铭》中记载：颜肇维"所为游若峄阳李克敬、历下王莘、金乡杜天培，及黄学士懋、刘学士藻、鞠编修逊行、李郡守果、齐宗伯召南、沈观察廷芳，皆为当时名人也。"李克敬（1659—1727），字子凝，号小东，峄城人。殿试二甲第九名，官至翰林院编修。曾参与编纂《皇清一统志》山东部分和《峄县志》。卷一有《壬午早春，朱子素存招游龙洞，同游者李子向南、赵子季颂、黄子仲通、李子子凝》诗，可参看。

[3] 伯符：孙策（175—200），字伯符，三国吴孙坚之子，孙权长兄，绰号"小霸王"，因被刺客淬毒刺伤后身亡，年仅二十六岁。

[4] 轩輶（xuān yóu）：使臣所乘之车。据《峄县志》录《翰林院编修李克敬墓碑》载："岁丁亥（康熙四十六年，1707），圣祖仁皇帝南巡，进诗台庄水次，时献诗赋者六七百人，进呈二十一卷，钦拔（李克敬）第一。"

附　录

一、颜肇维书信（一通）[1]

老亲家荣膺主眷[2]，典守名邦，福星霖雨，宗党与有宠光矣。新秋荐爽，台旌[3]南指里门，一伸贺悃[4]，并悉阔怀也。伫俟伫俟！京宅向屡奉渎，今子权在京，闻心友又近缔姻，此时易为清楚，乞主持解纷，一言九鼎，或不厌琐琐也。新例省捷[5]，舍弟入都，但为贫而仕，不能不仰助于世好。蜀之灌县、会理州，家先叔所拔[6]，欲恳藩司[7]力为怂恿，务期有济，拜志[8]明德矣。家邮中，乞为转恳，倘蒙慨允，尚须耑人[9]走谢，不宣。姻弟名正具[10]。

【注释】

[1] 录自《颜氏家藏尺牍》卷四。写与对象"老亲家"究竟为谁，待考。校勘所据的版本为上海科学技术文献出版社 2006 年影印出版的《上海图书馆藏珍稀文献·颜氏家藏尺牍》本（简称上图本），并参照丛书集成初编本。又，《颜氏家藏尺牍》中颜肇维名下另收有一通书信（"正月发来役回……"），考当为颜伯珣写给颜光敏的，而非颜肇维所写，故此处不录。

[2] 荣膺（yīng）主眷：光荣地得到皇帝的眷顾与赏识。

[3] 台旌：敬辞，尊称对方，犹阁下。

[4] 贺悃（kǔn）：诚挚地祝贺。贺，丛书集成初编本误作"贾"。

[5] 省捷：简易快捷。

[6] 上图本影印原件附有副启，内中注明："会理州知州沈庆鲁，灌县知县高崧。"会理州、灌县均在四川。下文云此二人皆"家先叔所拔"，当是颜光敳主持浙江学政时选拔的贡生。家先叔：指颜光敳，字学山，颜光敏幼弟。清康熙二十七年（1688）进士，曾官翰林院检讨，主持浙江乡试，取士得人，旋任浙江学政。著有《学山近稿》《怀轩遗诗》等。

[7] 藩司：明清时布政使的别称，主管一省民政与财务。

[8] 志：音 zhì。铭记、记录。志，丛书集成初编本作"志（志）"。

[9] 耑（zhuān）人：专人（耑：同"专"），指专为办理某事而特地派遣的人。

[10] 姻弟：姻亲中同辈相互间的谦称。名正具：名字正式写出（以示恭敬）。丛书集成初编本无"姻弟名正具"五字。

二、颜修来先生年谱（颜肇维撰）[1]

复圣先祖六十七世之孙，讳光敏，字逊甫，号德园，一字修来。世居兖郡，崇祯末，避兵乱，遂家曲阜。高祖讳从麟，娶于朱，为林庙举事，多隐德，尝题幛云：“终身让畔，不失一段；与其同流俗，孰如增后福。”曾祖讳嗣化，娶于张，赠明江都知县。尝畜两骏，为亲戚盗去，使人执鞍辔追赠之。有水牛六，入泗水化为九龙，因名其别业曰“龙湾”。祖讳胤绍，娶鲁藩女，早卒，再娶于孟。登崇祯辛未（1631）[2]进士，历官河间知府，殉难，赠光禄寺卿，事载《明史》列传。父伯璟，祖母孟氏出，明四氏学廪生，清封奉直大夫，赠大中大夫。跣行千里，负河间公遗骸归葬，乡人思其德，谥曰“孝靖先生”。母朱氏，明鲁藩镇国中尉还真公女，遇难全节，饮刃四日复生，详见家传。累封太宜人，今封太淑人。

府君[3]生于崇祯庚辰（1640）正月初七日寅时。是时河间公尚在邯郸，御敌救荒有方，名震畿辅。旋为督师太监所劾，被逮。

崇祯辛巳（1641），府君年二岁。直隶抚军屡奏邯郸冤抑状，河间公得从薄谴。旋以真定司马讨西山巨盗，降其众，遂知河间府。赠公[4]感妖梦，寓书[5]亟谏，不宜奉诏，河间公不从。

崇祯壬午（1642），府君年三岁。是年闰冬，清兵破河间，河间公死之。腊月破兖州，乳母孙氏匿府君获免。十二昼夜，始达龙湾别业，时赠公与朱太淑人亦脱兵燹[6]归曲阜。府君窜伏[7]时，曾不啼，及见父母觅家人之殁于兵者，日夜哭不止，赠公奇之。

崇祯癸未（1643），府君年四岁，患疡[8]。赠公如河间求骸骨，上书请恤。具揭云：“臣父巷战不胜，亲属五口俱付灰烬，臣父引刃自裁，倒火殒身。家丁吕有年、刘真皆死于兵。臣在兖州被创折足，匍匐北来，数月始至。得遇亲随刘宏猷、衙役傅可学，指示遗骸，焦头烂额，惨不忍见。今瘗寄庙中，冒死奏闻云云。”下部议，河间公赠光禄寺卿。赠公又于民间求得河间公季子伯珣，时方六岁，即家丁吕有年掖之出火者。至是河间公榇归。昔年赠公有六棺自西北飞来之梦，今果验，数也。

甲申（1644）三月，明亡，是为我朝顺治元年，府君年五岁。与伯兄光猷及叔父伯珣共食寝，无稚气，对客琅琅诵诗数百言。八月患痘。

顺治乙酉（1645），府君年六岁。赠公为子弟延师李泰禄先生于家塾，府君尚幼，请于赠公曰：“叔父仅长三岁，伯兄长二岁，儿独何耶？”赠公喜，使入小学，日有考记，不好弄。

顺治丙戌（1646），府君年七岁。《四书》《孝经》《毛诗》《周易》俱成诵，一字不忘。赠公教以步履进退，使无诳语，与人共食，必让匙箸。

顺治丁亥（1647），府君年八岁。强记善问，李先生不能难。语赠公曰："此子业已胜我。"遂辞去。

顺治戊子（1648），府君年九岁。从孔秀岩先生读书龙湾，学为举业，即不苟同于人。尝侍赠公寝，赠公梦中讲"天命之谓性章"，多前人之所未发，府君时已默识心通。

顺治己丑（1649），府君年十岁。赠公命省耘，与二西瓜，手自去其蒂。母朱太淑人问："何为去其蒂？"府君曰："儿道远，持其蒂必脱，瓜且裂矣。"

顺治庚寅（1650），府君年十一岁。学书。

顺治辛卯（1651），府君年十二岁。出应郡邑试，皆冠其偶。府君祖姑母，值丧乱后依赠公以居，仆婢事之，小不谨，府君必呵责之，饮食起居必问焉。祖姑母叹曰："是儿加[9]人数等矣。"至其殁，哭之哀。

顺治壬辰（1652），府君年十三岁。学行草书，作《仲秋泗河泛舟赋》。

顺治癸巳（1653），府君年十四岁。与叔父、伯兄唱和，得诗文各百余首。有醉吏啸于门，赠公谓府君曰："汝亦闻山有猛虎，藜藿[10]为之不采乎？"府君曰："窃谓猛虎不如麒麟。"赠公曰："此吾志也。"

顺治甲午（1654），府君年十五岁。应童子试，学使戴公京曾，拔置第一，入四氏学。

顺治乙未（1655），府君年十六岁。曲阜令某，有均田之役，邑人多不解勾股法，府君夜见陈征君惺存，学之，一夕而精。越陌度阡，十月竣役，邑令叹以为神。十二月娶孔氏。学使施闰章科试第一，食饩[11]。著《月蚀歌》《玉蝶词》一卷。

顺治丙申（1656），府君年十七岁。

顺治丁酉（1657），府君年十八岁。邑先达孔方训先生下帷讲学，诸生五十余人，府君七试皆第一。是秋中式六十九名，主考户部给事严公沆，兵部郎中李公世洽，房考官泰安知州张公知怿，发榜日，以非孔氏，改置副车第四名。按：明天启元年经台臣议，初定宗生圣裔中式名额，四氏始有"耳"字字号。但凭文优取中，原未定一人，亦不拘定孔氏。故崇祯庚午（1630）科，河间公及颜伯靴，则叔侄同榜。嗣后宗生圣裔，不副其选，仅能中式一名。至我朝顺治二年（1645），礼部尚书郎丘条陈科场事宜，不知四氏旧额原系不拘一人，不拘何姓，但凭文艺取中之例。遽称山东孔裔，旧用"耳"字编号，中式一人，则当如旧遵行，冒昧题请。以致历科中式孔氏一人，而颜、曾、孟三氏编号虽同，中额不及。是科也，府君已得复失，亦无愠容，人服其雅量云。场后，巡按缪正心具题，请复旧额，部议四氏子孙不拘何姓，以文高者取中二名，本朝"耳"字号之中式二名，自此始。十月初六日，长女生。

顺治戊戌（1658），府君年十九岁。游太学，倡谈弈，时无与敌者，旋戒之，还龙湾，键户读书。

顺治己亥（1659），府君年二十岁。读书园中，手自种菊。《乐圃集》所载"东园甘菊高过墙，主人与尔饱风霜"之句，即其事。日挽桔槔[12]浇畦蔬，园官止之，府君曰："吾欲习劳耳。"

顺治庚子（1660），府君二十一岁。秋试不第。与云间吴六益倡和，着《旧雨堂诗》一卷。从赠公受琴。府君尝谓赠公学琴于都门儒士赵天玉，天玉学琴于扬州曹杏田云。

顺治辛丑（1661），府君二十二岁。江南顾炎武宁人游阙里，耳府君名，过访，遂定交。同赋《行路难》九篇。后宁人以事系狱，府君已宦京师。故《送朱竹垞入东抚幕》有"讼庭尚有南冠客，莫向燕台思故人"之句。是年三月生女曰丙。

康熙元年（1662）壬寅，府君年二十三岁。

康熙癸卯（1663），府君年二十四岁。秋，举于乡，第二十六名。受知礼部郎中张公应瑞、刑部给事张公维赤、郯城令金公煜，同门五人。孔族诸无赖，至是闻府君中式，犹哗于门，扯去报帖，盖愤其防孔氏中式额也。府君不与较，其人至暮，惭而归。冬游郯、沂间。

康熙甲辰（1664），府君年二十五岁。下第。作《吕律集说》。冬，侍朱太夫人疾，衣不解带。女丙殇，不以告，亦无戚容。太淑人疾愈，始知之，曰："儿纯孝，吾复何虑。"

康熙丙午（1666），府君年二十六岁。夏五月，次女生。讲究书法宿原，尝曰："学行楷书，当取资于商周秦汉，而以晋为法，唐则矩矱森然，初学者宜于此求其笔径，宋以后勿寓目可也。"或曰："晋、唐则然矣，汉以前所传何书？"曰："篆、隶、行、楷，本同一源，所贵能书者敛精神，姿态变化无方，而不失其天然位置，是谓得之。"后谷口郑簠见之曰："惟先生为知书。"

康熙丙午（1666），府君年二十七岁。之秦，代大宗[13]世翰募修祖庙，偕邑人孔君次宽。止临洺关，访河间公缚虎、去碓处。昔临洺关有虎，入城噬人，人家碓无故自舂。河间公率健儿缚虎去碓，民赖以安。登华山，与秦中名士李天生、王无异游，有诗数十篇，《西征日记》一卷。陕西方伯与府君同姓名，相见甚欢。凡所遗，比归，悉以奉父母，分诸兄弟，囊无私蓄。十二月偕计吏北上，赠公及叔及伯兄送于沙河别业，同为联句，有"咸京五月寒，腊日向长安"之句，志其事。

康熙丁未（1667），府君年二十八岁。试礼部，第七十四名。总裁太子太保户部尚书王公弘祚，礼部尚书梁公清标，内秘书院学士刘公芳躅，吏部左侍郎兼右侍郎事冯公溥，同考官兵部职方司主事蔡公兆丰，同门□人。殿试缪彤榜第二甲十三名。五月有旨，许进士考授中书，府君赴考，名列第六，补国史院中书舍人。偕沈公胤范、张公鹏、张公联猷、张公衡、田公雯、申公穟、朱公射斗、李公回、梁公联馨、纪公愈、孙公百藩十二人入署办事。

康熙戊申（1668），府君年二十九岁。薇省多暇日，府君益稽古学，唯与同志数人，细论得失，皆一时名流。彼置身清要，声名赫奕[14]，思附片席以自文其陋，竟不可得也。相传田公雯酒间漫骂，张公鹏典事见侮，一时内翰词林俨若冰炭。故申公穟吟云："书生薄命还同妾，丞相怜才不论官。"田公吟云："失路嗟何益，痴怀老渐平。"

康熙己酉（1669），府君年三十岁。二月二十六日生不孝肇雍于京邸，三月皇上临雍，故名不孝曰"雍"，今名"维"，思亲也。是年加恩圣贤子孙之陪祀观礼者，九月，府君升礼部仪制司主事。伯兄光猷举于乡。冬，上《籍田秉耒议》。

康熙庚戌（1770），府君年三十一岁。二月充会试同考官，分校《易经》，得士十八人，曰白梦鼐、张烈、张为焕、孙在丰、崔瀛、李次莲、梁楠、黄承箕、万嵩、冯遵祖、李超、屠又良、余雪祚、辛乐舜、李谊、吴谨、王元臣、郭昂，皆一时名士。三月出监龙江关税，五月以覃恩授承德郎。有族人绍灼者，当改革时失其母。后知为旗下所掠，灼故贫，其主人索价甚高，已无可如何。府君闻，为捐百金赎回，俾[15]得完聚。

康熙辛亥（1671），府君年三十二岁。榷关[16]一载，爬搜诸蠹，务从宽大，商族德之。役毕，至假金为途资以还。五月过鲁省亲，时时与亲申话，言畴昔[17]，蹋鞠[18]校射，道傍观者殊不知为仕宦也。季冬，奉朱太淑人入都。复命后，上书宗伯，更定衣服等威仪，格不行。

康熙壬子（1672），府君年三十三岁，上命学臣选拔诸生以实成均，县学例得一人，府学二人。公力言于当事，故至今四氏学贡额得比于府。又请复录科以收人才，制曰："可。"科闱北场多蜚语，磨勘[19]日，诸公瞻徇[20]不前，读韩公癸卷，皆摇首咋舌，不解何语。府君独击节叹赏曰："主持风气，赖有斯人。"谤始止。

康熙癸丑（1673），府君年三十四岁。买宅西城宣武坊。伯兄光猷试礼闱，府君引疾，不与闱事。唱榜，始入闱。唱至多名，公汗沾衣。谓："吾兄文若此，竟不遇乎？"已而唱至伯兄名，乃大喜曰："世有弃夜光之珠哉！"八月，朱太淑人东归，公扳舆送至卢沟桥，涕泗交颐，都人见者，俱为感动。九月，奉命考试善书画者，充两殿书办官。应募者二百余人，录何湛、周京等九十人，后去取有差。旧例江南赍表监司每岁二人，自分两藩后，遂需四员，驰驱无宁日，职务多旷。府君请兼赍，许之。又奏礼部官专用进士，更定试卷磨勘例。议烈妇余氏旌表，氏遇强暴自缢，金[21]欲不准，府君力争始定。贞烈并旌，自此始。冬闻滇警，府君常蹴鞠骑射以习劳。是年京察考语："明敏勤练称职。"

康熙甲寅（1674），府君年三十五岁。下直多弹琴。编辑会典，检前朝实录，集礼制新书，删改礼律繁重蒙累之处，及颁诏仪注，定朝仪。是年秋，以长女适孔兴焯。

康熙乙卯（1675），府君年三十六岁。退食之暇，从宣城施公闰章、新城王公士祯论诗，世传都门十子，为田公雯、曹公禾、王公又旦、曹公贞吉、汪公懋麟、谢公重辉、宋公荦、林公尧英、叶公封暨先府君，刻有《十子诗略》。莫不简淡高远，寄兴微妙。亦各有所就，了无扶同。不知者，以有明七子拟之，陋矣。八月，改吏部稽勋司主事，十二月，以建储，诰封奉政大夫。四女生。

康熙丙辰（1676），府君年三十七岁。在万柳堂同冯益都、姚司寇二十余君为放生会。是冬迎养朱太淑人于邸第，母宜人携不孝来依膝下。遂令不孝就学，口授《童蒙》《急就》等篇，不令出门嬉戏。

康熙丁巳（1677），府君年三十八岁。先是丙辰十二月二十三日，东吴顾宁人来下榻，府君共宿。夜间门启，传赠公至，实梦也。是岁正月，赠公讣至，不意即其月之二十一日也。府君以未得亲视含殓，痛不欲生。又以朱太淑人欲同穴，不敢决绝。与兄光猷昼夜防护哭劝，逾时之勺，太淑人始感动。京师故旧及四方挟策之士，咸来观礼，见府君涕与血俱，遂有"颜下善居丧"之目。成服后行，二月抵里，与邑人孔尚任酌议丧仪，殡虞卒哭，一如古礼。十一月，葬赠公于城东侍郎之林。

康熙戊午（1678），府君年三十九岁。析产，府君以母在不敢从。太淑人谕曰："汝与兄俱宦京师，余暮年老妇，就养之日方多。诸弟不习稼穑艰难，他日何以自立。其勉应命。"府君始取瘠土敝器，曰："存此以养旧德耳。"良田广宅悉让诸兄弟。时时称述祖训，陈忠孝以勉后学，著《家诫》四卷，世比黄门《家训》云。

康熙己未（1679），府君年四十岁。辑赠公手书，凡片楮只字，俱装成帙。

四月服除。九月出游吴、越间，历泉林、蒙山之境，遵郯、沂而南，小史挟褚墨后从，日有记，不具载。

康熙庚申（1680），府君年四十一岁。客南中逾年，以山水朋友为性命，甘置一官，不思莅任。春游峰泖，下松陵禾中，居武林半载，无日不与山色湖光相往复。观潮钱塘，溯桐江三衢。东访禹陵，遍历云门、显圣诸寺，与高僧数辈作方外游。登临所惬，辄呼好手泼墨为图，迄今观屠狗后人遗笔与府君《南游日历》，山河风景，宛然在目。

康熙辛酉（1681），府君年四十二岁。再过金陵，追念旧游，遍牛首、栖霞、九华、三茅诸胜。入皖舒，复下邗江，乱京口，还吴下。倦游思归，渡江，途经凤阳，询河间公宰凤阳政绩及家泰屏太守骂贼时事，士人犹有存者，府君皆书之于绅。仲冬旋里，于宅西偏，买石筑山，穿池引水。慕姑苏清嘉坊朱氏之乐圃，即以名其园，更号乐圃主人，吟啸其中。与孔尚任考订礼乐，阐天命之微，欣然有得。时督诸弟读书，追述先德，悲不自胜，诸弟咸感泣力学。

康熙壬戌（1682），府君年四十三岁。春登岱，游历下湖山。潜心理学，着《未信编》一卷。尝曰："读书本以求道，须见古人所谈义理，实获我心，方寸中洒然卓然，虽鬼神不能夺也。若与心中未慊，则反复求之，不敢遽信为然。如《五经》传注，百家互有出入，苟能蠲成见集众长，虽不尽合于经，其害经者寡矣。即《论语》《孟子》，亦有当变通以求之者，盖《论语》本非自撰，皆因人立言；《孟子》意在救时，或矫枉过正，若不信义理而信方策，则伪书皆得乱其真矣。"七月至都，与及门张烈论《大学》"格致"，反复辩论累数千言。九月补吏部验封司主事。冬，迎养朱太淑人于京邸。

康熙癸亥（1683）。府君年四十四岁。正月迁吏部验封司员外郎，署考功司事。见不孝肇维羸质，教以守身之道。曰："为人子者，居则慎疾，出则慎交，君子无犯义，小人无犯刑，胜于五鼎之养[22]也。"时当计吏，门馆肃清。俸钱所入，结蕴阁于邸第之南，读书其中。冬十月，为不孝肇维纳妇黄氏。

康熙甲子（1684），府君年四十五岁。三月升吏部验封司郎中，是月以次女嫁李昭，五月女亡，府君为文以祭，哭之痛。初，康熙甲辰，会试废八股时文，改为二场，初场策五，次场经书论各一、表一、判五。丙午、丁未亦如之。乙酉复三场旧制。时有曰府君以射策成进士者，府君乃日课时文一篇，庄雅钜丽，出入六籍，在制义中自成一家之言。且与趋朝视事书簿相仍时成之，故脱稿多丹笔云。秋八月，季弟光敉举于乡。时上欲东巡，命议典礼。府君谓宜仿古巡狩礼，经泰山，用祀五岳礼，经阙里，用本处丁祭礼，上悦。九月以覃恩诰授奉政大夫。

康熙乙丑（1685），府君年四十六岁。弟光斅试礼部不中，府君督责严切。比归，限以家居日课，故光斅卒成进士。其文慓悍迅疾，汪洋恣肆，识者谓颖滨于之东坡也。衍圣公《幸鲁谢恩疏》牵引瓜葛某，府君黜其名。又疏内只称孔族，驳改为"孔氏等族"，一时清议快之。先是颜氏之居曲阜者，其田租较他姓独重，谓之寄户，不知何故？府君白之张抚军鹏，奏请减租，例比孔氏，宗党至今感恩不衰。是年府君下值，日读书不辍，不孝以节劳请。府君曰："吾自乐之，殊不苦也。"

康熙丙寅（1686），府君年四十七岁。四月，充《一统志》纂修官。刊《未信堂制义》八十篇，即比年自公之暇所成者。徐公干学目为体大思深，方之前辈唐襄文公、韩公菼读之，谓为知本之儒。是年五月，朱太淑人年已七十矣，府君及兄光猷俱宦京师，叔父诸弟咸在。内而名公巨卿，外而岩穴知名之士，莫不仰太淑人之节，重府君之品，制为诗歌，跻堂拜母，于时宾客称极盛焉。朱太淑人顾而色喜曰："昔兖州城破之时，岂料家口得相聚。汝与兄今托先人福庇，得从翰铨之末，回想四十年前，何如景象？今门庭若此，尔辈俱当勉之！"家庆之后，留季弟光斅读书邸第，每陈经共治为乐。秋八月寝疾，九月晦日，卒于京师宣武门私第。田公雯曰："已矣！吾山东又失一才人矣。"哭府君逾时而悲。次年丁卯（1687），不孝肇维扶榇归里，腊月十七日葬于城东侍郎之林，癸山丁向以赠公穴东七十五步。

府君长身广颡[23]，丰下隆准[24]，喜与海内豪杰游。淹通经史，旁精律历、勾股之学，雅好鼓琴，及围棋、投壶、蹴鞠、弹弋各技，皆能化入神。立朝侃侃不阿，所议改正律条，皆务为宽大，剔除积弊。自公之暇，锐意著述，已行世者则有《未信堂时艺》《乐圃诗集》《音正》《文释》等书。尚未刊行者则有《旧雨堂诗》《德园日历》《南游日历》《家诫》《未信稿》《音变》等书。性好游览，遇佳山水不能辄去。故升华蹑岱，以疏放其志。酷爱金石文字，亦复雅擅临池，世人获其片札，珍犹珠玉。独不信浮屠、星命之书，着论排之。于赠公之殁，废二氏之教，曲阜士大夫丧葬之不用僧道，自先府君居忧始。生而纯孝，历事二部，遇有题请节孝，吏人稍为迟留，府君即自定稿，呈清画题。同袍中友，有拜某权贵为义父者，数年致身卿贰[25]，府君遂与绝交，疾其无亲也。府君生不孝十有八年即捐馆舍[26]。不孝虽幼聆父师训，言尚无文。今当祥琴，思我父兮，又虑嘉言美行，渐遂日往，爰[27]不揣浅陋，拭泪书此，知当世大人先生不我笑也。不孝敬志。

【注释】

[1] 原文见颜懋侨《霞城笔记·自叙》，转录自赵传仁等著《颜光敏诗文

集笺注》301—310页，齐鲁书社1997年版。2019年5月，徐复岭先生和赵雷教授据北京大学图书馆古籍部《霞城笔记》稿本校对，改正了《颜光敏诗文集笺注》引文中的若干错讹之处。据《霞城笔记》，原题作"清授吏部考功司郎中先大夫颜府君年谱"，题"康熙二十七年纪在戊辰四月上浣，嗣子敬纂"。

[2] 崇祯辛未（1631）：括号内所示公元纪年系整理者所加。

[3] 府君：旧时对已故者的敬称，多用于碑版文字，此处指谱主颜光敏。

[4] 赠公：古代敬称官员的父亲，这里指颜伯璟。

[5] 寓书：寄信。

[6] 兵燹（xiǎn）：因战乱而造成的焚烧、破坏。

[7] 窜伏：逃匿、潜伏。

[8] 疡（yáng）：疮、痈等。

[9] 加：超过。

[10] 藜藿（lí huò）：藜和藿，可做野菜，亦泛指粗劣的饭菜。

[11] 食饩（xì）：明清时经考试取得廪生资格的生员享受廪膳补贴，亦即成为廪生。

[12] 桔槔（gāo）：井上汲水的工具。

[13] 大宗：宗族中的嫡系长房。此处指颜世翰。

[14] 赫奕：显赫、美盛。

[15] 俾（bǐ）：使。

[16] 榷（què）关：征收关税的机构。此处指颜光敏被朝廷委任赴南京龙江征收关税。

[17] 畴（chóu）昔：往昔。

[18] 蹋鞠：蹴鞠。

[19] 磨勘：对乡、会试卷派翰林院儒臣等复核，称"磨勘"。

[20] 瞻徇：徇顾私情。

[21] 佥（qiān）：众人、大家。

[22] 五鼎之养：古代行祭礼时，大夫用五个鼎，分别盛羊、豕、肤（切肉）、鱼、腊五种供品。

[23] 颡（sǎng）：额。

[24] 隆准：指高鼻梁儿。

[25] 卿贰：卿相一级的官员。

[26] 捐馆舍：弃馆舍。死亡的婉辞。

[27] 爰（yuán）：于是、就。

三、颜肇维墓志铭及其他有关资料辑录

（一）协办礼部仪制司行人司行人颜公墓志铭（牛运震撰）[1]

今上乾隆元年，诏裁行人司而并其员，官隶礼部。于是曲阜次雷颜公以行人佐礼部仪制司云。先是，公令临海。临海属浙台郡之附郭，邑隅处万山，江海环之。其民薪竹材柏，饭蟹羹鱼。国初耿、郑之变[2]，逆将马信掠男女数千口迁之台湾，以故田多荒堹[3]，民益告瘝[4]贫落，腹馁色悍，强讼蜂起，蘖牙为奸。而逋赋[5]累累，尤能累长吏，为下考[6]。公以雍正六年抵临海，按部廉得讼袗五十三人，尽褫[7]衣冠，逐之郊，讼牒[8]顿稀。县城有六隅二十四坊，乡有六十九都，一百三十三图。公立排庄之法，以地与人校远近而编次之，并坊、隅、都、图者三之一，裁里甲，革浮羡，夏秋两征，历村堡，身为之劝。满岁报收宿逋二万有七千。台汛兵粮额需七千三百三十八石，岁给诸临。其不敷者为石九百二十四，邻邑舟米供之。公言于上官，曰："临旧征米七千七百有奇，本足给兵食，嗣因改折而米不赡，请酌复旧，依兵额为岁征额，省挽运，且杜胥蠹浮折患。其可？"议行，临人邻邑悉便之。海门下三江、沿溪水碓，旧有闰税，官吏渔劫，岁千金。官检尸，乡民敛金为馈，名"过山礼"。江口上津、中津向有浮桥二，锁连巨舟，五十舟直出三十六埠，浮索无算。公至，悉禁罢之。雍正八年夏秋交，江海斗，飓风雷雨驱灵江，浸民田屋。公往视，两役舁行淖水中，载米与银，俵[9]活灾民数千户。明年岁复不秋，公捐米千石，粥饿者，民以无害。于是公察临海水势利病，修浚弗可，已浚赵公河故道，弦矩而深之，凡二十五里，以通水脉。建双虹闸，置戽门以杀水怒。前所长渠，自小员山抵朗银山达海，旧有三沟六浦，宋朱元晦提举浙东时之所作也，公鸠水工重浚之，凡长四十里，建闸七，曰轻盈、三石、涂下、竹屿、推船沟、松浦、浬山浦。筑坝二，曰上坝、岩上。坝工竣，水行如驶，舟楫鱼贯顺流下，沿渠居民洒水灌田，斥卤膏沃，岁得秔稻十余万斛。公建朱栏二、津桥一，除民舟直；既又建太平桥，跨山溪水。别筑沿海炮台三，战舰[10]九，汛房二百。增高明信国公汤和备倭五十九城之七，又承修紫阳楼、百步岭、桐柏山国清寺各钜工。当是时，当道上公颇倚公才，贤言无不听。会州县有请按亩升科者，公力言临海瘠苦，不能复全额，临民以是无勘丈忧。黄镇议割临海六里隶黄岩，公又力言其不可，议遂寝。公侃侃持大计，凡所以辩护临民者，无弗至。去之日，临民张灯酿酒[11]送，老叟童妇拥道不得行。于戏！其可谓良吏耳矣。

初，公由四氏学庠生入太学，应顺天乡试，荐而不第。考授镶红旗官学教

习，期满，得为令。令临海九年，内授行人司行人。其将去临海也，台郡守适公所不能者；而公方系论一孝廉子。公役勾摄人，中途所摄人仆地死。有贼拒捕，杀其二女以诬捕人。郡守得公三事，遽张皇揭公，制府迹按之，无公毛发罪。公卒以迁擢去。其为行人也，乾隆二年遇中宫正位。公充前引官，捧进金册，襄成大礼。时朝廷承平无事，春官尤冷曹。公从容郎署，备员品而已。然公至是遂老矣。

公为人长身丰下，修髯广颡，质直方严、强力勤敏，出于天性，持身俭素，临事棘棘[12]不阿。遇有兴作，精神勃发风驰，不底成不休，以故吏治案无留牍而事有成功。公年六十始为令，年六十九授行人，年七十四以乾隆七年予告归休乐圃。有书画、古砚、花木之娱，终于家。公内仁九亲，外笃于交友。所与游若峄阳李克敬、历下王苹、金乡杜天培，及黄学士孙懋、刘学士藻、鞠编修逊行、李郡守果、齐宗伯召南、沈观察廷芳，皆当时名人也。其在临海龙顾山阳书院，所造士章西巨、侯嘉翻、叶丰、秦锡淳等，尤以经术称。公所为诗偏长于近体，刻有《锺水堂集》，别有《赋莎斋稿》《漫翁编年稿》。诵者按其诗睹公之志，而有以惜其才之未竟为大用也。公讳肇维，字肃之，次雷其别字云。公配黄氏，继孔氏，有子五人：懋龄、懋侨、懋价、懋企、懋仝。懋侨与余交最深。孙九人：崇树、崇谷、崇木、崇枋、崇柏、崇检、崇茱、崇槊。崇柏，余婿也。知公者莫如运，宜为铭。铭曰：

陋巷之门，贤哲代兴。遥遥六十五叶，河间是承。孝靖蒸蒸，动乎险中。考功文章有声名。行人试为吏，养民若子倚兄。绍乃祖，度乃身，年八十一返厥真。生为良吏殁当神。谓予不信，请质诸临海之民。

【注释】

[1] 牛运震（1706—1758）：字阶平，号真谷，又号空山，人称空山先生，滋阳（今山东省兖州市）人。雍正十一年（1733）进士，十三年举博学鸿词，报罢。历官甘肃两当、秦安、平番知县。开敏有断，居官不延幕友，凡事均自理。性好金石，精经术，工文章。著有《空山堂文集》十二卷、《史论》二十卷、《空山堂易解》四卷、《春秋传》十二卷、《金石图》二卷。《清史列传》有传。

[2] 耿、郑之变：康熙十二年（1673），清廷下诏撤"三藩"，吴三桂起兵反清。1674年3月，耿精忠在福州响应，杀福建总督范承谟及幕僚50余人，并请台湾郑经由海道取沿海郡县为声援，一时兵势甚盛。1682年，"三藩之乱"平息，耿精忠被处死。

[3] 埆（què）：土地不平，贫瘠。

［4］呰窳（zǐ yǔ）：苟且懒惰，贫弱。

［5］遗赋：未缴的赋税。

［6］下考：官吏考绩列为下等。

［7］褫（chǐ）：剥夺。

［8］讼牒：诉状。

［9］俵（biào）：方言，散发，把东西分给人。

［10］艘：指船。

［11］醵（jù）酒：凑钱置酒。

［12］棘棘（jí）：刚直。

（二）其他有关资料辑录

颜肇维，字肃之，光敏子。雍正中由太学生考充教习。期满，以知县用，选临海。以兴利革弊为任。首除里甲阔税征米改折之累，民情欢服。值江海斗，泛滥为灾，设粥赈饿者，全活无算。察赵公河故道，朱子所作，三沟六浦悉鸠工浚之，灌溉有资。建太平桥，别筑炮台三，修战艘九，汛房二百。增高汤信国备倭五十九城之七，治绩卓越，三考升行人司行人，改礼部仪制司，致仕归。卒年八十一。有《锺水堂集》《赋莎斋稿》《漫翁编年稿》。

颜肇维，字肃之，号次雷，晚号漫翁。光敏子，恩贡生，官至行人司行人，有《锺水堂诗集》《赋莎斋集》《太乙楼集》《漫翁诗钞》。漫翁幼读《庄子·秋水篇》，一览成诵，以陪祀贡入成均。雍正间，诏诸臣各举所知，漫翁得与叙用，宰临海，多惠政，尤留意海防。去官日，有投巨函者，不告姓名而去，皆绘在任政绩也。既致仕，高宗幸鲁，亲临法部，特命扶杖从事，见者咸谓是神仙中人，时年已八十矣。诗律清圆，齐侍郎召南称其为良吏、为高人，皆以诗见。其伯姊恤纬及子懋龄、懋侨、懋价、懋企、懋仝，孙崇穀、崇俭、崇槃、崇茱、崇榘俱工诗，允称一门风雅云。

颜肇维，字次雷，晚号红亭老人，曲阜人。贡生，官临海知县。有《锺水堂集》《赋莎斋稿》《漫翁编年稿》。

肇维旧谱名雍，字肃之，号次雷，漫翁其晚年号也。髫年早孤，承忠孝遗泽，锐志负荷，积学攻苦，有寒士所弗堪者，以故淹贯称名宿。由诸生太学应顺天乡试，荐而不第，考授镶红旗官学教习，期满，令临海九年，内授行人司行人。及裁减行人司，遂隶礼部为仪制司马。公貌修伟，质直方严，内仁九亲，外笃交游，临事棘棘不阿。遇有兴作，精神勃发强干，盖出天性云。其莅临海也，以兴利革弊为第一义，凡旧设里甲润税、征米改折之属，既察知其累，悉蠲除之。而雍正八九年，江海斗，泛滥为灾，煮粥以赈，所活无算。已而谛审水势，知修浚之弗可已也。于赵公河故道，朱晦庵所作之三沟六浦，悉鸠水工浚之，使民得灌溉之利。又建太平桥，别筑炮台二，战艦九，汛房二百，增高汤信国备倭五十九城之七，卓有治绩。呜呼，古之所谓能吏，公近之矣。春官冷署不获大究其用，识者惜之。而公亦年且老，愿得予告去，徜徉乐圃，矍铄弥壮，寿八十一而终。所谓诗尤长于近体，刻有《锺水堂诗》，又有《赋莎斋稿》《漫翁编年稿》。诵者按其诗，犹可睹其志焉。子五：懋龄、懋侨、懋价、懋企、懋仝。懋价出为长支堂弟肇庆嗣。

四、颜肇维简谱

颜肇维曾祖颜胤绍，字永胤，崇祯辛未（1631）进士，官河间知府，明末殉难，赠光禄寺卿。其祖伯璟，清封奉直大夫，赠大中大夫。跣行千里，负河间公遗骸归葬，乡谥孝靖先生。其父颜光敏（1640—1686），字逊甫，号德园，一字修来，晚号乐圃，为清初"金台十子"之一，康熙丁未（1669）进士，历任礼部仪制司主事、吏部验封司主事、员外郎、郎中。康熙丙寅（1686）岁秋九月，卒于京邸，享年四十七岁。颜肇维伯姊名小来，号恤纬，是当时颇有名气的女诗人。

康熙八年（1669），己酉，一岁。

二月二十六日，生于父在京私第。因三月皇上临雍，故取名"雍"，后改名"维"。

康熙十五年（1676），丙辰，八岁。

于北京依父就学。父授《童蒙》《急就》等篇，不令出门嬉戏。

康熙二十二年（1683），癸亥，十五岁。

正月，颜光敏迁吏部验封司员外郎，署考功司事。见颜肇维赢质，教以守身之道。十月，为颜肇维纳妇黄氏。

康熙二十四年（1685），乙丑，十七岁。

父下值日，读书不辍，肇维以节劳请。府君曰："吾自乐之，殊不苦也。"

康熙二十五年（1686），丙寅，十八岁。

九月，父颜光敏病逝于京邸。

康熙二十六年（1687），丁卯，十九岁。

颜肇维扶父榇归里，腊月十七日葬父于城东侍郎林。

康熙四十一年（1702）壬午，三十四岁。

颜肇维与朱素存、李向南、赵季颂、黄仲通、李子凝同游济南东南 15 公里处的龙洞。

康熙四十九年（1710），庚寅，四十二岁。

乞新城王士祯，题写父亲颜光敏墓碑。

康熙五十二年（1713），癸巳，四十五岁。

由诸生太学应顺天乡试，荐而不第，考授镶红旗官学教习。（据乾隆刻本《曲阜县志》卷八十六。确年不可考，姑系于此。）

出京回家探母，有《癸巳出都，别徐大司成》诗。

康熙五十三年（1714），甲午，四十六岁。

请孔尚任为父颜光敏作墓表。孔尚任《长留集》有《颜肃之招饮贮清馆看剪白罗》诗。

康熙五十七年（1718），戊戌，五十岁。

时住北京，有《得家书二首》诗。

康熙六十年（1721），辛丑，五十三岁。

到淮安访友人蒋衡，有《舟次淮安访蒋湘帆，别后却寄》诗。

雍正二年（1724），甲辰，五十六岁。

母亲孔氏逝世。《除夕题汪玉依风木图》："伤哉陟屺甲辰岁，苍苍者天何所持？"

雍正六年（1728），戊申，六十岁。

秋，颜肇维任职浙江临海，离京前曾作《将之浙水言怀志别》，颜肇维南渡任职时，同行者二子颜懋侨。经过故乡曲阜，八月抵杭州，九月抵达临海。《寄九叔》："别当去年秋，水涨泗河岸。八月抵杭州，九月临海县。"

九月九日，颜肇维过曹娥江，作《九日曹娥江舟中遣兴》。

岁末，颜懋龄来到临海，带来了曲阜老家的书信。临海属于旧时的南部偏远之地，风俗不同，语言不通，任职非常清苦。有《戊申秋，侨儿偕余南渡，除夕，龄儿来围炉作》。

雍正七年（1729），己酉，六十一岁。

有《暑中寄姊》诗："去年送我秋中路，今岁怀人夏半书。"

雍正八年（1730），庚戌，六十二岁。

岁末，前往仙居。有《除夕，自仙居归署，题老莲索句图》。

雍正九年（1731），辛亥，六十三岁。

重阳节，过桐岩岭。有《辛亥重阳经桐岩岭有作》："客路秋风各一乡，桐岩岭畔过重阳。"此年冬，登临镇海楼。有《镇海楼望城内梅花》。

雍正十年（1732），壬子，六十四岁。

颜懋侨北归。有《侨儿北归示意》。

紫阳观告成。颜肇维作《紫阳观告成，呈留少宗伯十二韵》。

雍正十一年（1733），癸丑，六十五岁。

谷雨后三日，请侯嘉翻为《锤水堂诗》作序。

雍正十二年（1734），甲寅，六十六岁。

六月，颜肇维建太乙楼，并题诗壁间。有《甲寅六月暑中，构小楼，颜曰：太乙，留题壁间》。

颜肇维任职期间，兴建范祠社学。据何奏簧《临海县志》（1975年版）载："范祠社学，在府庠西范忠祠，为县义学。初，县义学在北山长寿观，雍正间，颜肇维置田兴修，后废，遂以范祠为义学。"因未知年份，姑系于本年。

乾隆元年（1736），丙辰，六十八岁。

二月，见到新上任文书，内心喜悦。《与冯太守志别》："屡荷始平荐，下考阳城是。二月见除书，公喜胜予喜。"回顾了九年来任职临海的情景，与友人依依惜别。有《去临海留别王香岑、蒋若岸秀才》和《丙辰四月，留题真如寺壁》诗。

深秋，离开临海。

过杭州、嘉兴、苏州、丹阳，腊月到达京口。有《丙辰腊月将去杭州，留别孔分司竹庐》《舟泊嘉兴，少司寇冯澍臣赠宣垆赋谢》《虎阜步月遇丹阳主簿孔雨村》《腊月十九日，大风行丹阳河上，夜宿京口僧房有作》。

乾隆二年（1737），丁巳　六十九岁。

元日，过扬州。《淮扬孙副使陶仲赠砚赋谢》。

早春到达故乡曲阜，有《自浙赴京，早春过里示家人》《四月初六日北上，饮饯枝津园示侄辈》《北上题龙湾，旧雨草堂壁》《次龙湾，和价侄赠行韵》。接着北上，旅次汶上，经保定返京，居北京海波寺故宅。有《次汶上，叠前韵却寄龙湾兄弟，并呈东模从叔》《过保定，李彭城公留寓古莲池，临去赠云山上人》。

夏天，临海侯元经去北京，肇维为之作《题临海侯元经携儿度天姥岭图》。

中宫正位，颜肇维充前引官，捧进金册，襄成大礼。

此年，授礼部仪制司行人。

乾隆三年（1738），戊午，七十岁。

元旦，乾隆赐宴，颜肇维居于礼部宴饮。有《戊午元日赐燕恭纪》。

正月十五，履亲王赐宴礼部僚属。有《元夕，履亲王府燕礼部僚属，即席》。

乾隆四年（1739）至乾隆六年（1741）己未至辛酉，七十一岁至七十三岁。

元旦，早朝。

正月初二，群臣宴集。此年嘱咐儿子整理书稿。有《己未元旦早朝》：“正是金瓯全盛日，敢因无事乞闲身。”《恭和御制元正二日，赐群臣燕诗》：“欲为太平传盛事，教儿且复理书编。”

二月十九日，进回避卷。有《二月十九日进回避卷直史馆作》。

偕友人登高游春。有《同刘孝廉南宫、赵孝廉幼石讨春登高作》。

作诗流露出归隐之意。《翼斋节妇旌表记》有：“予宦如嚼蜡，逝将去曹掾。”《雪霁》有：“遥望东南初雪霁，云山未负汶阳田。”

乾隆七年（1742），壬戌，七十四岁。

告归，返回曲阜老家。

乾隆八年（1743）至乾隆十三年（1748）壬戌至戊辰，七十五岁至八十岁。

为泰安赵相国《泰山全图》题诗，在龙湾老家隐居，植树种松，归隐田园，怡然自乐。

乾隆幸鲁时，特命扶杖从事，见者咸谓是神仙中人，时年已八十矣。

乾隆十四年（1749），己巳，八十一岁。

徜徉乐圃，矍铄弥壮，寿八十一而终。

颜小来诗校注

恤纬斋诗（47首）

恤纬[1]斋诗序（汪芳藻[2]撰）

　　才美玉台[3]，自昔争传班谢[4]；节标彤管[5]，于今犹噪陶陈[6]。则有颜氏大家、孔门贞妇[7]。少钟慧业[8]，叶小鸾[9]颖悟超群；长播惊才，王虞凤[10]淹通迈世[11]。谁识新妆之淑媛，早成不栉[12]之书生。而乃乍绾红丝[13]，欣挽鹿车[14]而椎髻[15]；正调绿绮[16]，悲生鹤怨[17]以摧缇[18]。卫叔宝[19]自叹形羸，王伯舆[20]终伤命促。痛赋哀辞之白首断肠，几类少君[21]难逢正色[22]。于两亲截耳[23]，勉同令女。于是含酸而抚犹子[24]，法凤娴[25]之备历艰辛；忍死而事老姑，效毛钰[26]之勤供甘旨[27]。永断双鸾之梦[28]，洵无春而匪秋。惟追寡鹄[29]之歌，亦有宵而靡旦[30]。梁间燕子双影空怜，枝上杜鹃孤吟谁和？兰生幽谷，沈纫兰[31]集著效颦；惠秀空阶，张德蕙[32]句成叉手[33]。听九秋之砧杵凄凄，堪入肝脾；织五夜之机丝轧轧，疑谐韵响。篱东菊吐傲霜，差[34]比贞心；院北梅舒欺雪，符庶[35]清骨。义惟从一，奚[36]羡咏两髦[37]于共姜[38]？诗擅无双，非止续九骚[39]于葛妇[40]。釐[41]为一卷，约有多篇，传命鄙人，属题末简[42]。

　　嗟夫有如皎日方显，贞松不遇疾风，焉知劲草[43]？彼夫雅工宫体[44]，沈琼莲[45]词压内家；曲尽闺情，屠瑶瑟[46]秀凌香国。左氏娇女[47]，容极娟妍；唐代婉儿[48]，才弥清丽。锦心幼藻[49]，推敲钟石峰前；绣口苑花，倡和落霞山下。宝钿竞抽兮双蕙，锦心屡劈于七襄[50]。非不落想[51]香霏，自署香城居士，分题[52]泣笑，无惭花蕊夫人[53]。纵极镂金错彩之词，难脱刻黛涂脂之习[54]。岂若铅华尽洗，不惹一尘[55]；冰雪自持，夙澄万虑[56]。方维仪[57]借题抒写，寔带商声[58]；王素娥[59]即事吟哦[60]，惟裁角调[61]。言言酸鼻[62]，纲常借以干城[63]；字字镂心，风雅资[64]其鼓吹。所可分成坛坫[65]，判厥妍媸[66]也哉？

　　慨明季之不纲，致德门之多难。见危授命，张睢阳[67]惨殉百人。（曾祖讳胤绍公，任河间太守，一门殉难[68]）求父得体，曹寿春[69]跣足[70]千里。（祖讳伯璟公[71]，在籍，千里奔丧，扶榇归）猗欤[72]！大母卓尔贞姬[73]，（封太淑人，朱氏[74]遭掠，义不受辱，被杀，死而复苏）值玉石之遭焚，已甘就死。当烽烟之被掠，何忍偷生？任加刀锯而不辞，此身绝无受辱，幸戕肢体而复活，斯时竟获全贞。而乃暇授经书，既口诵心维而不懈；时谭[75]义烈，复耳濡目染以匪遥[76]。宜乎语必惊人，操堪励俗，成佳吟于四始[77]篇章，固得于性。生秉正气，于千秋节慨，半由于家法也。孟淑卿[78]惯染珊瑚之笔[79]，原属礼宗；梁节妇[80]坚辞瑇瑁[81]之簪，特旌高行。三唐嗣响[82]，宁惟挖雅扬风[83]；百世流芳，更足廉顽立懦[84]。

时康熙庚子清和月休宁汪芳藻拜撰。

【注释】

[1] 恤纬：《左传·昭公二十四年》："抑人有言曰：嫠不恤其纬，而忧宗周之陨。"意思是寡妇不忧其纺织之事，而忧国家的危亡。后因以"恤纬"指忧虑国事。颜小来晚年号恤纬老人，号其居室为恤纬斋，说明她虽遭际不幸但仍未忘国事。

[2] 汪芳藻：字蓉洲，安徽休宁人，贡生。雍正九年（1731）由教习知兴化县事。以骈体文见长，著有《春晖楼集》。

[3] 玉台："玉台体"的省称。以南朝徐陵编《玉台新咏》，故称。后以"玉台体"代指言情纤艳之作。

[4] 班谢："班"指班婕妤（公元前48年—公元2年），汉成帝刘骜嫔妃，著名才女，善诗赋，有美德。"谢"指谢道蕴，字令姜，东晋女诗人，长于思辨，神情散朗，有林下风气。

[5] 彤管：杆身漆朱的笔，古代女史记事用。《诗·邶风·静女》："静女其娈，贻我彤管。"后用以为女子的文墨之事。

[6] 陶陈："陶"指汉刘向《列女传》所载鲁国女子陶婴。陶婴少寡，纺绩养子，或欲娶焉，乃作歌自明，求者乃止，君子称扬，以为女纪。"陈"指《列女传》所载陈国孝妇。孝妇处陈，夫死无子，姁将嫁之，终不听母，专心养姑。号曰"孝妇"。

[7] 孔门贞妇：指颜小来。小来嫁与孔兴焯，早寡守节，故曰"孔门贞妇"。

[8] 钟：集中、专一。慧业：佛教语，指智慧的业缘。

[9] 叶小鸾（1616—1632）：字琼章，一字瑶期，明代吴江人，文学家叶绍袁、沈宜修三女。小鸾天资聪颖，容采端丽，工诗善词，性高旷，厌繁华，通禅理。有集《返生香》，备受名家推崇。事见胡文楷《历代妇女著作考》引《宫闺氏籍艺文考略》。

[10] 王虞凤：字仪卿，闽县人，约明神宗万历间在世。工诗，有《罢绣吟》一卷、《弄玉词》，《明史·艺文志》著录。《名媛诗纬》载："凡人落笔毓秀，灵动不凡，皆自先天所得。"《列朝诗集》《明诗综》《全闽诗话》亦有

记载。

[11] 淹通：精通；贯通。迈世：超越世俗。

[12] 不栉：唐刘纳言《谐噱录·不栉进士》："关图有妹能文，每语人曰：'有一进士，所恨不栉耳。'"后因以"不栉进士"或"不栉"称有文才的女子。此处指颜小来。栉：音zhì，梳理头发。

[13] 绾红丝：牵红丝线，谓正式婚配。绾：挽，牵。

[14] 挽鹿车：《后汉书·列女传·鲍宣妻》载：后汉鲍宣从妻父学，父奇其清苦，以女妻之，妆奁甚盛。宣谓妻曰："吾实贫贱，不敢当礼。"其妻乃悉归侍御服饰，更着短布裳，与宣共挽鹿车归乡里。后因以"挽鹿车"为夫妻共守清苦生活的典故。

[15] 椎髻：《后汉书·梁鸿传》载：汉梁鸿妻孟光"椎髻，着布衣"，愿与梁鸿俱隐。后遂以"椎髻"（一撮之髻，其形如椎）形容为妻贤良，衣饰简朴，与夫共志。

[16] 绿绮：古琴名，泛指琴。

[17] 鹤怨：南朝齐孔稚珪《北山移文》："蕙帐空兮夜鹤怨，山人去兮晓猿惊。"意谓鹤因隐士出山、蕙帐空空而愁怨。后以"鹤怨"指期待着归隐的人。

[18] 摧缊：此处意指碎麻或旧絮制的冬衣难以抵挡寒意，极言凄清哀怨之情。摧：摧毁、破坏、毁坏。缊：yùn，乱麻、旧絮。

[19] 卫叔宝：卫玠，字叔宝，河东安邑（今山西省夏县北）人，魏晋之际继何晏、王弼之后的著名清谈名士和玄学家，官至太子洗马。卫玠少有才名，丰神秀丽，然身体羸弱，终年27岁。

[20] 王伯舆：王廞（xīn），字伯舆，东晋后期政治人物、书法家。祖籍琅琊，王导之孙，官司徒左长史等。后起兵，不知所终。王廞曾登茅山，自叹"琅琊王伯舆，终当为情死！"

[21] 几类：相似、好像。少君：或谓桓少君。渤海鲍宣妻，桓氏之女，字少君。家虽富有，嫁于贫士鲍宣，安贫守志。后因用为咏贤妇之典。

[22] 正色：谓桓少君嫁于贫士鲍宣，洗尽铅华，安贫守志。古代以青、赤、黄、白、黑五种纯正的颜色为正色，表示尊贵。

[23] 截耳：《三国志》裴松之注引皇甫谧《列女传》：三国魏夏侯文宁之女（曹文叔之妻）"早寡而无子"，父母强其再嫁，遂"刀截两耳""自断其鼻"，自誓不嫁。后遂以"割鼻截耳"或"截耳"表示女子立志守节。

[24] 犹子：侄子。颜小来将其侄子抚养成人。

[25] 凤娴：王凤娴，字瑞卿，号文如子，明华亭县人。进士王善继之女，自幼聪颖，工诗能词，及长嫁进士、宜春县知县张本嘉，闺中时有唱和，相互切磋。夫逝后艰辛备尝，抚育子女。有《焚余草》三卷，《明史·艺文志》著录，惜未见。事见其诗集王献吉序。

[26] 毛钰：亦名钘龙，麻城人。御史毛凤韶女，刘守蒙（明兵部尚书刘天和之孙）妻。少好读书，过则能诵。长遂博览，无书不读。晚年为诗益工。早寡，有节操，以"文贞"称之。有《文贞夫人集》，《湖北通志》著录，惜未见。事见《宫闺氏籍艺文考略》。

[27] 甘旨：美味。此指小来代亡夫尽孝，侍奉翁姑。

[28] 双鸾之梦：指男女相爱、夫唱妇随的梦想。鸾：传说凤凰一类的鸟。

[29] 寡鹄：丧偶的天鹅。比喻寡妇或不能婚嫁的女子。

[30] 有宵而靡旦：只有黑夜，没有白昼。靡：无、没有。

[31] 沈纫兰（1573—1619）：明代女诗人，字闲靓，嘉兴沈淳女，秀水参政黄承昊妻。幼攻书史，工诗，其诗有《效颦集》，词有《浮玉亭词》，另有《锄隐宾庐诸稿》，均未见。

[32] 张德蕙：清初女诗人，字楚攘，浙江山阴人，明谕德张元忭孙女，中书舍人祁理孙妻。与祁德渊、朱德蓉合著有《东书堂稿》。

[33] 叉手：两手在胸前相交，表示恭敬。

[34] 差：音 chā，大致还可以。

[35] 符：符合、相同。庶：庶几、差不多。

[36] 奚：代词，相当于"胡""何"。

[37] 髦：音 máo，毛中的长毫，喻英俊杰出之士。

[38] 共姜：周时卫世子共伯之妻。共伯早死，父母欲夺而嫁之，誓而弗许，作诗以绝之。后常用为女子守节的典实。事见《诗·鄘风·柏舟》。

[39] 九骚：指《九章》《离骚》之类哀伤的诗格。

[40] 葛妇：采葛的女子，采集时的吟唱，此以代指怀人缠绵之词。

[41] 鳌：厘正、改正、订正。

[42] 传命鄙人，属题末简：意为捎信给我，让我在诗集后写几句话。属：音 zhǔ，同"嘱"，嘱咐、托付。末简：书籍的后页，此指小来诗集之后。

[43] 贞松不遇疾风，焉知劲草：指在猛烈的大风中，松柏才显出坚贞强劲的本色。

[44] 宫体：一种描写宫廷生活和男女私情的诗体，形式上追求辞藻靡丽，华而不实。后世也称艳情诗为宫体。

[45] 沈琼莲：字莹中，乌程（今浙江省湖州市吴兴区）人，博览经史，过目成诵。明孝宗弘治初，选入掖庭，孝宗试之以守宫论，擢第一，授女学士。善属文，有宫词十章传世，人称为"沈阁老"，亦称"沈大姑"。有《女阁老集》，惜未见，事见《乌程县志》。查继佐《罪惟录》将其付在"（孝康）张皇后"一卷后。内家：宫中妃嫔，此指宫中女官。

[46] 屠瑶瑟（1572—1600）：字湘灵，鄞县人，屠隆女，黄振古室。生而秀淑，好书史，长于诗，与母杨氏、嫂沈氏相唱和，有诗《留香草》一卷，《明史·艺文志》著录，惜未见。事见《鄞县志》。

[47] 左氏娇女：晋左思有二女，长女名芳，乳名惠芳，次女名媛，乳名纨素。左思《娇女诗》写其二女。

[48] 唐代婉儿：指上官婉儿，唐代女官、诗人，宰相上官仪孙女。有文辞，明于吏事。初为武则天重用，掌管宫中制诰多年。后为唐中宗昭容，掌管内廷与外朝的政令文告。博涉经史，曾建议扩大书馆，增设学士，主持风雅，赋诗唱和。诗词绮丽，有《上官昭容文集》二十卷，《新唐书·艺文志》著录。

[49] "锦心"二句：谓明清季闺媛才女诗会唱和，文思巧妙，满腹文章，辞藻华丽，才华横溢。幼藻：古代女子取名常用，此指才女闺媛。藻：指华丽的文采、文辞。

[50] "宝钿"句：此处以宝钿等比喻华美的诗文。宝钿：指以金翠珠玉制成的首饰。七襄：指精美的织锦。

[51] 落想：犹构思。

[52] 分题：旧时作诗方式之一。若干人相聚，分找题目以赋诗，称分题，亦称探题。分题有时分韵，但不限制。

[53] 花蕊夫人：指五代后蜀主孟昶之夫人费氏，青州人，幼能属文，长于诗，宫词尤有思致，有宫词百首。其词《四家宫词》《三家宫词》《十家宫词》《宋元名家诗集》均有选录。

[54] "纵极"句：谓古代女子诗词创作，辞藻华丽，难脱闺情浓艳之习。镂金错彩：形容诗文雕饰辞藻，形式华丽。刻黛涂脂：原指女子粉饰打扮，此指浓词艳曲之作。

[55] 铅华尽洗，不惹一尘：比喻摒弃虚浮粉饰之词，清新自然，不染纤尘。此处指颜小来诗作朴质、真纯。铅华：亦作"铅花"，妇女化妆用的铅粉。

[56] 凤澄万虑：心境澄净清明。澄：音 chéng，使清静，使清明。

[57] 方维仪（1585—1668）：方仲贤，字维仪，安徽桐城人。大理卿方大镇女，姚孙棨妻。早寡，以节。酷精禅藻，文史宏赡，兼工诗画。著有《清芬

阁集》八卷、《楚江吟》一卷，编有《闺范》若干卷，有《宫闺诗史》《宫闺文史》等。《明史·艺文志》《然脂集》著录，惜未见。事见《宫闺氏籍艺文考略》。

[58] 寔带商声：实在让人觉得凄凉悲苦。寔：同"实"。确实、实在。商声：古代五音之一，音清冷悲切。

[59] 王素娥：号蘗屏，明代山阴人，王真翁女，吏部胡节妻。生有淑德，长能诗文，尤妙女红。夫亡誓不再适，笃志佛法。有《王蘗屏诗》，《绍兴府志》著录，惜未见。事见《宫闺氏籍艺文考略》《列朝诗集》。

[60] 吟哦：吟唱、吟咏。

[61] 惟裁角调：诗词曲调唯取以角音为主音的调式。裁：安排、取舍。角调：为春音，呜咽悠扬。

[62] 酸鼻：谓悲痛欲泣。《文选·宋玉〈高唐赋〉》："孤子寡妇，寒心酸鼻。"李善注："酸鼻，鼻辛酸，泪欲出也。"

[63] 干城：捍卫城池或要塞，泛指捍卫（干：音 gàn，捍卫）。《诗·周南·兔罝》："赳赳武夫，公侯干城。"明陈廷曾《挽前指挥卓焕妻殉节钱宜人》诗："男儿有志死干城，妇人守节投江浒。"

[64] 资：资助、供给。

[65] 坛坫：指文人集会，讲坛或舆论（坫：音 diàn，泛指台）。

[66] 妍媸：音 yán chī，也作"妍蚩"。美丽和丑陋。

[67] 张睢阳：音 suī yáng。即张巡（708—757），唐开元进士，历任太子通事舍人、清河县令、真源县令。"安史之乱"时，起兵守雍丘，抵抗叛军。死守睢阳，终孤立无援，死伤殆尽而被俘遇害。

[68] 括号内小字为诗序作者自注。下同。

胤绍：颜胤绍，字赓明，颜小来曾祖。娶鲁藩女，早卒，再娶孟氏。崇祯辛未进士，官河间知府。崇祯十五年清兵攻河间，城破殉难，赠光禄寺卿，事见《明史》列传。

[69] 曹寿春：其人待考。

[70] 跣足：赤脚。

[71] 伯璟：颜伯璟，颜小来祖父，母孟氏出。明四氏学廪生，入清后居家不仕。河间公殉难，伯璟跣行千里，负父遗骸归葬，乡人思其德，谥曰"孝靖先生"。

[72] 猗欤：亦作"猗与"（猗，音 yī）。叹词，表示赞美。《诗·周颂·潜》："猗与漆沮，潜有多鱼。"郑玄笺："猗与，叹美之言也。"

[73] 大母卓尔贞姬：谓祖母乃卓尔不群、坚贞不屈的奇女子。

[74] 朱氏：颜小来祖母，明鲁藩镇国中尉还真公女。清兵破兖州时曾受伤，四日复生。累封太宜人、太淑人。督教光猷、光敏、光敦三子，有"颜氏一母三进士"的美谈。

[75] 谭：同"谈"，谈说。

[76] 匪遥：不远，不遥远。

[77] 四始：是依据乐歌的音乐性质对《诗经》进行的分类。各家说法不一，此指《诗经》的儒家诗教传统。

[78] 孟淑卿：明代女诗人，号荆山居士，苏州人，训导孟澄之女。自性疏朗，有才辩，工诗。有《荆山居士诗》一卷，惜未见。事见《宫闺氏籍艺文考略》《吴县志》。

[79] 珊瑚之笔：珊瑚，一种有机宝石，用来做珊瑚笔架或珊瑚之笥，以示珍贵。此用以喻指文辞高妙。

[80] 梁节妇：刘向《列女传·梁寡高行》载：高行者，梁之寡妇也。其为人荣于色而美于行。夫死早，寡不嫁。梁贵人多争欲取之者，不能得。梁王闻之，使相聘焉。……乃援镜持刀以割其鼻曰："……所以不死者，不忍幼弱之重孤也。王之求妾者，以其色也。今刑余之人，殆可释矣。"于是相以报，王大其义，高其行，乃复其身，尊其号曰"高行"。

[81] 璕瑁：又作"玳瑁"，爬行动物，形似龟。此指用玳瑁的甲壳制成的装饰品。

[82] 三唐嗣响：三唐，诗家论唐人诗作，多以初、盛、中、晚分期，或以中唐分属盛、晚，谓之"三唐"。嗣响，继承前人的事业，如响应声。多用于诗文方面。

[83] 扢：音 qì，张扬、颂扬。清陈梦雷《拟〈古诗十九首〉序》："膏沐谁容，何暇镂金错采；朽苴恨晚，宁云扢雅扬风。"

[84] 廉顽立懦：指高尚的节操可以激励人振奋向上，使贪得无厌的人能够廉洁，使懦弱的人能够立志。语出《孟子·万章下》："故闻伯夷之风者，顽夫廉，懦夫有立志。"

哭母前十首[1]

哭母反亡[2]泪，痛于丧夫时[3]。
夫亡我依母，母亡复何依。

至亲半凋落[4]，余生多艰危。
哀鸟夜夜号，孀女寸心悲。

父兮宦京师[5]，母兮偕我往。
三年两岁间，我身亦已长。
念母犹力作，棉车还独纺。
典钗买秋罗[6]，为我裁鹤氅。
将女适[7]孔门，中道讵惘惘[8]。
明月损其辉，破镜掩虚幌[9]。

凤亡皇亦孤[10]，哀鸣何凄楚。
慰藉赖高堂，归来痛阿女。
中夜伴母眠，欲诉哽无语。

父槺还家后，母居并井里[11]。
念我门户单，为求螟蛉子[12]。
焦桐虽有孙，树萱反先毁[13]。
人生感今昔，天乎竟至此。

小妹三四人，徂谢[14]剩一二。
姊弟鬓欲皤，遭兹凶悯事[15]。
八袠[16]命非夭，痛如年岁稚。
不禁涕泗[17]来，斜日回翔[18]吹。

我命胡不辰[19]，一女我所出。
羊家无外甥，念之如疢疾[20]。
于今丧我母，谁解相怜恤。
秋霜院草黄，村夜鸣蟋蟀。

少年弄笔研，阿母不我嗔[21]。
奈何闺中秀，齿落发如银。
花飞破村夕，诗成辄自焚[22]。
泉路杳如许，叫号母不闻。

生不出闺门，教我理刀尺[23]。

辛苦作人家，蚕桑劳计画。

蛩鸣懒妇惊[24]，眼花为人役。

犹忆母在时，夜寒灯照壁。

念彼鞠育恩，生女亡[25]一好。

母病丧目光，金篦[26]苦不早。

拂床弄曾孙，手犹把梨枣。

抚我肌骨消，反悲我形槁[27]。

甘旨未云酢，终天何所祷[28]？

母昔持长斋，供佛非求福。

嗟哉我父亡，遂此屏帛[29]肉。

一灵返诸天，私心多所祝。

应投善地生，不受阎罗[30]伏。

安得从母死，颓龄将就木[31]。

【注释】

[1] 此组诗追忆母亲的鞠育恩情以及对母亲的深深怀念，至情至性，全从肺腑中自然流出。全诗不用典，不雕琢，诗句明白如话，如泣如诉。

[2] 亡：同"无"，没有。

[3] 痛于丧夫时：康熙十三年（1674）秋，颜小来嫁曲阜监生孔兴焯，康熙二十一年（1682）孔兴焯殁。

[4] 至亲半凋落：写此诗时颜小来父母均逝，两个妹妹已亡，只有胞弟颜肇维在世。凋落：草木花叶脱落，比喻死亡。

[5] 父分宦京师：颜光敏自康熙六年（1667）中进士后进入国史院，至康熙十六年（1677）丁父忧由京返里；康熙二十一年（1682）赴京补官，至康熙二十五年（1686）卒于京师任上。前后共约有15年的京官生涯。

[6] 秋罗：是一种丝织物。质薄而轻，有条纹，产于吴江等处，唐时已有生产。

[7] 适：适人，指女子出嫁。

[8] 中道诅惘惘：谓人生中遭遇不测，曾惶恐不安，无所适从。此指早年丧夫事。中道：半路、中途。诅：音 jù，曾。惘惘：逡遽而无所适从。

[9] 破镜掩虚幌：破镜遮藏在帘幕里面，喻指自己与世隔绝。掩：遮蔽、

藏匿。虚幌：帘幔。唐杜甫《月夜》诗："何时倚虚幌，双照泪痕干。"

[10] 凤亡皇亦孤：谓失侣孤单。凤皇，即凤凰，传说雄的叫"凤"，雌的叫"凰"，在传统婚姻情爱领域象征情侣或者配偶。

[11] "父榇"句：谓颜光敏去世归葬曲阜故里后，颜小来便与母亲一起在老家居住。按颜光敏于康熙丙寅年（1686）卒于京师宣武门私第，次年丁卯其子颜肇维扶榇归里，葬于城东颜侍郎林。榇：音 chèn，棺材。并：一起、一同。井里：乡里。古代同井而成里，故称。

[12] 螟蛉子：养子；过继儿子。《诗经·小雅·小宛》："螟蛉有子，蜾蠃负之。"螟蛉是螟蛾的幼虫，蜾蠃（一种寄生蜂）常捕捉螟蛉喂养它的幼虫，古人误认为蜾蠃养螟蛉为己子。后因以为养子的代称。

[13] "焦桐"句：意思是自己虽然有后，母亲却不在人世。焦桐：诗人自指。参看《恤纬斋诗·旧日梧桐》与《晚香堂诗·见旧日梧桐有感》。萱：萱草，俗名黄花菜、忘忧草，借指母亲。《诗经·卫风·伯兮》："焉得谖（萱）草，言树之背（北）。"谓将萱草种在北堂。古制北堂为主妇的居室，后因以"萱堂"或"树萱"指母亲的居室或借指母亲。

[14] 徂谢：死亡。

[15] "姊弟"句：姐弟（指颜小来和颜肇维）遭遇这次母丧，头发都要白了。皤：音 pó，白色。遭：遇到。凶闵：即"闵凶"，忧患凶丧。晋李密《陈情表》："臣以险衅，夙遭闵凶。"此指母亲去世。

[16] 八袠：指八十有余。古人以十年为一"袠"。见清胡鸣玉《订讹杂录》。

[17] 涕泗：涕泪俱下，哭泣。汉扬雄《元后诔》："新室文母太后崩，天下哀痛，号哭涕泗。"

[18] 回翔：盘旋往复。

[19] 不辰：不得其时。语出《诗·大雅·桑柔》："我生不辰，逢天僤怒。"此处谓小来夫婿早卒。

[20] "羊家"句：谓颜小来夫婿早卒，小来无子，深为憾事。羊祜（221—278），字叔子，泰山南城人。博学能文，清廉正直，著名战略家、政治家和文学家，无子。事见《晋书·羊祜传》。疢疾：疾病（疢：音 chèn，热病）。

[21] "少年"句：谓小来少年时代，闲暇之际写诗赋词，并没有受到母亲的嗔怪。笔研：代指文墨书写之事（研：古同"砚"，砚台）。不我嗔：不怪罪我。

[22] 诗成辄自焚：受早慧福薄、内言不出阃外等观念影响，古代不少女诗人虽知书能诗，却深自韬晦，不欲以才华自炫，甚至焚稿弃之。

[23] 刀尺：剪刀和尺，指服装的制作，女红。

[24] 蛩鸣懒妇惊：谓蟋蟀的鸣叫震动了懒妇，秋冬将至，该准备寒衣了。蛩：音 qióng，蟋蟀。崔豹《古今注》："蟋蟀一名吟蛩。秋初生，得寒乃鸣。"故又名"寒虫"。

[25] 亡：同"无"，没有。

[26] 金篦：亦作金铋、金镒，古代治眼病的工具。形如箭头，用来刮眼膜。据说可使盲者复明。

[27] 形槁：形如枯槁，形容面容憔悴，身体瘦瘠。

[28] 甘旨：指美味的食物，此处指祭奠母亲的供品。酹：音 lèi，把酒洒在地上表示祭奠。此句诗说，祭奠母亲的供品还没有准备，就算整日祈祷又有什么意义？

[29] 屏：音 bǐng，摈弃，舍弃。帛：丝织品的总称。

[30] 阎罗：佛教称主管地狱的神。俗称"阎王"。

[31] 颓龄：衰年，垂暮之年。母亲去世，小来时年约六十七岁，故曰颓龄。就木：入棺。指死亡。

哭母后二首[1]

我母辞人世，奄忽八阅月[2]。
卜时清和初，归窆礼罔阙[3]。
雪涕[4]挽灵车，肠断轮不发。
寡女啼血[5]尽，麻衣[6]惨白发。
但恨[7]地下土，不使肉生骨。
皎日入西海，荒林人影没。

城东槲叶青，送母归幽路[8]。
草暗侍郎林，开我考功墓[9]。
白首同所归，世年大节著[10]。
此日目已暝，何者情犹属[11]。
有女尚伶仃[12]，夫妇还相诉。

【注释】

[1] 组诗描述了母亲归葬的情形，表达母亡后诗人无比凄哀的沉痛和无复

依托的孤凄。

[2] 奄忽八阅月：很快八个月就过去了。奄忽：倏忽、迅疾。阅：经历、经过。

[3] "卜时"句：占卜选定于四月初出殡，下葬之礼一无缺失。清和：指农历四月（一说指农历二月）。归窀：安葬（窀：音 zhūn，即窀穸，坟墓）。罔：无，没有。阙：同"缺"。

[4] 雪涕：晶莹的泪珠。

[5] 啼血：形容哀痛之极。古代传说杜鹃鸟乃上古蜀王望帝（杜宇）所化，至春啼鸣，血出乃止。

[6] 麻衣：丧服。

[7] "但恨"句：怨恨掩埋母亲尸骨的黄土，为什么不使白骨再长出肉，让母亲复活？

[8] 幽路：迷信的人指阴间。

[9] "草暗"句：父亲颜光敏先葬于曲阜城东颜侍郎林，现在父母要合葬，故应先打开颜光敏（官至考功郎中）的墓穴。

[10] "白首"句：谓小来父母死后同穴，合葬一处，此为遵守纲纪、彰显后世的大事。世年：累世、代代。大节：纲纪、大事。

[11] "此日"句：谓母亲今天已经瞑目长眠地下，今后我将依托何人呢？属：音 zhǔ，依托、寄托。

[12] 伶仃：孤独无靠的样子。

鸡冠花[1]

为映晚霞清，参差八九茎。
低头如避斗，引吭欲长鸣[2]。
既逊乘轩贵，还愁荷荼烹[3]。
稻粱恩[4]故在，何处是鹏程？

【注释】

[1] 此诗咏鸡冠花，摹物言志，抒写鸡冠花独立寒秋、不慕富贵、寂然自处的气节，也隐喻诗人的品格追求。

[2] "低头"句：此句写鸡冠花淡然自处、开合有度的情态。

[3] "既逊"句：谓既无高官厚禄，又要为生计所愁。轩：古代大夫以上官职坐的曲辕而有帷幕的马车，借以指官爵禄位。乘轩：做官。荷荼：化用

《论语》中荷蓧丈人留宿子路的典故。

[4] 稻粱恩：饲养之恩。

秋夜西窗独坐[1]

独坐秋宵里，西窗月正圆。

竹疏风细细，花静露涓涓[2]。

得句吟虫候，更衣暮杵天。

多应猫捕鼠，触动素琴[3]弦。

【注释】

[1] 此诗写诗人独坐秋夜，秋虫吟唱，暮杵声声，引发悲秋的思绪。诗境幽远，引人遐思。

[2]"竹疏"句：谓凉风习习，抚过稀疏的竹林，无语的花儿上沾满明洁的露珠。细细：轻微。宋晏殊《清平乐》词："金风细细，叶叶梧桐坠。"涓涓：清新、明洁貌。明张昭汉《金陵秋夜梦与琼玉表妹话旧》诗："长空叫秋雁，涓涓风露清。"

[3] 素琴：不加装饰的琴。

己卯季冬，四叔祖以王事返里，过乐圃有诗，敬和原韵[1]

喜公辞远役，昨夜到门阑[2]。

别绪惟杯酒，年光入岁盘[3]。

草庐重补葺，三径[4]独来看。

更问前栽竹，于今有几年？

筑圃临秋涧[5]，为山一篑功。

人游夫子里[6]，地接鲁王宫[7]。

闭阁遗书冷，凭窗旧泪穷[8]。

可怜南北阮[9]，不与竹林[10]同。

【注释】

[1] 此诗为唱和诗，叙写诗人与故人相逢的喜悦之情。诗中追怀先父安贫乐道的高洁志趣，表达诗人对岁月的感慨。己卯：当为清康熙三十八年（1699），时小来四十五岁。四叔祖：指颜伯珣，颜小来祖父颜伯璟的小弟。时颜伯珣任寿州同知，奉命监采丹锡入贡京师，岁末途经曲阜老家。伯珣原诗见

《祗芳园续集》。乐圃：颜光敏旧邸。清康熙二十一年（1682）十一月，颜光敏回到曲阜，因欣赏姑苏嘉坊朱氏的乐圃，亦自筑一圃，称为乐圃，并更号"乐圃主人"。

[2] 阑：门前栅栏，栏杆。

[3] 岁盘：辛盘。旧俗农历正月初一，用葱、韭等五种味道辛辣的菜蔬置盘中供食，取迎新之意。

[4] 三径：晋赵岐《三辅决录·逃名》："蒋诩归乡里，荆棘塞门，舍中有三径，不出，唯求仲、羊仲从之游。"后因以"三径"指归隐者的家园。

[5] 涧：音jiàn。山间的水沟。

[6] 夫子里：孔子故里，即曲阜。

[7] 鲁王宫：明初实行诸子分封的制度，朱元璋第十子朱檀封为鲁王，王府在兖州。据明《兖州府志》记载："鲁府宫闱城阙，备极宏敞，埒如禁苑。"

[8]"闭阁"句：谓先父的书阁紧闭，书籍蒙尘，凭窗忆旧，不禁泪流满面。阁：小木头房子。遗书：遗留的书籍。

[9] 南北阮：南朝宋刘义庆《世说新语·任诞》："阮仲容步兵居道南，诸阮居道北，北阮皆富，南阮贫。七月七日，北阮盛晒衣，皆罗绮。仲容以竿挂大布犊鼻裈于中庭，人或怪之，答曰：'未能免俗，聊复尔耳。'"后遂以"南北阮"代指亲族中的贫富者。

[10] 竹林："竹林七贤"的简称。《晋书·嵇康传》谓嵇康居山阳，"所与神交者惟陈留阮籍、河内山涛，豫其流者河内向秀、沛国刘伶、籍兄子咸、琅琊王戎，遂为竹林之游，世所谓'竹林七贤'也"。后遂以"竹林七贤"或"七贤"比喻不同流俗的文人。

秋暮[1]

门前霜叶落，古柳集寒乌。
仆为年丰傲，儿因业废愚。
贫知亲冷淡，老奈世崎岖。
索漠东篱下[2]，花黄[3]映药炉。

【注释】

[1] 此诗写暮秋之际诗人贫病冷落的境况，表达诗人淡然自处的情怀。

[2] 索漠：亦作"索寞"。荒凉萧索的样子。东篱：晋陶渊明《饮酒》诗："采菊东篱下，悠然见南山。"后因以指种菊之处；菊圃。此处指诗人居处。

[3] 花黄：黄花，指菊花。

村居[1]

好静离城市，移家住远村。

饲蚕三两簇，分菊十余盆。

细雨还栽竹，清风自闭门。

日长无个事[2]，课仆牧鸡豚[3]。

【注释】

[1] 本诗写诗人移家村居的日常生活，充满田园气息，传达了诗人闲适的心境。

[2] 无个事：没有事，没有一点儿事。宋杨万里《晓坐卧治斋》诗："日上东窗无个事，送将梅影索人看。"

[3] 课：督促。牧：放牧、饲养。豚：音 tún，小猪，也泛指猪。

促织[1]

空阶当静夜，应候泣清秋[2]。

伏草偏多感，闻声易白头[3]。

频频惊旅梦，处处动闺愁[4]。

不识凄凉意，空嗟懒妇[5]谋。

【注释】

[1] 这是首咏物诗，诗人听闻蟋蟀而感秋，抒发了诗人的闺怨愁怀之感。

[2] "空阶"句：静夜空阶传来蟋蟀的鸣叫声，暗示清秋已至，令人惊警。应候：顺应时令节候。泣：《续修曲阜县志》《阙里孔氏诗钞》作"咽"。

[3] "伏草"句：促织伏在野草里，感慨清秋而鸣声不断，听到它的哀婉之声，不由得使人头发变白。《续修曲阜县志》《阙里孔氏诗钞》作"伏草偏多恨，闻声易感秋"。

[4] "频频"句：促织应秋鸣叫，令人伤怀，客居他乡的旅人屡屡梦中被惊醒，深闺女子也被深深触动愁怨。《晚香堂诗》也收有本诗，此句作"时时惊客梦，切切动闺忱"。

[5] 懒妇：诗人自指。

春夜闻笛[1]

笛声吹破月，春夜落花愁[2]。
露重衣先湿，灯昏坐自幽[3]。
无心怜远道，有梦定高楼[4]。
未解调丝竹[5]，吾今已白头。

【注释】

[1] 此诗写诗人月夜听到幽怨的笛声，引发知音难觅、寂寞伤怀的感慨。

[2] "笛声"句：笛声让满月悄悄隐藏云后而残缺不全；花儿听到笛声也愁怨渐起纷纷落地。以拟人的手法表现笛声的幽怨。一"破"一"落"赋予动感。

[3] "露重"句：夜凉露重，已经打湿了衣服，诗人还是坐在幽暗的灯光里。

[4] "无心"句：谓诗人孀居，永断双鸾之梦，凄切的笛声勾起知音难觅的伤怀。"远道"，指遥在天涯的相思之人。《古诗十九首·涉江采芙蓉》："采之欲遗谁，所思在远道。"高楼：指流离感怀、知音难觅的伤情，语出《古诗十九首·西北有高楼》。

[5] 丝竹：泛指乐器，也指音乐（丝：指弦乐器；竹：指管乐器）。

病中不寐[1]

曙雁成行过，群鸡远近鸣。
一灯明复灭，双杵断还清[2]。
眼倦花初合，肌寒粟[3]欲生。
拥衾难假寐，残漏咽[4]荒城。

【注释】

[1] 此诗前半部分写景，后半部分抒情，抒写了诗人抱病心系感慨，抒写出诗人病卧之中无限悲凄的处境和心情。

[2] 双杵断还清：谓杵声断断续续，清脆悠扬。双杵：古时女子捣衣，二人对坐，各持一杵。

[3] 粟：米粒。此指皮肤因受凉收缩而凸起的米粒状疙瘩。

[4] 残漏：漏壶滴水将尽，指天将明。古时以漏壶滴水计时，水尽则天

明。咽：音 yè，谓声音滞涩，多形容悲切。南朝陈徐陵《山池应令》诗："猿啼知谷晚，蝉咽觉山秋。"

病中[1]

渐觉年衰老，精神不似前。
经秋多病腹，习静是归禅[2]。
案有君臣药[3]，囊无子母钱[4]。
鸡埘[5]斜景暮，便可枕琴眠[6]。

【注释】

[1] 这是表现小来晚年心境的一首诗作。面对年岁渐长、身体衰弱、多病加身、囊中羞涩的人生，诗人表现出一种平淡释然的情怀。

[2] "经秋"句：古代不少女性在进入晚年的人生阶段，从婚姻生活和奉老抚幼中解脱出来，往往会退隐而追求一种佛家或道家的打坐静修的精神生活，心境渐趋放松平和。禅：佛教语，指静坐默念。

[3] 君臣药：中药配方讲究君臣佐使。《素问·至真要大论》："主病之谓君，佐君之谓臣，应臣之谓使。"

[4] 子母钱：青蚨钱。传说青蚨生子必依草叶，大如蚕子。取其子，母即飞来，不以远近。虽潜取其子，母必知处。以母血涂钱八十一文，以子血涂钱八十一文，每市物，或先用母钱，或先用子钱，皆复飞归，轮转无已。（见晋干宝《搜神记》卷十三）此处代指钱币。

[5] 埘：音 shí，墙壁上挖洞做成的鸡窝。这里用作动词，意为傍晚鸡栖于埘。

[6] 枕琴眠：枕着琴睡觉，形容生活清雅。唐白居易《闲卧有所思》诗："向夕寒帘卧枕琴，微凉入户起开襟。"

赠别藉兰主人归济南[1]

孔丽贞，字蕴光，博士宏舆公之女，太仆卿戴公之儿妇也[2]。精诗画翰墨。结褵[3]甫一载，夫旋死。未几，其同产兄[4]亦死。博士公无子，复递[5]蕴光归居里第。其兄先聘李氏未成婚，矢志不他适。蕴光与同事博士翁媪，无间言[6]。时有"两家奇节，萃于一门"之称。迨博士翁媪谢世，丧葬如礼。乞于大宗为立嗣焉。蕴光复以在鲁亡（无）所依，返之夫家，还于沬水[7]上。濒行矣，遣老婢来赠余画箑[8]一、《藉兰阁诗刻》全册，用为留别，且索余作诗。余自夫君亡后四十余年，茹荼集蓼[9]，与蕴光同其悽楚。而蕴光之天亲骨肉凋零欲尽，则视余为更烈。晚窗脱稿[10]，遂成悲风怨雨之音；素纸寄将，谁和别鹄离鸾[11]之调？当世不乏名媛，睇[12]观此诗，庶知余两人之苦衷云尔。

蓬转信无定[13]，人间多别离。
曰归愁短发，分手易前期。
闺阁神仙品[14]，绮罗冰雪姿。
长成惟嗜学，生小自吟诗。
黄鹄歌何速，青鸾舞已迟[15]。
既伤慈母背，旋痛阿爷随。
黾勉[16]营丧葬，仓皇誓墓碑。
一门同作鬼，两世竟无儿。
妇烈箕裘重，女媭继述奇[17]。
剪刀收破碎，书簏[18]理残遗。
返鲁寻田宅，辞齐阅岁时[19]。
萧条君与我，邂逅友兼师。
就正疑难字，还倾深浅卮[20]。
晓葵和露折，香糯共烟炊。
事往常中变，途穷每遇歧。
驾车辞里闬[21]，秣马[22]向天涯。
洗黛换行色，卖琴充路赀。
昨朝询婢媪，来日赋驱驰[23]。
留赠团圞[24]扇，重题绝妙词。
庭篁存密节，河柳挂长丝。
看剑孤怀迥，牵衣独泪垂。
他乡应健饭，故国总相思。
未卜鹡鸰稳，难逃斥鷃嗤[25]。
遥知明月夜，新有梦参差。

【注释】

[1] 这是诗人写给诗友孔丽贞的赠别诗。诗人对孔丽贞的才情和品性深为折服。二人遭际相同，惺惺相惜，故而成为挚友，诗酒唱和，互赠诗画。诗歌开端充满别离感伤之情，末以别后相思和宽慰关切作结，表达其深厚感情。诗

歌朴实真挚，感情深厚，读之使人低回动容。

藉兰主人：孔丽贞，字蕴光，山东曲阜人，五经博士孔毓埏（宏舆）女，孔子六十八代女孙，适历城戴文谱。精书画，著有《藉兰阁诗草》《鹄吟集》等。

[2] 宏舆公：孔毓埏，字宏舆，孔子六十六代孙衍圣公孔兴燮次子，袭五经博士，有《远秀堂集》。太仆卿：官名，明清掌牧马之政令。戴公：戴璠，济南人，曾任太仆寺少卿。

[3] 结褵：古代嫁女的一种仪式，女子临嫁，母亲给她结上佩巾。后以"结褵"指结婚。褵：音 lí，古时女子出嫁时所系的佩巾。

[4] 同产兄：同母兄，胞兄。此指孔丽贞同母兄孔传钜，兄妹情深，多有唱和。

[5] 逆：迎、迎接。

[6] 间言：非议、异议。

[7] 泺水：古水名，源出今山东省济南市西南，北流至泺口入古济水（此段古济水即今黄河）。泺，音 luò。

[8] 箑：音 shà，扇子。

[9] 茹荼集蓼：比喻受尽辛苦，遭遇苦难。茹：吃，吞咽。荼：音 tú，苦菜。蓼：音 liǎo，味辛，又名辛菜。《诗·周颂·小毖》："未堪家多难，予又集于蓼。"

[10] 脱稿：著作完成。

[11] 别鹄离鸾：指别离后形单影只的情状。

[12] 睇：音 dì，观看。

[13] 蓬转信无定：谓人流离转徙，实在是居无定所。蓬转：蓬草随风飞转，比喻人四处飘零。信：确实、实在。

[14] 品：《阙里孔氏诗钞》作"侣"。

[15] "黄鹄"句：以黄鹄、青鸾喻丽贞的高洁。据汉刘向《列女传》，鲁陶婴少寡，鲁人闻其义，将求焉。婴闻之，乃作歌明己之不更二也。其歌曰："悲黄鹄之早寡兮，七年不双。"青鸾：古代传说中类似凤凰的一种神鸟，青色，多为神仙坐骑。

[16] 黾勉：努力、勉力。黾，音 mǐn。

[17] "妇烈"句：谓孔丽贞与其兄嫂李氏都是品行高洁的奇女子。李氏是贞女（古代已订婚但未结婚，未婚夫去世，为夫终身守节或自杀以殉的女子）；孔丽贞为节妇（夫亡守节）。箕裘：《礼记·学记》："良冶之子，必学为裘，良弓之子，必学为箕。"意为善于冶铁的人的儿子，定要学习制作扇风鼓气用的

"袠"（皮囊），善于造弓的人的儿子，定要学习用柳条制作畚箕。后因以"箕袠"比喻祖上的事业。

[18] 书箧：书箱。箧，音 qiè。

[19] "返鲁"句：此处指孔丽贞辞别济南夫家，回到曲阜母家奉养父母。按：春秋时代齐、鲁大体以齐长城为界，齐长城以南为鲁国，以北为齐国。孔丽贞夫家在济南泺水一带，故曰"齐"。

[20] 卮：古代盛酒的器皿。

[21] 里闬：闾里的门；巷门。闬，音 hàn，门。

[22] 秣马：饲马。

[23] 赋驱驰：谓策马快跑。此指孔丽贞要离开曲阜，回归济南。

[24] 团圝：圆；圆貌。圝：音 luán，圆。唐杜荀鹤《乱后山中作》诗："兄弟团圝乐，羁孤远近归。"

[25] "未卜"句：意为希望你能安居下来，不让外人对你搬家这事嗤笑。化用《庄子·逍遥游》中语句："鹪鹩巢于深林，不过一枝"，"斥鷃笑之曰：'彼且奚适也？'"

观物

种树书须读，梧桐手自栽。
眼看生绿叶，日日抱孙来。

侍儿[1]

几载相依共绣房[2]，书窗独尔伴芸香。
风清移榻来幽院[3]，雨霁[4]张琴向小[5]堂。
似识诗怀[6]怜落蕊，恐惊午梦逐鸣螀[7]。
从知嫁后[8]多漂泊，每错[9]呼名意自伤。

【注释】

[1] 此诗叙说小来与侍儿的主仆情谊，追怀闺中快乐时光，感慨嫁后漂泊，物是人非。

[2] 绣房：《阙里孔氏诗钞》作"绣床"。

[3] 幽院：《阙里孔氏诗钞》作"桐院"。

[4] 霁：音 jì。雨雪停止，天放晴。

[5] 小：《阙里孔氏诗钞》作草。

[6] 诗怀：指诗人的胸怀。

[7] 螿：音 jiāng。即"寒蝉"，蝉的一种，比较小，墨色，有黄绿色的斑点，秋天出来叫。

[8] 嫁后：《阙里孔氏诗钞》本作"远嫁"。

[9] 错：《阙里孔氏诗钞》本作"误"。

秋兴[1]

萧萧落叶似吹笳[2]，一入秋来事事佳。
空馆苔生分绿竹，短篱霜嫩绽黄花。
晓闻啼鸟催浇圃，夜趁书灯看绩麻[3]。
却喜邻居诸女伴，邀来同话敬亭茶[4]。

【注释】

[1] 诗的前半部分写景，后半部分叙事，表现小来的生活状态，全诗洋溢着恬淡自然的田园风情。

[2] 笳：胡笳，汉代流行于塞北和西域的一种乐器，其音悲凉。

[3] 绩麻：把麻搓成线。

[4] 敬亭茶：敬亭绿雪茶，产于安徽省宣州市北敬亭山。其茶色泽嫩绿，白毫显露，嫩香持久。

秋夜将晓枕上口占[1]

破窗夜静送凉飔[2]，正是添愁不寐时。
无数蛩声催懒妇，空劳萤火[3]照书帏。
贫来但觉心情减[4]，老去常教鬓发知。
为圃[5]呼儿须早起，井旁清露折朝葵[6]。

【注释】

[1] 此诗是诗人晚年的日常生活与平和心境的写照。前两句写景，描绘凄清寂寥的秋夜，后两句抒情，表现诗人平和淡然的心境。

[2] 飔：音 sī，凉风。

[3] 萤火：从《曲阜县志》和《阙里孔氏诗钞》本，《海岱人文》本作"营火"。

[4] 减：从《曲阜县志》和《阙里孔氏诗钞》本，《海岱人文》本作"改"。

[5] 为圃：种菜，管理菜园。《论语·子路》："樊迟请学稼，子曰：'吾不如老农。'请学为圃，曰：'吾不如老圃。'"

[6] 折朝葵：早晨折来葵菜。葵：蔬菜名。古代重要菜蔬。《诗经·七月》："七月亨（烹）葵及菽。"

清明前一日[1]

微雨初晴正禁烟，春光多在断肠边。

澹澹[2]东风来旧处，蒙蒙芳草似前年。

嫩柳绿垂调鹤[3]院，小桃红入卖饧[4]天。

明朝展墓城阴去[5]，一路车轮衬纸钱[6]。

【注释】

[1] 此诗描写清明前一日的情形。微雨东风，柳绿花红，无限春光却令人断肠伤感。此时正值寒食节，逢此节日家家户户禁炊（也叫"禁烟"）三日，只吃冷食品。此风俗相传由悼念春秋时晋国介子推焚骸于首阳山中而来。

[2] 澹澹：吹拂的样子。澹：音 dàn。

[3] 调鹤：驯养鹤鸟。调，音 tiáo，调养、驯养。

[4] 饧：音 xíng，用麦芽或谷芽熬成的饴糖。

[5] 展墓：省视坟墓。城阴去：颜氏祖茔在曲阜城东北，颜小来家在城西北，由家至墓地从曲阜城北经过，故云。

[6] 衬：施舍、布施。衬纸钱：给死人或鬼神抛撒或焚化当钱用的纸片。

墓祭[1]

山青郭近野云移，车转深林日午时。

鸦[2]噪墓田应有泪，鹤归华表[3]自无期。

纸钱挂树松将拱[4]，麦饭招魂[5]祭莫迟。

试[6]问人生多少恨，眼中烟草晚离离[7]。

【注释】

[1] 此诗表现扫墓的凄凉悲惨情景和扫墓人的离愁别恨。

[2] 鸦：据《阙里孔氏诗钞》本，《海岱人文》本作"雅"。

[3] 鹤归华表：晋陶潜《搜神后记》卷一："丁令威，本辽东人，学道于

灵虚山。后化鹤归辽，集城门华表柱。时有少年，举弓欲射之。鹤乃飞，徘徊空中而言曰：'有鸟有鸟丁令威，去家千年今始归。城郭如故人民非，何不学仙冢累累。'遂高上冲天。"后常用"鹤归华表"感叹人世的变迁。

　　[4] 拱：据《阙里孔氏诗钞》本，《海岱人文》本作"供"。

　　[5] 麦饭：祭祀用的饭食。招魂：民间有设祭招魂习俗，招引死者的灵魂回归故里家乡。

　　[6] 试：《阙里孔氏诗钞》本作"只（祇）"。

　　[7] 离离：形容草木茂盛。唐白居易《赋得古原草送别》诗："离离原上草，一岁一枯荣。"

夏夜[1]

雨过云边露玉弓[2]，匡床[3]移向树当中。
荷方舒卷明新露，蝉趁清凉语上风[4]。
破镜诗残尘梦远，素琴弦折世缘空[5]。
坐来寂寂[6]更初[7]动，竹里萤光[8]数点红。

【注释】

　　[1] 诗写夏夜清幽，诗人对此良辰美景，无限感慨系于心中。

　　[2] 雨过云边露玉弓：谓雨停后，云边露出月亮。玉弓：喻指月亮。过：《阙里孔氏诗钞》作"歇"。

　　[3] 匡床：安适的床（一说方正的床）。

　　[4] "荷方"句：雨过天晴，荷叶在风中舒卷，滚动的露珠闪闪发亮；蝉在清凉的高树上，随风吟唱。

　　[5] "破镜"句：谓因丈夫早逝而梦碎缘空，只得寡居终身。破镜诗残、素琴弦折，均比喻丧偶寡居。

　　[6] 寂寂：寂静无声貌。

　　[7] 更初：初更。旧时每夜分为五个更次，晚七时至九时为"初更"。

　　[8] 萤光：萤火虫的光。萤：从《阙里孔氏诗钞》本，《海岱人文·恤纬斋诗》本作"营"。

七夕忆亡妹[1]

树远云轻月有阴，都门[2]一别岁华侵[3]。

调琴^[4]旧友中途折，照镜同袍^[5]再世寻。
忆昔闺中同乞巧^[6]，至今楼上独穿针^[7]。
伤心不忍看银汉，愁比天孙^[8]深更深。

【注释】

[1] 诗人追忆与小妹的闺中之乐：读书弹琴，对镜贴花，七夕乞巧。往日拜月祈求美好姻缘的情形还历历在目，如今却与小妹永世隔绝，自身亦是寡居的"未亡人"。世事沧桑，不胜唏嘘，凄凉落寞之情弥漫全诗。

亡妹：指小来的二妹，生于清康熙四年（1665），康熙二十三年（1684）三月嫁顺天李昭，五月亡。颜光敏写有《祭二女文》。

[2] 都门：京城。因颜光敏宦于京师，亡妹嫁于顺天李昭，故云"都门一别"。

[3] 岁华：时光、光阴。侵：渐进。唐杜甫《寄赞上人》诗："年侵腰脚衰，未便阴崖秋。"

[4] 调琴：弹琴。

[5] 同袍：谓兄弟姊妹。此指颜小来与其二妹。

[6] 乞巧：旧时女子于农历七月七日夜在庭院陈以瓜果酒炙，向织女乞求智慧和巧艺，求赐美满姻缘。

[7] 穿针：七夕节活动，妇女结彩楼，预备黄铜制成的细针（七孔针），以五色细线对月迎风穿针。谁穿针引线快，谁就"得巧"。

[8] 银汉：银河。天孙：织女星的别称。

和岸堂先生灵光殿怀古^[1]

一片耕残瓦砾场，谁人传是鲁灵光^[2]？
荒田野鼠穿秋草，衰柳寒雅^[3]出环墙。
梦去何须愁玉辇^[4]，月明无复照椒房^[5]。
前朝^[6]往事还如此，忆过金陵^[7]已断肠。

【注释】

[1] 此诗先写灵光殿的残败衰颓，由此联想到前朝覆亡、金陵破败，寄托诗人的沧桑之感、故国之思。

岸堂先生：孔尚任（1648—1718），字聘之，又字季重，号东塘，别号岸堂，自称云亭山人。山东曲阜人，孔子六十四代孙，清初诗人、戏曲作家，著有传奇《桃花扇》《小忽雷》及诗文集《湖海集》《岸堂文集》《长留集》

等。孔尚任与小来父亲颜光敏是故交。灵光殿：西汉景帝之子鲁恭王刘余在鲁国曲阜建造的宫殿，其建筑规模宏大，雄伟壮观，东汉文学家王延寿作《鲁灵光殿赋》。后世人游览曲阜，凭吊古迹，作诗写赋之时，每每忆及"鲁殿灵光"。

[2] 鲁灵光：汉朝鲁灵光殿。

[3] 雅：古同"鸦"。

[4] 玉辇：天子所乘之车，以玉为饰，又称玉辂。

[5] 椒房：指未央宫椒房殿，为汉代皇后居住的宫殿。以椒和泥涂壁，使温暖芳香，并象征多子。后泛指后妃的居室。

[6] 前朝：指1644年崇祯帝吊死、明朝覆亡之后，明宗室在南方短时建立的几个小朝廷，尤其指福王朱由崧于南京建立的弘光小朝廷（1644年建立，次年覆灭）。孔尚任《桃花扇》传奇，就是描写南明弘光小朝廷的兴亡往事的。

[7] 金陵：今南京市。弘光小朝廷建都于此。

村居步乐清侄韵[1]

拮据经年秫豆[2]空，农人就食各西东。
数声塞雁凄凉里，一院黄花寂寞中。
比户[3]啼饥官告匮，空场无穴鼠嫌穷。
伤心不奈村居苦，懒见山青[4]柿叶红。

【注释】

[1] 此诗是小来对侄儿颜懋伦的和诗。反映了旧时农村的破败和农民生活的困苦。

步韵：又称"次韵""和韵"，（《阙里孔氏诗钞》本诗题作"村居和乐清侄韵"）。谓依照别人诗作的原韵作诗。乐清：颜懋伦，字乐清，一字清谷，颜光敏之兄颜光猷的孙子，官鹿邑县令，工诗。

[2] 秫豆：高粱和豆子。泛指粮食。

[3] 比户：家家户户。五代李中《献乔侍郎》诗："九霄恩复降，比户意皆忻。"

[4] 山青：《国朝山左诗钞》《阙里孔氏诗钞》作"青山"。

春日斋中即事[1]

新构[2]茅厅日照攲[3]，东风吹柳入帘垂。
桃花粥冷清明节，蒙顶[4]茶青谷雨时。
潅药[5]莫嫌泉脉[6]细，弹琴正与竹香宜。
谁怜目断河干[7]上，绿草芊芊[8]乳燕儿。

【注释】

[1]　此诗描写诗人春日的闲居生活，诗境恬淡闲适。

[2]　构：架屋；营造。

[3]　攲：歪斜；倾斜。

[4]　蒙顶：蒙顶茶，著名绿茶，产于四川名山县蒙山之顶，故名。

[5]　潅药：浇灌种植的草药。潅：音 què，浇，灌溉。《说文解字·水部》："潅，灌也。"

[6]　泉脉：地下伏流的泉水，类似人体脉络，故称。

[7]　河干：河边、岸边（干，音 gān，河岸）。

[8]　芊芊：草木茂盛的样子。

春尽遣怀[1]

竹舍渔邨旧水围，东风落地柳花肥。
养蚕人倦三眠[2]后，割麦天长午梦稀。
井上病桃还结子，巢中雏燕渐能飞。
闲将针线教孙女，检点筐箱到夏衣。

【注释】

[1]　此诗描绘暮春时节乡村景象，全诗洋溢着安闲自乐的情怀。

[2]　三眠：指蚕初生至成蛹的第三次蜕皮。唐李白《寄东鲁二稚子》诗："吴地桑叶绿，吴蚕已三眠。"

寄弟[1]

病过残春汝未知，家贫何处觅良医。
偶怀去日一瓢水[2]，开读来书千里悲。

岂有阳城终下考[3]，翻教彭泽赋归[4]迟。

皇天尔我容相见，炊黍锄瓜[5]是所期。

【注释】

[1] 此是颜小来写给胞弟颜肇维的诗，此时颜肇维当在临海县令任上。首联述说自己老病孤贫的状况，颔联表达对弟弟的思念，颈联以阳城爱民、陶潜辞官的故事表达对弟弟的宽慰，尾联传达了诗人渴望天伦相聚的愿望。

[2] 一瓢水：指安贫乐道的生活。《论语·雍也》载有孔子称赞颜回的话："一箪食，一瓢饮，居陋巷，人也不堪其忧，回也不改其乐。贤哉回也！"

[3] 阳城终下考：科举考试或官吏考绩列为下等。据《旧唐书·阳城传》：阳城为官优待百姓，轻课薄税，屡受上级苛责。上考功第时阳城自写评语："抚字心劳，征科政拙，考下下。"后以"阳城拙"为不会做官，不懂官场周旋的典故，此指小来弟颜肇维为官清正。

[4] 彭泽赋归：晋陶潜为彭泽令，不愿"为五斗米折腰"，辞官归隐，并赋《归去来兮辞》："归去来兮，田园将芜，胡不归？"后因以"赋归去"或"赋归来"为辞官归隐之典。又，《论语·公冶长》："子在陈曰：'归欤，归欤！'"后因以"赋归"表示告归，辞官归里。

[5] 炊黍锄瓜：指过普通农家生活。炊黍：做小米饭。

惜春（二首）[1]

自从花谢懒围棋，三尺湘帘依旧垂。

小院秋千人已去，碧烟和草立多时。

绿尊不赏梨花春[2]，今岁东风故恼人。

一派门前清泗水，年年照管柳条新。

【注释】

[1] 此诗通过对眼前景物的咏叹，表达对春光流逝的惋惜之情，包蕴着一种物是人非的怀旧之感和伤今之情。

[2] 绿尊：即"绿樽"，酒杯。南朝梁沈约《酬谢宣城朓诗》："宾至下尘榻。忧来命绿樽。"梨花春：酒名，因梨花开时酿成而得名。唐白居易《杭州春望》："红袖织绫夸柿蒂，青旗酤酒趁梨花。"

春日乐圃[1]

莺老花残柳絮天，蒙蒙细雨暗茶烟[2]。

东风忽起重云破，月到西窗正上弦[3]。

【注释】

[1] 此诗描绘春日园圃的春色，语调轻快，表现了春日的勃勃生机。乐圃：颜光敏在曲阜龙湾的家园，光敏并以此为号。

[2] 茶烟：烧水煮茶、泡茶时产生的烟，在诗词中有氤氲迷离的意蕴。

[3] 上弦：农历每月的初七或初八，在地球上看到月亮呈月牙形，其弧在右侧。这种月相叫"上弦"。

养蚕[1]

火箱[2]芦席闭蚕房，五月家家拜簇[3]忙。

不问缫车[4]问茧市，他人正作嫁衣裳。

【注释】

[1] 此诗描写养蚕时节，蚕农精心养蚕、祭拜蚕神祈求丰收的情形。蚕农的辛苦劳作最终却被富人坐享其成，表达了诗人对蚕农的深切同情。

[2] 火箱：在蚕室用作养蚕加暖的工具。

[3] 簇：供蚕吐丝作茧的用具，多用树枝或庄稼秸秆做成。拜簇：蚕熟上簇时，蚕农祭祀蚕神，祈求茧丝丰收。

[4] 缫车：缫丝所用的器具。

秋夜 (二首)[1]

夜月深沉静掩扉，空庭秋气逼单衣。

梧桐小院支机石[2]，捣素[3]声中一叶飞。

门闭穷秋最寂寥，西风吹雨晚潇潇。

无眠数尽楼头鼓[4]，一夜闲愁满绿蕉。

【注释】

[1] 此诗描绘的是秋天夜晚的情形，表现诗人昼夜无眠、寂寥索寞的心

境。诗题据《阙里孔氏诗钞》本，《海岱人文》本题目无"夜"字。

[2] 支机石：传说为天上织女用以支撑织布机的石头，亦以借指织机。

[3] 捣：春、撞击。捣素：古代将制衣的白色生绢一类的衣料，用木棒捶打柔软后，方可裁减缝制。汉班婕妤有《捣素赋》。

[4] 无眠数尽楼头鼓：据《国朝山左诗钞》《阙里孔氏诗钞》本，《海岱人文》本作"亡眠数点尽通宵"。

自怜[1]

裁就冬衣未着棉，黄茅半塌泗河边[2]。
自怜咏絮描兰手[3]，底事荒村学种田[4]？

【注释】

[1] 此诗是小来对自己一生遭际的感慨，诗的前两句述说生活的窘迫，后两句抒写荒废写作的无奈。

[2] "裁就"句：刚刚剪裁的冬衣还没有絮上棉花，无以御寒；泗河岸边有长满黄茅的半块薄田。按：颜氏故居在今曲阜西北十余里处的泗河北岸。塌：曲阜方言"忽塌"的简称，意思是"块"。

[3] 咏絮描兰手：借指能作诗绘画的人，尤指这方面的才女。咏絮：晋代才女谢道韫以"未若柳絮因风起"句咏雪，后遂以称美能作诗文者。

[4] 底事荒村学种田：为何在荒村野外学起种地来了？底事：为什么。

除夕[1]

儿孙除夕共围炉，自有村醪[2]不用沽。
但愿年年如此夜，一家安乐饮屠苏[3]。

【注释】

[1] 此诗描述除夕夜一家围炉庆祝佳节的欢乐祥和的情景。

[2] 村醪：汁渣混合的酒，又称浊酒。醪：音 láo。

[3] 屠苏：药酒名，用以祝贺长寿。古时有农历元夕饮屠苏酒的风俗。

旧宅梧桐[1]

三十余年伴寂寥，弹琴调鹤度清宵[2]。

别来休问人憔悴，只看梧桐亦半焦[3]。

【注释】

[1] 此诗是小来一生孀居生活的真实写照，表现其孀居生活孤独凄清的心境。《晚香堂诗》有《见旧日梧桐有感》一诗，与本诗内容语句基本相同。

[2] "三十"句：康熙十三年（1674）秋颜小来嫁曲阜监生孔兴焞，康熙二十一年（1682）孔兴焞殁。此句谓小来自丈夫死后三十年来，孤苦凄清，弹琴调鹤以慰寂寥。《晚香堂诗》此句作"三十余年伴寂寥，偶因家难便相抛"。

[3] 梧桐半焦：梧桐半死，喻指丧失配偶。语出唐白居易《为薛台悼亡》诗："半死梧桐老病身，重泉一念一伤神。"

元夕挽岸堂先生[1]

吹笙跨鹤小游仙[2]，老爱兰苕翡翠妍[3]。
寄语维扬诸女史，一时佳句借谁传[4]？

【注释】

[1] 此诗是颜小来悼念孔尚任的挽诗。孔尚任是颜小来丈夫孔兴焞的祖叔，也是其父颜光敏的挚友，于康熙五十七年（1718）上元节卒于家，年七十一。元夕：指农历正月十五夜。

[2] 吹笙跨鹤小游仙：刘向《列仙传》卷上《王子乔》载，王子乔好吹笙，随道士入山学道成仙，三十年后，骑鹤在缑氏山头与家人会面。笙：《阙里孔氏诗钞》作"箫"。

[3] 老爱兰苕翡翠妍：谓孔尚任晚年披扬女性创作。兰苕：兰花和苕花，泛指香花香草，此处代指女性。苕：音 tiáo。翡翠：鸟名。郭璞《游仙诗》："翡翠戏兰苕，容色更相鲜。"

[4] "寄语"句：康熙二十五年（1686）孔尚任受命随同刑部侍郎孙在丰到江淮治水，曾在扬州四年之久。孔尚任遍交江淮文士，游历南京，此时孔尚任写有《湖海集》诗集，并搜集秦淮名妓李香君等人的素材，为创作《桃花扇》做准备。维扬：扬州的别称。

送春[1]

细数飞花[2]绝可怜，杜鹃啼血[3]草如烟。

一帘日影还残照，哀响泠泠上七弦^[4]。

【注释】

［1］此诗写暮春之际的傍晚，诗人鼓琴送春。春去无声，知音难觅，传达诗人闲适、落寞之情。

［2］飞花：指杨花（柳絮）。因其随风翻转，飘忽不定，故云。

［3］啼血：见《哭母后二首》注释。

［4］泠泠：音 líng líng。形容声音清越悠扬。七弦：古琴的七根弦，亦借指七弦琴。唐刘长卿《听弹琴》："泠泠七弦上，静听松风寒。"

晚香堂诗 (21首)

整理说明：晚香堂当为颜小来晚年居室的堂号。宋韩琦《九月水阁》诗："虽惭老圃秋容淡，且看黄花晚节香。"此当为小来"晚香堂"取名的由来。小来祖父颜伯璟曾与本乡文人贾应宠（凫西）、孔贞玙（栗如）、颜伯瓒等组成晚香诗社。颜小来《晚香堂诗》集中有一部分诗作当是她诗作的初稿或原稿。此诗集各图书馆未见收藏，感谢民间收藏家赵敦玲先生热情提供了诗作稿本的照片。

病中苦寒[1]

塞雁行行过，窗鸡轧轧[2]鸣。
银灯明复灭，樵鼓[3]断还清。
破牖朔风[4]吼，羸躯慄冽[5]生。
拥衾难假寐，更自叹伶仃。

【注释】

[1] 此诗与《恤纬斋诗》中的《病中不寐》一诗意象相同，诗境相似。《病中不寐》当是在此篇的基础上修改加工而成。

[2] 轧轧：音 yà yà，象声词。唐许浑《旅怀》诗："征车何轧轧，南北极天涯。"

[3] 樵鼓：谯楼之鼓，用以报更。樵，音 qiáo，通"谯"，城门上的瞭望楼。

[4] 牖：音 yǒu，窗户。朔风，北风（朔：音 shuò，北方）。

[5] 慄冽：栗烈。形容严寒。慄，通"栗"。

促织[1]

空阶当静夜，应候报新秋。
露冷声偏侧，风微韵转悠。
时时惊客梦，切切动闺忧。
无限凄凉意，教人易惹愁。

【注释】

[1] 此诗与《恤纬斋诗》中的《促织》同名，诗意相似，诗句也同多于异。此诗当为初稿。

兀坐[1]

兀坐庭除[2]下，秋宵万感牵。
林疏风瑟瑟，云静露涓涓。
断续蛩[3]吟乱，悠扬牧唱还。
自怜孤另影，羞见月华圆。

【注释】

[1] 此诗与《恤纬斋诗》中的《秋夜西窗独坐》所写内容相同。兀坐：独自端坐不动。

[2] 庭：堂阶前的院子。除：台阶。

[3] 蛩：音 qióng，蟋蟀。

春日[1]

不是机[2]丝便绩[3]麻，才闻啼鹃[4]又闻鸦。
遍栽王子庭边竹[5]，爱种渊明篱下花[6]。
拂石每邀窗外月，汲泉自瀹[7]雨前茶。
草堂终日无人到，惟有香风透碧纱。

【注释】

[1] 此诗描写诗人闭门闲居的情形，表现诗人娴雅洒脱的情怀，诗境恬淡闲适。

[2] 机：织布的机器，此作动词用，用丝织成衣服等。

[3] 绩：把麻搓捻成线或绳。

[4] 鹃：音 jué，鸟名，即杜鹃。春天啼叫不已。明汤式《风入松·寻春不遇》："一声啼鹃画楼西，屈指又春归。"

[5] 王子庭边竹：王子，指王子猷，即王徽之，书法家王羲之子。生性爱竹，王子猷尝暂寄人空宅住，便令种竹。或问：暂住何烦尔？王啸咏良久，直指竹曰：何可一日无此君？其洒脱不羁之性为后世文人推崇。

[6] 渊明篱下花：渊明，即陶渊明，晋宋之际杰出诗人、辞赋家，写有

"采菊东篱下，悠然见南山"的诗句，寄托远离尘世的情怀。

　　[7] 瀹：音 yuè，煮。

忆侍儿[1]

　　十载依依侍晓妆，辛勤不假片时防。

　　闲调鹦鹉歌幽院，静拭梧桐碧草堂。

　　预识诗怀陈[2]侧理[3]，为寻午梦扫匡床[4]。

　　自从笄发[5]相离后，几度错呼意暗伤。

【注释】

　　[1]《恤纬斋诗》中有《侍儿》一诗，与此诗内容相同，但语句差异较大。

　　[2] 陈：排列、摆设。

　　[3] 侧理：侧理纸，晋代名纸，因纸上有纹理，故名为"侧理纸"。

　　[4] 匡床：舒适的床。

　　[5] 笄发：古代女子满 15 岁结发，用笄（音 jī，簪子）贯之，因称女子满 15 岁为"及笄"，也指已到了结婚的年龄。

春霁[1]

　　春霁园林百卉肥，湘帘卷处驻[2]晴晖。

　　赏心懒自寻棋劫[3]，倦绣闲来倚钓矶[4]。

　　九陌[5]风花蝴蝶舞，一川烟草鹧鸪飞。

　　画梁[6]更有呢喃燕，似向人前诉去归。

【注释】

　　[1] 此诗写雨后春景，表现雨后万物生机勃发和诗人的闲适之情。霁：雨雪停止，天放晴。

　　[2] 驻：留住、停留。唐雍陶《访友人幽居》诗："莎深苔滑地无尘，竹冷花迟剩驻春。"

　　[3] 劫：围棋术语。黑白双方往复提吃对方一子，称劫。

　　[4] 钓矶：钓鱼时坐的岩石。

　　[5] 九陌：田间的道路。

　　[6] 画梁：有彩绘装饰的屋梁。唐卢照邻《长安古意》诗："双燕双飞绕画梁，罗帏翠被郁金香。"

新秋[1]

七月烹葵[2]觉渐凉，商飙[3]晚送玉簪[4]香。

啼鸦夕照归残柳，纤月低垂挂白杨。

短笛声清宜夜静，寒砧韵[5]急促人忙。

四时惟有秋难度，万种闲愁积寸肠。

【注释】

[1] 这首诗既写了新秋季节的物候特征，也表露了诗人感叹时光易逝，悲秋伤怀的苦闷心情。一至六句按顺序写新秋黄昏到夜晚的景色，最后两句融入了诗人深深的感慨。

[2] 葵：蔬菜名，古人夏秋多食之。《诗经·豳风·七月》："七月亨（烹）葵及菽。"

[3] 商：中国古代五音之一，古人把五音与四季相配，商音配秋，因以商指秋。飙：暴风。商飙：秋风。也作"商飙"。晋陆机《园葵诗》："时逝柔风戢，岁暮商飙飞。"

[4] 玉簪：花名。因其花苞质地娇莹如玉，状似头簪而得名。

[5] 砧：捣衣石。寒砧韵：指寒秋时洗涤冬衣的捣衣声。

七夕忆亡妹[1]

琴在人亡物候侵，关情[2]怕听是秋砧[3]。

一窗蕉影添幽怨，几处猿啼[4]类楚吟[5]。

忆昔香闺同乞巧，至今七夕独穿针。

伤心不忍窥银汉，愁比天孙觉更深。

【注释】

[1] 此诗与《恤纬斋诗》中的《七夕忆亡妹》题目相同，后四句基本相同。

[2] 关情：关心、动情。

[3] 秋砧：秋日捣衣的声音。

[4] 猿啼：本意为猿类的叫声，常被诗人在诗词中引用，抒发诗人悲伤的情感。

[5] 楚吟：《楚辞》哀怨的歌吟。

寒食祭扫[1]

清明原上草萋萋，花绕长溪柳拂堤。
赋罢招魂[2]徒洒泪，荒林忍听子规[3]啼。

【注释】

[1] 此诗描写寒食节扫墓情形，表现墓祭凄凉悲惨的情景和扫墓人的离愁别恨。

[2] 招魂：《楚辞》有《招魂》篇，传系宋玉为悼念屈原所作。民间也有招魂习俗，引导死者的灵魂回归故里。

[3] 子规：杜鹃鸟的别名，又名蜀魄、蜀魂、催归。传说为蜀帝杜宇的魂魄所化。常夜鸣，声音凄切，故借以抒悲苦哀怨之情。

苦雨[1]

淫雨[2]连朝不肯休，萧条家事倍生愁，
昨因索米将钗易，一到无柴又典裯[3]。

【注释】

[1] 此诗描述阴雨连绵，家事萧条典当度日的情形。

[2] 淫雨：连绵的雨。

[3] 裯：音 chóu，单被，也泛指衾被。

闲书[1]

布衣蔬食自甘心，课子闲余便弄琴[2]。
日诵黄庭[3]三两卷，清修[4]何必入禅林。

【注释】

[1] 此诗题虽为"闲书"（随手写来），实则是颜小来丧夫孀居生活的写照：布衣蔬食，课子读书，弹琴作诗，静坐参禅。也折射了明清知识女性中晚年的生活状态。《阙里孔氏诗钞》本诗题作"闲兴"。

[2] 课子闲余便弄琴：《阙里孔氏诗钞》本作"案上残书壁上琴"。

[3] 黄庭：指《黄庭经》，是道教经典，也是修道之人必须修习的经典。

[4] 清修：修炼个人的品德行为。佛教指在家修行。

夏日感旧[1]

月来云破映窗纱，活火[2]新煎谷雨茶[3]。
坐对荷花思往事，愁多兀自[4]拨琵琶。

【注释】

[1] 此诗写诗人夏夜感旧，感慨往事的情形，表现诗人落寞伤怀的心境。

[2] 活火：指有焰的火；烈火。

[3] 谷雨茶：谷雨时节采摘做成的茶，茶品甚佳，有"诗写梅花月，茶煎谷雨春"之说。

[4] 兀自：仍，仍然。

惜春二首[1]

自从花谢懒弹棋，怯卷珠帘触目思。
尚有一分春好事[2]，隔邻高柳啭黄鹂。

莺老花残甚可怜，无聊独自捡残篇[3]。
消魂[4]最是黄昏候[5]，月朗风清叫杜鹃。

【注释】

[1] 全诗紧扣诗题，惜春伤怀，表现春意无限，惹人怜爱。全诗一开一合，生动有趣。

[2] 尚有一分春好事：谓三分春色，尚有一分。

[3] 残篇：残留的诗文。

[4] 消魂：亦作"销魂"。灵魂离散。形容极度的欢乐、悲伤等。

[5] 候：时节、时候。

被盗后作[1]

诘朝[2]满屋破箱笼，勤俭经营一旦空。
命薄哪堪遭此劫，不平最恨是天公。

【注释】

[1] 此诗叙说被盗的遭遇，抒发诗人不平的感慨。

[2] 诘朝：jié zhāo，同"诘旦"，即平明、清晨。

见旧日梧桐有感（存目。诗见《恤纬斋诗·旧宅梧桐》）

挽族祖东塘三首[1]

忽闻昨夜太山倾[2]，怪道[3]天边月不明。
怨雾愁云星斗暗，从今懒看上元灯。

七十人生说古稀[4]，如君百岁未为迟。
天何不假[5]斯文[6]寿，惹起从前无限悲。

仙游[7]不复到人间，节序[8]堪惊泪暗潸[9]。
花月三春空自好，纵成诗句倩[10]谁删。

【注释】

[1] 这是小来哀悼族祖孔尚任的组诗，表达颜小来对孔尚任沉痛的伤惋之情。

族祖：族祖父。指祖父的兄弟或堂兄弟。小来丈夫孔兴焯比孔尚任低两辈。

[2] 太山：泰山。太山倾：孔子临终前曾作歌曰："泰山其颓乎！梁木其摧乎！哲人其萎乎！"以泰山和梁木自喻。后以泰山倾颓、梁木摧折比喻哲人辞世。此处指孔尚任去世。

[3] 怪道：怪不得、难怪。

[4] 古稀：指七十岁。俗语谓"人生七十古来稀"，孔尚任卒年七十一。

[5] 假：授予、给予。

[6] 斯文：指儒士、文人。此处指孔尚任。

[7] 仙游：指离开尘世。

[8] 节序：节令、节气，节令的顺序。孔尚任卒于上元日（元宵节）。

[9] 潸：音 shān，流泪。

[10] 倩：音 qìng，请，请求。

浪淘沙[1]

箫史[2]去匆忙，空聘娇娘，生成洁性傲风霜。
自把韶光轻弃掷，愿守冰房[3]。
来事二高堂[4]，绝胜[5]糟糠[6]，墓门松柏喜增光。
节孝清明传不朽，地久天长。

【注释】

[1] 此首《浪淘沙》和下首《点绛唇》是《晚香堂诗》集中仅有的两首词作。此首上半阕写主人公品行高洁，矢志不谕，下半阕写主人公苦节劳心，谨事高堂。

[2] 箫史：传说中善吹箫的人。汉刘向《列仙传·箫史》："箫史者，秦穆公时人也。善吹箫，能致孔雀白鹤于庭。穆公有女，字弄玉，好之，公遂以女妻焉，日教弄玉作凤鸣。居数年，吹似凤声，凤凰来止其屋。公为作凤台，夫妇止其上。不下数年，一旦皆随凤凰飞去。"后以"箫史"泛指如意郎君。

[3] 愿守冰房：喻指立志守寡。冰房：凄凉冰冷的闺房。

[4] 高堂：对父母的敬称。

[5] 绝胜：远胜。

[6] 糟糠：比喻废弃无用之物。

点绛唇[1]

只凤[2]来栖，纷纷陌上人称说[3]。
两门奇绝，有女都贞节[4]。
能系[5]纲常，夫子[6]家风洁。
女中杰，身如冰雪，皎似天边月。

【注释】

[1] 此首是《晚香堂诗》集中仅有的两首词作之一，颂扬孔丽贞矢志守寡，侍奉翁媪的冰雪节操。孔丽贞事可参见《恤纬斋诗》集《赠别藉兰主人归济南》诗前的小序。

[2] 只凤：喻指独身女子，这里指孔丽贞。

[3] 说：古同"悦"。称悦：称颂、喜爱。

[4]"两门"句：孔丽贞与其兄嫂李氏一同守节侍奉翁姑，故云。

[5]系：音xì，联结、维系。

[6]夫子：对孔子的尊称，后因以特指孔子。孔丽贞为曲阜孔氏第六十八代孙。

颜小来诗补遗

元夕挽岸堂先生[1] （又三首）

打鼓吹箫掩泪听，家家罢却上元灯[2]。
梨园小部[3]人何在，扇里桃花[4]哭不胜。

都门十字绝群伦，宣武坊前[5]索句频。
零落[6]才名谁继起，先生格调[7]不由人。

爱向湖山乞一麾[8]，古稀年纪日吟诗。
白头剩有黔娄妇[9]，寂然空梁燕子悲。

【注释】

[1] 此组诗共有四首，见于《阙里孔氏诗钞》卷十四及容肇祖《孔尚任年谱》，《海岱人文·恤纬斋诗》只存其中的第三首，其他三首不见存录。组诗追怀孔尚任苦心孤诣创作《桃花扇》传奇，以及仕宦京师与名士挚友诗酒唱和的盛事，概述了孔尚任一生吟诗作赋、诗酒清雅的清士名节。全诗充满诗人尊崇哀伤的情感。

[2] 上元：又称元夕、元宵节或灯节，有出门赏月、燃灯放焰、喜猜灯谜、共吃元宵等习俗，是重要传统节日。

[3] 梨园：唐代训练乐工的机构，唐玄宗时设立，后世遂将戏曲界习称为梨园或梨园行。小部：本指唐代宫廷中的少年歌舞乐队，泛指梨园、教坊演剧。

[4] 扇里桃花：孔尚任著有传奇《桃花扇》，以明末清士侯朝宗与秦淮名妓李香君的离合之情，写南明弘光朝的兴亡之事。剧本写成后，王公显贵争相传抄，金斗班首演于京中舞台，轰动京城。

[5] 宣武坊前：孔尚任于康熙二十四年（1685）、康熙二十九年（1690）至四十一年（1702）仕宦京师，买下通往宣武门内大街海柏巷的一处宅院，并将书斋命名"岸堂"。孔尚任在此与名士挚友诗酒唱和。

[6] 零落：衰败、败落。

[7] 格调：品格、风范。

[8] 麾：音 huī，古代指挥军队的旗子。

[9] 黔娄妇：黔娄妻。据汉刘向《列女传·鲁黔娄妻》，黔娄死，曾子

往吊，见以布被覆尸，覆头则足现，覆足则头现。曾子曰："斜引其被则敛矣。"黔妻曰："斜而有余，不如正而不足也。"后以黔娄妻或黔娄妇指代安贫乐道的贤德妇人。唐元稹《三遣悲怀》诗："谢公最小偏怜女，自嫁黔娄百事乖。"

哀诗[1]（二首）

哭母翻无泪，痛于丧夫时。
夫亡我依母，母亡复何依？
天亲尽凋谢，余生多艰危。
哀鸟夜夜啼，孀女心伤悲。

父椠还家后，母居鲁亲里。
念我门户单，为求螟蛉子。
焦桐虽有孙，树萱反先毁。
涕泗感今昔，天乎竟至此。

【注释】

[1] 此二首诗录自《阙里孔氏诗钞》卷十四，分别与《哭母前十首》的第一首和第四首字句略有差异。

禽言[1]

春云漠漠[2]日昏昏，花里禽言最断魂。
听到不如归去[3]好，春风吹泪湿衣痕。

【注释】

[1] 此诗录自《续修曲阜县志》卷七《艺文志》。诗是由杜鹃的鸣声双关见意，含思归或催人归去之意。

[2] 漠漠：密布、布满。唐许浑《送薛秀才南游》诗："绕壁旧诗尘漠漠，对窗寒竹雨潇潇。"

[3] 不如归去：古人以为杜鹃的叫声有些像"不如归去"，因用为催人归家之词。

遣病[1]

梦回芍药香相续，暖风吹雨梅子熟。

阶下石榴驻[2]晚霞，绕池竹映湘帘绿。

家贫无力种茯苓，病久应知疏骨肉。

草堂泥滑[3]绝纤尘，道书携向窗前读[4]。

【注释】

[1] 此诗录自《阙里孔氏诗钞》卷十四与《晚晴簃诗汇》卷一百八十四。诗为病中遣怀，抒写家贫久病故人疏离的感慨，表达诗人甘贫乐道的情怀。

[2] 驻：留住、停留。

[3] 滑：据《阙里孔氏诗钞》本，《晚晴簃诗汇》作"新"。

[4] 道书携向窗前读：《阙里孔氏诗钞》《晚晴簃诗汇》作"道书携就窗中读"。

贺长姑生子[1]

连年不见少舒眉，今日悬孤[2]喜可知。

汤饼[3]犹堪娱寿母，琴书尽可付佳儿。

养成凤羽[4]飞应早，和就熊丸[5]教莫迟。

却愧家贫无以赠，但能来诵弄璋[6]诗。

【注释】

[1] 此诗录自《阙里孔氏诗钞》卷十四。诗是小来为祝贺亲人喜得贵子所作。

[2] 悬孤：古代风俗尚武，家中生男，则于门左挂弓一张，后因称生男为悬孤。语本《礼记·内则》："子生，男子设弧于门左，女子设帨于门右。"（弧：木弓）

[3] 汤饼：水煮的面食，即面条之类。我国北方有生子喝喜面的风俗。

[4] 凤羽：凤凰的羽毛，借指凤凰、仙鸟。此处指新生幼儿。

[5] 和就熊丸：《新唐书·柳仲郢传》载：郢，幼年嗜学，其母韩氏用熊胆和制丸子，使其夜咀咽以提神醒脑。后用"柳母和丸"或"和丸教子"作为贤母教子的典故。《文史通义》亦有记载。

[6] 弄璋：生男的雅称。古人生下男孩子把璋（玉器）给男孩子玩，希望

将来执圭璧，为王侯。语出《诗·小雅·斯干》："乃生男子，载寝之床。载衣之裳，载弄之璋。"

和肃之弟除夕韵[1]

十亩之间三岁旱，艰难家计有谁知？
盘堆生菜迎春节[2]，竹卖青蚨馈岁资[3]。
老仆能然行傩炬，稚孙学写送穷诗[4]。
雪花几点催衰鬓，竟饮屠苏最后卮[5]。

【注释】

[1] 此诗录自《阙里孔氏诗钞》卷十四，为小来与弟颜肇维的唱和诗。诗写艰难岁月里的除夕光景，表达诗人岁月无情、人世艰难的感慨。肃之弟：小来弟颜肇维，字肃之，曾官临海县知县，工诗，著有《锺水堂诗》。

[2] 生菜：鲜菜、青菜。亦特指不烹煮而生吃的蔬菜，如莴苣、芹菜、香菜等。鲁地则专指莴苣。民间过年有吃生菜的风俗，谐音"生财""发财"。唐杜甫《立春》诗："春日春盘细生菜，忽记两京梅发时。"

[3] 青蚨：传说中会飞的虫，形似蝉而稍大，取其子，母必飞来。传说以母青蚨或子青蚨的血涂钱，钱用出去还会回来。后遂成为钱的代称。见晋干宝《搜神记》卷十三。馈岁：岁末相互馈赠。

[4] "老仆"句，写老仆、稚孙一家人逐疫送穷、辞旧迎新的情景。然：同"燃"。傩：音 nuó。古代于腊日前一日举行的一种仪式，手持炬火，张大声势以驱除疫鬼。送穷：旧时过年时驱送穷鬼的一种习俗，有的读书人还有写送穷诗文的习惯，以示风雅。

[5] 屠苏：酒名。古代中国风俗于农历正月初一饮屠苏酒以避瘟疫。宋苏辙《除日》诗："年年最后饮屠苏，不觉年来七十余。"卮：音 zhī。盛酒的器皿。

春尽[1]

傍午柴门尚未开，花阴深处试茶[2]回。
空亭寂寂[3]春将暮，燕不嫌贫依旧来。

【注释】

[1] 此诗录自《阙里孔氏诗钞》卷十四。诗写暮春时节寂静空庭，诗人花下品茶，旧燕来归，孤单、冷落中流露出诗人安贫乐道的情怀。

［2］试茶：品茶。清张岱《陶庵梦忆·禊泉》："试茶，茶香发，新汲少有石腥，宿三日，气方尽。"

［3］寂寂：寂静无声。唐王维《寒食汜上作》诗："落花寂寂啼山鸟，杨柳青青渡水人。"

题昆山叶书城夫人《绣余听乌诗草》[1]（二首）

南国佳人绝世妍[2]，西昆风调早流传[3]。
如何零落[4]闺中秀，不识春风四十年？

头白愁听乌夜啼[5]，绿蕉窗外月明低。
自怜命薄皆相似，独有才名未许齐。

【注释】

［1］此诗录自《阙里孔氏诗钞》卷十四。诗中称颂叶书成夫人佳人妍丽，词采风流，然早经离丧，与小来遭际相似，表达诗人离伤之叹。

叶书城夫人：叶宏缃，字书城，号晓荛，江苏昆山人，进士叶宏绶女，嘉定诸生阚宗宽妻，衍圣公孔毓圻夫人叶粲英姊。据《历代妇女著作考》，宏缃工辞翰，有《绣听余诗草》（一作《绣余草》）二卷、《绣余词草》二卷。《全清词·顺康卷》收其词作122首。

［2］妍：音 yán。妍丽、美好。

［3］西昆风调早流传：谓叶书城词采精丽，具西昆风格，诗名早已远播。按：宋初杨亿等人唱和，结集《西昆酬唱集》。诗风雕润密丽，炼词精整，一时效法，号为"西昆体"。

［4］零落：本指草木凋零，比喻人事衰颓。叶宏缃年未三十即寡，卒年八十三。

［5］乌夜啼：一指乌鸦的啼叫声。一指乐府曲名，《乐府诗集》卷四十七列于《清商曲辞·西曲歌》，并引《古今乐录》云："西曲歌有《乌夜啼》。"古词多写男女离别相思之苦。

浪淘沙令[1]

箫史[2]韵凄凉，月冷筼廊[3]，本来劲节傲冰霜。
地下人间心一点，幻影茫茫。

白发两高堂，暮景悲伤，亲调药饵检丸方。

泪洒西风红叶里，一带斜阳。

【注释】

[1] 此诗选自《阙里孔氏词钞》，与《晚香堂诗》集中的《浪淘沙》所写内容相同，语句有较大差异。词作表达了主人公苦节劳心背后的孤苦辛酸。

[2] 箫史：见前《晚香堂诗·浪淘沙》注释。

[3] 筠廊：竹丛中的回廊。筠：音 yún，竹子的别称。唐钱起《赋得池上丁香树》诗："黛叶轻筠绿，金花笑菊秋。"

点绛唇（题孔蕴光女史《藉兰诗》后）[1]

黄鹄[2]吟余，声声字字俱呜咽[3]。

两心凄绝，鸾镜[4]悲残缺。

点笔[5]窗间，树树鹃啼血。

冰心洁，冷如寒雪，皎似天边月。

【注释】

[1] 选自《阙里孔氏词钞》，与《晚香堂诗》集中的《点绛唇》词内容相同，但语句有较大差异。词作表现了孔丽贞凄冷悲苦的境遇，也赞赏孔丽贞冰雪自持的高洁心性。

孔蕴光女史：见《恤纬斋诗》集中的《赠别藉兰主人归济南》诗序。

[2] 黄鹄：汉刘向《列女传·鲁寡陶婴》载：陶婴少寡，鲁人闻其义，将求焉。婴闻之，乃作歌明己之不更二也。其歌曰："悲黄鹄之早寡兮，七年不双。"后指妇女恪守贞操和空闺寂寞。另据《山东通志》及《历代妇女著作考》，孔丽贞另撰有《鹄吟集》，内收诗二百余首。

[3] 呜咽：形容低沉凄切的声音。

[4] 鸾镜：装饰有鸾鸟图案的铜镜。

[5] 点笔：犹染翰。指作诗文、绘画等。唐杜甫《重过何氏》诗之三："石阑斜点笔，桐叶坐题诗。"

附　录

一、颜小来生平资料辑录

颜氏，字恤纬，曲阜人。考功郎中光敏女，孔兴焯室。著有《恤纬斋诗》《晚香词》。恤纬幼端慧，从父受书，旁及琴弈。夫既早亡，矢节甘贫，孝事堂上，逾六十载，被旌如例。既侍夫及舅姑疾，博涉方书，常自制丸散，以济乡里之茕独者。曲阜志列其事，入贤淑传。

（《阙里孔氏诗钞》卷十四）

颜氏，曲阜人，考功郎中光敏女，同邑孔兴焯妻。焯早卒，氏守节旌表。晚年自号"恤纬老人"，所著有《恤纬斋诗》。颜懋价曰：先姑自幼端慧，从父授书，旁及琴奕。夫既早亡，矢节甘贫逾六十载，被旌如例。教嗣子及孙皆为诸生。集名"晚香堂诗"，后更名曰"恤纬"。

（《国朝山左诗钞》卷五十八）

孔兴焯妻颜氏，光敏女。夫死，绝粒五日，誓不欲生。所亲以大义论之，乃强食。孝事堂上数十年如一日。既侍夫及舅姑疾久，博涉方书，常制丸散以济乡里之茕独者。工文翰，有《恤纬斋诗》《晚香堂词》。

（乾隆《曲阜县志》卷九十四）

颜氏，孔兴焯妻，夫卒，矢志守节，贞事孀姑，以孝闻。子殇，以侄毓堠嗣，教之成立。康熙四十五年奉旨建坊旌表。

（乾隆《兖州府志》卷二十四）

孔兴焯妻颜氏，光敏女。夫死，绝粒五日，誓不欲生。所亲以大义论之，乃强食。孝事舅姑数十年如一日。当年侍夫及舅姑疾久，博涉方书，常制丸散以济乡里之茕独者。工文翰，有《恤纬斋诗》《晚香堂词》。

（《山东通志》卷百八十六）

二、颜小来简谱

颜小来，山东曲阜人，颜子六十七代孙颜光敏长女，嫁本县监生孔兴焯。夫早亡，矢志守节。晚号恤纬老人。有诗集《恤纬斋诗》《晚香堂诗》传世。

顺治十四年（1657），丁酉，1岁。

生于曲阜。颜光敏夫人孔氏出。少聪慧，深受父祖喜爱，"从父授书，旁及琴弈"。

顺治十八年（1661），辛丑，5岁。

妹丙生，康熙甲辰（1664）殇。

康熙五年（1666），丙午，9岁。

二妹生。康熙二十三年（1684）三月嫁顺天府生员李昭，五月亡。颜光敏写有《祭二女文》。小来后来有诗《七夕忆亡妹》。

康熙八年（1669），己酉，12岁。

弟肇维（初名肇雍）生。

康熙十三年（1674），甲寅，17岁。

是年十月初六，嫁同里监生孔兴焯。

康熙十四年（1675），乙卯，18岁。

四妹生，光敏侧室徐氏出。

康熙二十一年（1682），壬戌，25岁。

夫孔兴焯亡。小来孝事翁姑，矢节甘贫逾六十载，康熙间旌表"节孝"。

后子殇，嗣侄毓埈，教嗣子及孙皆为诸生。

康熙二十五年（1686），丙寅，29岁。

父颜光敏卒于京师，年四十七。

康熙三十八年（1699），己卯，42岁。

与四叔祖颜伯珣唱和，小来有诗《己卯季冬，四叔祖以王事返里，过乐圃有诗，敬和原韵》。

康熙四十五年（1706），丙戌，49岁。

奉旨建坊旌表。

康熙五十七年（1718），戊戌，61岁。

孔尚任卒，小来有挽诗《元夕挽岸堂先生》四首、《挽族祖东塘三首》。小来另有诗《和岸堂先生灵光殿怀古》。

康熙五十九年（1720），庚子，63 岁。

安徽休宁汪芳藻为颜小来《恤纬斋诗》作序。

雍正元年（1723），癸卯，66 岁。

是年，曲阜孔毓埏卒，其女孔丽贞所著《藕兰阁草》由孔传铎出资刊刻。不久，孔丽贞离开曲阜回到济南夫家。孔丽贞居曲阜期间，小来与之交厚，有《赠别藕兰主人归济南》诗叙说二人的交游情况。

雍正二年（1724），甲辰，67 岁。

母孔儒人亡，年八十有余。小来有诗《哭母前十首》《哭母后二首》。

雍正六年（1728），戊申，71 岁。

弟颜肇维在临海县令任上，小来有《寄弟》诗。次年夏，肇维写《暑中寄姊》诗回复小来："去年送我秋中路，今岁怀人夏半书。"

乾隆七年（1742），壬戌，85 岁。

小来卒年无确考。据文献云其守节逾六十年，其卒年当在是年之后。